KB153049

이강백 희곡전집

일천구백팔십칠년부터 일천구백구십일년까지의 작품들

네 번째 묶음

이강백 희곡전집

일천구백팔십칠년부터 일천구백구십일년까지의 작품들

네 번째 묶음

평민사

이강백 희곡 전집
네 번째 묶음

차례

지은이의 머리글
1987년부터 1991년까지의 작품들에 대하여

여기 네 번째의 작품집에 수록한 희곡들은 1987년부터 1991년까지 공연된 것들이다. 처음 내 희곡을 공연했던 때가 1971년이었는데, 그때를 기점으로 헤아려서 1991년은 만 20년이 된다. 만 20년 동안 줄곧 희곡을 쓰고 그 공연을 보았다는 것은 아무래도 행복한 일이다. 그러나 그 행복에는 다소 미심쩍은 구석이 있다. 만약 우리 연극계가 풍부한 희곡 자산을 갖고 있었다면, 새로 쓴 희곡에 대해서 이토록 많은 공연 기회를 주지 않았을 것이다.

「유토피아를 먹고 잠들다」는 1987년 9월 28일부터 10월 2일까지, 문예회관 대극장에서 극단 〈산울림〉의 임영웅(林英雄) 선생이 연출하여 막을 올렸다. 주호성(朱虎聲), 조명남(趙明南), 전무송(全茂松), 이주실(李周實), 양진웅(梁辰雄), 송영창(宋永彰), 기주봉(奇周峰) 씨 등이 배역을 맡았으며, 그 당시 갓 활동을 시작한 무대미술가 박동우(朴東佑) 씨가 처음으로 대극장 무대 장치를 맡은 공연이었다.

이 작품의 주인공은 외국책을 번역하는 직업을 가진 사십대 남자인데, 그는 '유토피아'라는 상표의 수면제를 상습적으로 복용하는 인물이다. 더구나 그는 자신뿐만 아니라 가족과 친구, 심지어 파업을 선동하는 운동권 학생들에게까지 그 수면제를 먹여 잠들게 한다. 1980년대 후반기는 우리 사회의 민주화 욕구가 활화산의 용암처럼 분출하던 시기이다. 그런데, 극장에서는 수면제나 먹고 잠드는 모습을 보여주다니……

분명히 우리가 사는 세상은 유토피아가 아니다. 더구나 뜨거운 용암이 분

출하는 시대에는, 그 화산을 막으려고 짓누르는 세력에 동조하지 않으면서
도, 그 용암의 불안정한 상태가 반드시 유토피아를 만들 것이라는 전망을 갖
지 못하게 함으로써, 차라리 수면제를 먹고 잠드는 것을 택하게 한다. 1980년
대 후반기는 바로 그와 같은 입장에 많은 사람들이 있었다. 그래서 나는 그들
과 함께 「유토피아를 먹고 잠들다」를 공유할 수 있다고 생각했다.

　1980년대는 소위 진보적인 연극인들이 극장을 떠나는 시대였다. 그들은
극장 안에서 실망과 회의를 느꼈고, 극장 밖에서 희망과 기대를 찾았다. 극장
안에서의 연극은 인간을 잠재우는 수면제에 지나지 않으며, 노동 현장과 농
촌 현장에서의 연극만이 인간을 깨우는 각성제가 된다고 믿었다. 민족극운동
(民族劇運動)으로 불리워지는 그러한 진보적 경향은 1980년대라는 시대 상황
이 만든 것으로서, 또한 우리 연극사에 중요한 의미가 있다.

　하지만 나는 연극이 극장을 버리고 떠날 수 없다고 생각한다. 극장은 삶의
구체적인 현장과는 거리가 있다. 그 거리가 너무 멀어서도 안 되겠으나 너무
밀접해도 안 된다. 연극은 어느 정도의 적당한 거리가 확보될 때 존재가 가능
한 예술이다.

　「칠산리」는 1987년 말과 1988년 초 두 번에 걸친 독일 여행과 연관이 있는
작품이다. 그 당시 내가 본 독일 연극의 인상을 한 마디로 요약한다면, 인간
의 본성 속에 내재되어 있는 파괴력에 대해 끊임없이 주의를 환기시키고 경
고하는 역할을 연극이 하고 있었다. 그것은 세계 제1차대전과 2차대전을 겪
으면서 독일인들이 얻은 체험 때문인 것 같았다. 독일의 현대 연극뿐만 아니
라 고전 연극을 보면서도 연출가의 작품 해석에서 나는 그런 느낌을 강하게
받았다. 그리고 바로 그것이 독일 연극의 모습이라면 한국의 연극은 어떠해
야 하는가 심사숙고하지 않을 수 없었다.

　물론 라인 강은 북해로 흘러가고 한강은 황해로 흘러간다. 그렇듯이 독일

연극과 한국 연극은 근본적으로 다를 수밖에 없다. 인간의 본성이 갖고 있는 파괴력을 경고하는 것이 독일 연극이라면, 한국 연극은 파괴당한 인간의 상처를 치유하는 역할이어야 한다는 것이 내가 얻은 소박한 결론이었다.

독일 연극과 한국 연극의 차이점을 생각하면서 또 하나 주목하게 된 것은 정서의 차이였다. 예를 들어 같은 뜻의 말이라도 무터(mutter)라고 독일어로 발음할 때와 이미니라고 한국어로 발음할 때의 정서적 반응은 다른 것이다. 무터의 어감에는 무엇인가 강한 이미지가 들어 있고, 어머니의 어감 속에는 부드러운 이미지가 들어 있다. 이러한 정서적 반응의 차이는 민족 특유의 정서 체계가 다르기 때문이다. 어머니, 어둠, 산, 마을, 굶주림…… 나는 이런 이미지들이 우리 한국인의 마음속에 불러일으키는 특별한 반응이 있다고 생각한다.

「칠산리」는 1988년 늦은 가을에 쓰기 시작해서 다음 해 5월에 탈고하였다. 그리고 공연은 〈극단 민중극장〉이 1989년 8월 26일부터 9월 7일까지 문예회관 소극장에서 막을 올렸다. 양금석(梁金錫), 윤주상(尹柱相), 정운봉(鄭雲鳳), 강애심, 이창훈, 이윤미(李允美) 씨 등이 배역을 맡았고, 정진수(鄭鎭守) 씨가 연출을 하였다. 배우들의 열연이 훌륭한 앙상블을 이뤄 관객들의 찬사를 받았고, 연출의 아이디어와 솜씨가 작품 전체를 살려내 돋보이게 했던, 희곡을 쓴 나로서는 대단히 만족스런 공연이었다.

「칠산리」의 공연에 대해 연극평론가 김성희(金性希) 씨는 "이 작품이 화합과 구원의 상징인 어미의 맹목적 사랑과 현재와 과거의 시간 교차를 열린 한 무대 공간을 통해 훌륭하게 그려냈다"(『주간조선』, 89년 10월 1일)고 하였다. 김방옥(金芳玉) 씨는 "연극에서는 보기 드문 일인칭 회상기법이 일곱 명에 의해 동시에 이루어짐으로써 야기되는 최면적 이입효과(催眠的 移入效果)와 과거 회상의 주체적인 자녀들이 자신들의 과거를 같은 무대공간 내에서 응시하고 때로는 과거 시간에 직접 개입하는 데에서 오는 '거리감'의 효과, 그리고 과거와 현실이 교차되는 순간의 '겹침 효과'들은 이 극에 매우 독특하고 미묘한 서정적, 심리적 분위기를 준다"(『동아일보』, 89년 9월 12일)고 평했다.

그러나 그와 같은 견해와 다른 견해도 없지는 않았다. 「칠산리」는 마치 분단의 문제가 이런 식으로 해결되어야 한다는 작가의 생각을 미리 정해 놓고 거기에 맞춰 나갔다는 느낌이 강했다는 것, 또한 어미가 산 속에 버려진 일곱 자식을 받아들이는 것 역시 작위적이라는 것이었다. 연극평론가 김문환(金文煥) 씨는 "좋게 느껴지는 앙상블에도 불구하고 공연상으로 노출되어 있는 일종의 개인 윤리적 설교에 대한 이견으로 선뜻 공감하지 못했다"(『한국연극』, 1989년 11월호)는 견해를 밝히고 있다.

「물거품」과 「동지섣달 꽃 본 듯이」는 1991년 9월과 12월에 공연되었다. 「물거품」은 국립극장의 창작극 개발 프로그램에 의해 쓴 희곡이다. 국립극장은 '창작극 개발 문화가족'이란 제도를 운영하고 있는데, 단순히 극작가를 선정하고 작품을 의뢰하는 것이 아니라 쓴 작품을 문화가족 멤버들과 공동으로 토의하는 과정을 거쳐서, 그 작품에 맞는 연출가를 정하는 것까지 극작가와 협의한다. 이러한 제도는 매우 합리적인 것이어서 종래의 국립극장이 지녔던 권위주의적 폐쇄성을 극복하는 훌륭한 방법이다. 하지만 훌륭한 제도의 뒷받침에도 불구하고 실패한 작품은 언제든지 나오기 마련이다. 「물거품」은 '국립극단' 공연으로 1991년 9월 6일부터 12일까지 국립극장 대극장 무대 위에 올려졌다. 그것을 10,626명의 관객들이 보았다(『한국연극』, 1992년 1월호 공식 통계). 그 관객들의 대부분은 연극을 구경하기보다는 극장 안에서 수면을 즐겼으며, 의무적으로 졸리는 눈을 치켜올리며 구경해야 했던 몇몇 평론가들은 수면 부족의 불만을 터뜨렸다.

「물거품」의 공연을 며칠 앞두고 한국일보 연극담당 기자 장병욱(張柄郁) 씨는 나에게 전화 인터뷰를 요청해 왔다. 그는 오랜 시간 동안 나와 통화를 하면서 「물거품」을 쓴 의도가 무엇인지 알고자 애썼는데, 국립극장이 보내 온 보도자료로써는 납득이 안 된다는 것이었다. 나는 「물거품」을 '있는 것과 없는 것'으로 풀어서 설명하였다. "있는 것은 마치 거울의 세계처럼 존재하는 것만이 비춰 보이며, 없는 것은 철저히 배제해 버리는 세계이다. 우리는 바로 그러한 거울의 세계에 살고 있다. 그러나 있는 것만의 세계란 불완전하다. 왜냐하면 없는 것도 받아 주는 세계야말로 완전하기 때문이다. 나는 그것을 연못의 세계라고 말한다. 연못은 거울과는 달리 없는 것도 보여 주는 세계이다." 연못에 빠져 죽는 한 여자 – 「물거품」에 나오는 여주인공 – 를 설명하기 위하여 늘어놓은 이 장광설은 '삶의 본질 추적 고급연극 시도'라는 제목으로 큼지막한 5단 기사가 되어 나왔다(『한국일보』, 91년 8월 28일). 그리고 그 기사에 현혹되어 공연을 보러 왔던 사람들은 여자 주인공이 연못에 빠지기도 전에 잠들어야 했다.

　「물거품」의 연출을 맡은 이병훈(李炳薰) 씨는 문자 그대로 물거품 같은 작품 때문에 고군분투하였다. 턱없이 넓기만 한 이유로 연극계에서 '공포의 무대'로 일컬어지는 국립극장 대극장 무대에 그가 보여 준 성실하고 품위있는 작업을 진심으로 감사하게 생각한다. 또한 배역을 맡은 〈국립극단〉의 백성희(白星姬), 전국환(全國煥), 김재건(金在建), 이혜경(李惠卿), 서희승(徐熙勝) 씨 등의 온갖 수고와 고생에 대해서도 미안한 마음을 감출 수 없다. 하지만 실패에 대한 변명이랄까, 나 혼자만의 오기일 수도 있겠는데, 「물거품」을 조그만 소극장에서 재공연해 보고 싶다. 프로시니엄(proscenium) 무대가 아닌 아레나(arena) 형식의 무대에서, 200명 이내의 관객들이 둘러보는 가운데 공연해 보고 싶은 것이 내 희망이다. 언젠가 내 희곡의 실패작들만을 모아 공연해 보고 싶은 호사가(好事家)가 있다면, 그가 내 희망을 반드시 성취해

주기 바란다.

「동지섣달 꽃 본 듯이」는 12월 23일부터 30일까지 문예회관 대극장에서 김아라(金亞羅) 씨 연출로 공연하였다. 이 공연은 1991년 '연극 영화의 해'를 기념하는 송년연극제로서 연극협회가 마련한 것이었다. 또한 이 공연은 창사 30주년을 맞이한 문화방송이 연극인들을 위하여 1억여 원의 제작비를 지원해서 만든 대형무대였다. 그래서 연극협회는 연극인 전체의 잔치가 되도록 세심한 배려를 하였는데, 작품 선정에 있어서도 다섯 명의 극작가들에게 줄거리(synopsis)를 받아서 그중 '연극의 해'에 맞는 작품을 골랐다. 가장 고심한 문제는 배역진을 어떻게 구성하느냐였다. 결국 이 문제는 원로배우로부터 신예배우까지 폭넓게 참여케 함으로써 해결하였다. 그리하여 고설봉(高雪峰), 백성희(白星姬), 김길호(金吉浩), 손숙(孫淑), 권성덕(權成德), 정동환(鄭東煥), 공호석(孔昊錫), 손봉숙(孫鳳淑), 정진각(鄭鎭珏), 최재영(崔宰榮), 김학철(金學喆), 한명구(韓明求), 윤주일, 정은표(鄭殷杓), 김은주, 이용구, 김종구(金鍾九), 이영호(李榮豪), 최운교 등 관객들에게 널리 알려진 배우들과 오디션을 거쳐 뽑은 30명의 신예배우들을 모았다. 얼핏 보면 아무렇게나 모은 것 같은 이러한 배역진은 실제 공연을 통해서 최상의 구성이었음이 드러났다. 「동지섣달 꽃 본 듯이」를 봤던 관객들은 연극이란 본질적으로 배우의 예술임을 실감했던 것이다.

「동지섣달 꽃 본 듯이」는 우리 사회의 정치, 종교, 예술의 모습을 보여 주고자 하였다. 어느 가난한 집안에 자식을 많이 둔 어머니가 죽을 끓이다가 행방불명이 되었는데, 굶는 자식들에게 자신의 몸을 먹이기 위해 가마솥에 빠졌다는 설과 자식들에게 염증을 내고 도망갔다는 설이 분분했다. 그래서 맏형, 둘째, 막내가 어머니를 찾아 떠났다. 십 년이 지난 후 그들이 각자 돌아왔을 때, 정승이 된 맏형(정치)은 어머니의 겉모습과 똑같은 여인을 찾아오고,

승려가 된 둘째(종교)는 어머니의 모성적 이상(理想)만을 찾아오고, 광대가 된 막내(연극)는 어머니의 심성을 자신의 몸 속에서 발견하여 찾아왔다. 이렇듯 정치와 종교와 연극의 어머니 찾기를 비교하면서, 어느 쪽을 특별히 편들고 싶지는 않았지만, 그래도 광대가 된 막내를 은근히 두둔했던 것만은 숨길 수 없다.

하지만 「동지섣달 꽃 본 듯이」는 단순히 주제를 내세우기 위한 것만은 아니다. 만약 관객들이 정치, 종교, 연극 중에서 연극이 가장 좋다고 주장하는 작품이라고 보았다가는 핵심을 놓칠 우려가 있다.

「동지섣달 꽃 본 듯이」의 핵심은 한국 연극의 모습은 어떠해야 하는가에 대한 질문에 나 나름대로의 대답 찾기로서, 그것은 「칠산리」에서도 언급하였듯이 우리 고유한 정서에 예를 들자면 「동지섣달 꽃 본 듯이」에 등장하는 보부상, 탁발승, 광대패, 미친 자식들의 이미지는 우리 정서에 특별한 반응을 일으킨다. 또한 「칠산리」에서 사용했었던 방법, 과거와 현재를 여러 겹으로 겹쳐나가는 소위 '겹침 효과'의 방법을 「동지섣달 꽃 본 듯이」에서도 응용하였다. 설화적 이야기에 현재가 개입하는 이중구조 방법은, 설화적 인물을 맡은 배우 자신의 모습까지 겹치도록 함으로써 한 단계 더 복잡한 '겹침 효과'를 시도하고 있다.

연출가 김아라 씨는 이 복잡한 작품을 아름다우며 힘이 강한 간결한 무대로 만들어 내었다. 30여 명의 신예배우들을 북치는 코러스로 무대 양쪽에 배치하고, 그 가운데를 몇 장면이 동시에 진행하는 겹친 공간으로 사용하였다. 연습 동안 나는 김아라 씨를 '독한 여자'라는 별명으로 불렀다. 작은 몸매 어디에서 그런 독기가 나오는지, 당차게 그 많은 등장인물들을 휘감아 자신이 원하는 방향으로 밀고 나가는 괴력이 있었다. 「동지섣달 꽃 본 듯이」는 김아라 씨의 그러한 독기와 변창순(邊昌順) 씨의 독창적인 의상, 김명환(金明煥) 씨의 탁월한 작곡이 어우러져 매우 성공적인 무대를 보여 주었다.

1987년부터 1991년까지의 네 작품은 우연하게도 형식에 있어서 두 가지 패턴을 반복하고 있다. 「유토피아를 먹고 잠들다」와 「칠산리」, 「물거품」과 「동지섣달 꽃 본 듯이」는 그 형식에 있어서 두 번 닮은 꼴을 보여 준다. 이것을 나쁘게 말하면 아직도 하나의 형식을 찾지 못해 우왕좌왕하고 있다 하겠고, 좋게 말하면 극작가로서의 독자적인 방법을 개발하기 위한 실험이 계속되고 있다 하겠다. 그러나 앞에서 실패 작품으로 지적한 ?물거품?을 소재라든가 내용은 그대로 두고서도 형식에 있어서 "겹침효과"를 사용했더라면 훨씬 나았을 것이라는 나 자신의 판단으로 볼 때, 하나의 형식을 찾기 위한 실험은 결론을 내도 좋을 단계에 와 있는 것 같다. 겹치는 시간과 겹치는 공간, 처음과 끝이 겹치는 이야기, 전생(前生)과 내생(來生)이 겹친 인물들…… 솔직히 말해서, 나는 그것을 탐내고 있다.

세 번째 희곡집 개정판(2003년)에는 고쳐진 「동지섣달 꽃 본 듯이」가 실려 있다. 이 작품은 초연 이후 재공연될 때마다 수정했었는데, 그 과정에서 약간씩 다른 버전들이 생겨났다. 그것들을 박은희 씨 연출의 '인천시립극단' 공연을 계기로 삼아 하나로 통합 정리한 것이다. 한 작품이 재공연을 통해서 좀더 낫게 변모해 간다는 것을 보여주고 싶다.

유토피아를 먹고 잠들다

· **등장인물**

민의식 : 번역을 직업으로 가진 40대 초반의 남자
아내 : 민의식의 처
아버지 : 시골에서 올라온 민의식의 늙은 아버지
어머니 : 민의식의 어머니
안순웅 : 새로운 문학잡지 창간에 열의를 가진 민의식의 친구
발행인 : 대규모 출판사의 경영주
미스 홍 : 발행인의 여비서
편집장 : 의기소침한 50대 남자
작은 청년 : 혁명적 기질을 가진 젊은이
큰 청년 : 작은 청년의 동료

· **무대**

　민의식의 집. 그가 번역작업을 하는 서재에는 볼품없이 기다랗게 생긴 책상이 놓여 있고 번역중인 책과 사전, 키를 두드릴 때마다 요란한 소리를 내는 구식 타자기가 책상 위에 자리잡고 있다. 그밖의 가구로서는 싸구려 인조 가죽으로 만들어진 소파와 몇 개의 칠이 벗겨진 나무의자들, 아무렇게나 잡지와 책들이 꽂힌 책상이 있다.

　서재의 후면 왼쪽에는 다른 방과 식당이 있으나 관객석에서는 보이지 않으며, 그곳으로 가는 통로가 방과 식당이 있다는 것을 암시한다.

　서재의 후면 오른쪽에는 바깥 세상과 통하는 현관문이 있다.
무대장치에 있어서 민의식의 집은 대체적인 윤곽만이 드러나도록 한다. 오히려 그 집을 둘러싸고 있는 바깥세상이 구체적으로 강조되어야 하는데, 이 연극의 등장인물들을 포함한 수많은 사람들의 표정들, 기쁨, 분노, 희망, 좌절 등을 표현한 반원형의 거대한 벽화가 민의식의 집을 둘러싸고 있다. 그리고 이 벽화는 연극의 진행에 따라 조명을 받고 선명하게 드러난다.

제1막

민의식은 며칠째 밤을 새우며 번역작업을 강행하고 있다. 그는 지친 모습이다. 서재 왼쪽의 방에서 끊임없이, 짜증스럽게, 신경을 긁는 어린 아기의 울음소리가 들려 온다. 민의식은 그 소리에 대항하듯이 번역할 책을 들여다보며 더욱 열심히 타자기를 두드린다. 사이, 그는 책상 위에 흐트러진 타자된 종이들을 추려서 번역한 문장이 제대로 되었는지 확인하고자 목소리를 높여 읽는다.

민의식   막스주의는 모순투성이의 철학이다. 따라서 막스주의를 합리적으로 설명하려는 이론은 자가당착에 빠지기 마련이다. 물질 제일주의에 대한 신념을 주장하면서, 물질적인 상황을 변화시키는 인간의 역할을 동시에 강조하는 모순, 이것이 막스주의의 모순인 것이다.

어린 아기는 더욱 악을 쓰며 울어 댄다.

민의식   이러한 모순을 변증법적인 방법에 의하여 해결할 수 있다고 주장한다면, 여기에는 새로운 문제가 또 하나 파생하게 된다. 그것은 변증법적인 방법에 대한 비판이 가능한 것이냐, 즉 순수하게 경험적인 토대에 근거를 둔 비판을 받아들일 수 있느냐의 문제이다.

민의식은 견디지 못하고 벌떡 일어나 왼쪽으로 가서 주먹으로 벽을 두드리며 고함을 지른다.

민의식 제발 그 울음소리를 좀 그치게 해요!

어린 아기의 울음소리, 숨이 넘어갈 듯이 더욱 자지러진다.

민의식 도대체 몇 번이나 말해야 아시겠습니까? 그 우는 소리 때문에 일이 되지 않아요! 제, 발, 좀, 울, 지, 않, 게, 해, 줘, 요!

그는 자신의 신경질적인 태도가 지나쳤다는 듯이 후회하는 표정을 짓는다. 그리고 다시 책상으로 돌아와 번역한 문장을 읽는다.

민의식 칼 막스의 문학이론은 인습타파를 목적으로 하는 혁명가의 말이기보다는, 고전문학에 조예가 깊은 1840년대의 잘 교육된 독일청년과 같은 냄새가 더 짙다. 일반적으로, 막스의 문학적 판단의 기준은 경제 결정론의 기준인 바, 이것은 문학 작품이 경제적 토대의 양상을 묘사하는 문제에 초점을 두어야 하는 것이다. "정치경제학 비판"의 서문에서, 칼 막스는 경제적 토대와 문학의 관계를 다음과 같이 표현하고 있다.

악을 쓰며, 숨이 넘어갈 듯이, 어린 아기는 울어댄다.

민의식 울음 좀 그치게 하라니까요! 물질생활의 생산양식이 사회 정치 및 지적생활의 전부를 결정짓는다! 정말 미치도록 악을 쓰며 울어대는군! 하지만 지적생활이 생산양식을 결정 짓는 관점에서 보면 (벽을 치면서) 제, 발, 울, 지, 않, 게, 하, 라, 니, 까, 요!

무대 왼쪽에서 유모차가 나타난다. 민의식의 늙은 아버지와 어머니가 자지러지게 울어대는 아기를 유모차에 태워 밀면서 나온다.

아버지　아무리 달래도 울기만 하는구나.

어머니　안아 주기도 하구 업어 주기도 했다. 배가 고파 우는가 해서 우유도 먹였지. 하지만 울음을 그치지 않다.

민의식　어떤 우유를 먹이셨는데요?

어머니　어떤 우유라니…… 더운 물에 가루 우유를 타서 먹였지.

민의식　어머니, 울음을 그치지 않을 땐 냉장고 속에 제가 만들어 둔 우유를 먹이라구 했잖아요!

아버지　그건 내가 먹여서는 안 된다고 했다.

민의식　왜요? 그걸 먹이면 금방 잠이 들 텐데요?

아버지　잠이야 금방 들겠지. 하지만 수면제가 들어 있는 걸 어린애한테 먹일 순 없어. (유모차를 민의식 앞으로 밀고 오며) 이 앨 좀 봐라. 넌 네 자식이 불쌍하지도 않냐?

민의식　도대체 왜 울기만 하는지 모르겠어요! (타자된 종이를 들여다보며) 어디까지였더라…… 경제토대의 변화와 함께…… 상부구조 전체가…… 변화되는 것이다…… 바로 이렇게 물질제일주의에 대한 신념을 주장하면서, 동시에 물질적인 상황을 변화시키는…… (아버지와 어머니가 물끄러미 바라보고 있다는 것을 의식하면서) 어떻게 해서든지 애 좀 울지 않게 해주세요.

아버지　그런데 너는 왜 한 번도 애를 달래 주질 않느냐?

민의식　죄송해요, 아버지. (책상 위의 타자기와 책을 가리키며) 하지만 제가 무척 바쁘다는 걸 아실 텐데요?

아버지　이게 무슨 일인데?

민의식　독일어로 씌어진 책을 번역하는 겁니다. (설명하려다 그만두며) 하긴 아버지하곤 관계없는 일이에요.

아버지　(경직되는 표정으로) 물론 나하고는 관계없는 일이겠지. 여기 있는 너의 어머니와 네 자식한테도 상관없는 일이겠구!

어머니 (아버지에게) 여보, 그만 어린앨 데리고 밖으로 나갑시다.

아버지 (유모차를 밀고 나가려 하며) 이젠 알 것 같다. 네 처가 왜 집을 나갔는지…….

민의식 잠깐만요, 뭔가 오해를 하고 계신 것 같은데요?

아버지 아니다. 우린 오해할 게 없어.

민의식 제 처가 집을 나간 것도 그래요. 마치 저에게 커다란 잘못이 있는 줄 아신다면 그건 오해입니다. 솔직히 제 처는, 아니 그 여자는 제 정신이 아니에요. 도대체 산다는 것이 무슨 의미가 있느냐, 그런 질문을 하루에도 수십 번씩 해대니깐 견딜 수가 없었어요.

아버지 그래서 강제로 네 처에게 수면제를 먹여댔구나?

민의식 아버진 그 여자 편을 드시는군요!

아버지 난 누구 편을 드는 게 아냐. 다만 내가 하고 싶은 말은, 네 처도 오랫동안 괴로워하다가 집 나가는 쪽을 택했을 것이라는 거다.

민의식 그 여잔 괴로워하지 않았어요! 오랫동안 괴로워한 것도 아니구요. 즉흥적으로, 그냥 맨몸으로 어린애와 저를 놔두고 집을 나가 버린 거라구요! 그런데도 사람들은 나만 나쁘다는 겁니다. 참 기가 막히죠! 피해자는 저인데, 오히려 모두들 그 여자를 동정하고 있어요. 난 지금 죽을 지경입니다. 발바닥에서 머리끝까지, 혼자 고통을 뒤집어쓰고 있는 거예요.

전화기가 울린다. 민의식은 못마땅한 태도로 수화기를 든다.

민의식 뭐…… 뭐라구? 절대로 여기 와선 안 돼!

어머니 누구냐? 네 처라면 당장 오라구 그래라.

민의식　무슨 일인지 모르겠지만 말야, 날 만나러 올 것 없어!…… 정말이야, 난 지금 일을 해야 해. 한가하게 자넬 만날 시간이 없다니깐! 그럼 전화 끊겠어! (수화기 코드를 뽑아 버리며) 제 친구예요. 날 만나러 오겠다는 걸 거절한 겁니다.

아버지　넌 왜 다른 사람들을 이해하려 하질 않느냐? (호소하는 어조가 된다) 네 처가 집을 나갔으니 애 좀 봐달라는 편지를 받고 우리는 부랴부랴 시골에서 올라왔다. 그런데 이게 뭐냐? 넌 네 일만 하고, 전혀 네 처는 찾을 생각도 하지 않는다. 지금 시골에 가 뵈라. 비는 한 방울도 내리지 않아서 논과 밭이 시뻘겋게 타고, 가축은 목이 말라 울부짖고 있어. 하루라도 빨리 우리는 시골로 돌아가야 해. 샘을 파고 물을 퍼올려서, 죽어가는 것들을 살려야 한다.

민의식　알고 있습니다. 아버지, 며칠만 더 기다려 주세요.

어머니　(유모차를 현관문 쪽으로 밀고 나가며) 며칠만, 며칠만, 넌 입버릇처럼 그 말만 하는구나. 우린 마음이 바싹바싹 탄다!

민의식　어딜 가시려는 거죠?

어머니　애도 답답한지 울기만 한다. 밖에 나가 바람이나 쏘이고 돌아오마.

민의식　(유모차를 밀고 나가는 부모에게 미안함을 느끼며) 멀리 가지 마시고 곧 돌아오세요.

유모차를 밀면서 민의식의 부모는 현관문으로 퇴장한다. 민의식은 책상에 앉아서 번역작업을 계속한다. 이따금씩 사전을 찾으면서, 번역한 문장을 타자한다. 타자를 끝낸 종이를 뽑아 읽는다.

민의식　프리드리히 엥겔스는 막스주의 문학론에 두 개의 중요한 이론을 기여하였다. 그는 1885년에 미나 카우츠키가 "낡은 것과 새로운 것"이라는 소설을 발표하였을 때, 서사에게 사신의 견해를 적은 편지를 보낸 바 있었다. 이 편지에 엥겔스는 두 개의 문제를 다루고 있다. 첫째는, 문학과 정치행위 내지 경향성과의 상호관계였다. 엥겔스는 미나 카우츠키가 그의 작품에서 보여 준 지나치게 분명한 경향에 불찬성을 표시하였다. 엥겔스의 주장은, 경향성 의도가 상황과 행동 속에서 조용히 드러나야 하며, 직접 설명을 해서는 안 된다는 것이었다. "작가는 그 자신이 주장하는 사회적 투쟁에 대한 역사적이며 미래적인 해결을 제시해야 할 의무가 없다"는 것이 엥겔스의 견해였던 것이다. (현관문의 초인종소리가 들려온다) 또 어린애가 우는군! 제발 울지 않게 해요! 이러한 점에서, 우리는 문학이 지나치게 정치적 경향을 띠는 태도에 관한 엥겔스의 반대적인 견해가 막스주의 문학이론의 또 하나 모순의 원천이 되고 있음을 알 수 있다. (초인종 대신에 주먹으로 문을 두드리는 소리가 반복되고 있다) 글쎄, 울음 좀 그치게 하라니까요!

안순응   (문 밖에서 외친다) 나야, 나!

민의식   (문 두드리는 소리라는 것을 알고) 거기, 누구요?

안순응   (문을 열고 들어온다. 몹시 흥분된 모습이다) 여보게, 난 모가지가 잘렸어!

민의식   문이 잠겨 있질 않았군…….

안순응   미처 예상 못했던 건 아니었지만 말야. 나를 해고시키는데 그토록 무자비한 방법을 사용할 줄은 몰랐어!

민의식   (냉정한 태도로) 나를 방해하지 말게. 이번 주말까지 난 이 책을 번역해야 돼.

안순응   난 진짜 친구라곤 자네뿐이야! 그런데 전화를 해도 끊어버리구, 이렇게 찾아와도 거들떠 보지 않으니 섭섭하군!

민의식   도대체 자네 모가질 어떤 식으로 잘랐는데?

안순응	오늘 아침 출근했더니 편집장이 나를 부르더군. 그리고는 심각한 표정으로 내 나이를 묻더라구. 난 마흔한 살이라구 대답했지. 그랬더니 잡지사에 근무하기엔 너무 늙었다는 거야. 더구나 잡지사 월급은 박봉이니까 노후대책도 세울 겸 어디 좀 더 나은 직장을 찾아가랬어.
민의식	내가 듣기엔 굉장히 인간적인 해고 같은데?
안순응	아냐! 내 나이를 열 살쯤 낮춰서 대답했어도 말야, 내 모가질 잘랐을 걸!
민의식	어쨌든 그 작자는 자넬 쫓아낼 작정이었고?
안순응	물론이지! 문제는 내가 그 편집장과 심하게 다퉜기 때문이야. 그 바보 같은 편집장은 문학이라는 걸 몰라! 문학이란 무조건 고통받는 사람들의 이야기를 소설이나 시로 쓴 것이다, 그렇게 알고 있는데 말야. 정말 문학은 그런게 아니라구!
민의식	(책상 서랍에서 조그만 약병을 꺼낸다. 그리고는 알약을 몇 개 쏟아 안순응에게 내민다) 이걸 먹어.
안순응	(알약을 손바닥에 받아 들고) 이게 뭔데?
민의식	유토피아.
안순응	유토피아……?
민의식	수면제 이름치곤 멋있지!
안순응	수면제를 나더러 먹으라는 건가?
민의식	그래. 자넨 지금 몹시 흥분하고 있는데, 안정을 하는 게 좋겠어.
안순응	그러니까…… 자넨 날 먹이려구 이런 약까지 준비해 뒀군?
민의식	설마 그런 준비를 미리 하였겠어?
안순응	난 먹고 싶지 않아!
민의식	(경고하듯이) 여봐, 난 자네의 하나뿐인 친구야. 나 역시 친구라곤 자네 하나뿐이구. 어서 그 유토피아를 먹어. 자네가 그걸 먹지 않으면 우리 관계가 끝날지도 몰라.

안순응 (마지못해서) 그렇다면…… 할 수 없군.

민의식 조그만 알약이야. 어서 입에 넣고 삼켜.

안순응 다섯 개나 되는데? 물이라도 줘.

민의식 그냥 삼켜도 목구멍으로 넘어간다구.

안순응 (얼굴을 찡그리고 수면제를 한 알씩 삼키며) 자네 정말 냉정하군!

민의식 한 알씩 따로따로 먹나?

안순응 더 정확히 말해서 냉혈동물이지!

민의식 한꺼번에 다섯 알을 다 먹어. 그래야 약효가 나지!

안순응 자네 부인이 왜 집을 나갔는지 알 것 같군.

민의식 험담은 그만둬, 제발.

안순응 그럼 지금 내 기분으로 무슨 소릴 하라는 거야?

민의식 자넨 십분 이내에 잠이 들 거야. (소파를 가리키며) 여기 누워 봐. 잠들기엔 괜찮을 거야.

안순응 (소파에 눕는다) 뭐, 괜찮군. 그런데 십분 동안 이렇게 멀뚱히 눈을 뜨고 있으란 말인가?

민의식 그럼 하고 싶은 말이 있거든 해. 단, 내 험담은 안 돼. 자넨 문학잡지의 편집일을 해왔으니깐, 요즈음 우리 문학이 어떻게 되어 가고 있는지 그거나 말해 주게.

안순응 자넨 소설이나 시를 꽤 많이 읽었을 텐데?

민의식 아냐, 그렇지 못해. 난 지나간 십 년 동안 단 한 권의 소설도 읽지 못했어.

안순응 (충격을 받은 표정으로 상반신을 일으키며) 뭐라구? 그게 정말이야?

민의식 외국 것은 많이 읽었지. 직업적으로 번역해야 했으니깐. (책장을 가리키며) 저기 꽂혀 있는 책들이 모두 내가 번역한 거라구. 이것 저것 닥치는 대로 번역해야만 집세도 내고, 냉장고 월부금도 내면서, 먹고 살 수 있거든. 하지만 나한테는, 자네가 있잖아? 자네 같은 우리 문학의 전문가들이 있으니 말야. 이런 기회에 지난 10년간의 우리 문학을 요약해서 들려 주게.

안순응 기가 막히는군! 10년간을 10분 동안에 말해 달라?

민의식 그렇다니깐. 그 수면제의 효력은 아주 정확해.

안순응 (드러누우며) 차라리 난 입을 다물겠어.

민의식 잘 생각했어. 그럼 나한테는 조금이라도 덜 방해가 되겠지.

안순응 (벌떡 일어나며) 이 냉혈동물 같으니! 난 하겠어! 악착같이 말하겠다구!

민의식 (**손목시계를 보여 주며**) 이젠 겨우 오분 남았는데?

안순응 (재빠른 목소리로) 어차피 자넨 듣는 둥 마는 둥 하겠지만 말야. 지난 10년간의 우리 문학을 요약하면 다음과 같지! 그건 급속히 산업사회가 되면서 생겨난 문제점들, 빈부의 격차라든가 노사간의 갈등, 사회의 부조리를 파헤쳐서, 그 밑바닥에 억눌려 있는 소외계층을 드러내고, 그들이 가져야 할 인간적인 권리를 보호하려는 데 특징이 있지. 하지만 바로 그러한 문학은 사회적 모순과 소외계층을 지나치게 강조함으로써 가진 자와 못 가진 자, 지배자와 피지배자, 순종하려는 자와 저항하려는 자를 두 쪽으로 선명하게 갈라 놓았다는 부정적인 측면도 있다구.

민의식 너무 빨라서 알아듣질 못하겠어.

안순응 좋아. 약간 천천히 말해 보지! 지난 십 년 동안 우리 사회는 어느 한쪽만을 지나치게 편들어 왔어. 문학이 소외되고 억눌린 사람들을 편들어 왔다면, 경제는 가진자의 편을, 정치는 지배자의 편을 들었지. 그래서 현실에 있어서는 돈과 권력이 없는 사람들은 인간적인 대접을 소홀히 받고 있다고 느끼듯이, 문학에 있어서는 돈 많은 사람이나 권력을 가진 사람들은 인간성이 형편없다는 부당한 취급을 받게 되었다구.

민의식　참 안됐군. 우리 사회가 그렇게 양쪽으로 갈라져 있다니 말이야.

안순응　문제는 자네 같은 냉혈동물이지! 자기하곤 아무 상관도 없다는 듯이 팔장을 낀 채 바라보고만 있으니깐 사태가 더욱 악화되구 있어.

민의식　그럼 자네 의견은 뭐야? 돈과 권력을 가진 사람들을 소설에 등장시켜 아주 인간적으로 묘사하는 것이 문학의 새로운 사명이다, 그런 주장인가?

안순응　내 주장은 이런 거야. 이쪽이 아니면 저쪽이라는 극단적인 사고방식이 난 싫어! 그런 사고방식을 가진 대표적인 인물이 누군지 알아? 내 모가지를 자른 편집장이라구! 그 바보 같은 편집장의 머리 속에는 흑백논리만이 들어 있어. 그래서 잡지에 꼭 게재해야 할 가치가 있는 작품인데도 그 작품의 등장인물이 소외계층이 아니면 쓰레기통 속에 내던져 버리더라구. 난 견디지 못해서 항의를 했지! 진정한 문학이란 그 어느 한쪽만을 위해 있는 게 아니니깐 편파적인 짓을 해서는 안 된다구 말야. 그랬더니 그 바보 같은 편집장이 나더러 늙었다는 거야! 판단력이 둔해졌다느니 하면서, 나를 완전히 고물 취급을 하더라구!

민의식　흥분하지 말게, 제발.

안순응　내가 흥분 안하게 됐나? 마흔한 살이면 한창 일할 나이인데 말야. 그 바보 같은 녀석이 내 모가질 잘랐어!

민의식　자넨 이제 잠들 때야.

안순응　아직은 정신이 멀쩡한데?

민의식　아냐, 미리 누워 있는 것이 좋아. 멀쩡했다가도 갑자기 도끼에 얻어 맞은 듯 푹 쓰러지면서 잠이 든다구.

안순응　(갑자기 목덜미를 만지며) 어이쿠…… 정말인데!

민의식　어서 누워.

안순응	(소파 위에 눕는다) 지금 잠이 들면 안 되는데…… 자네를 왜 찾아 왔는지 그 이유는 말 안했잖아?
민의식	푹 자고 난 뒤에 말하게.
안순응	아냐. 사실 그것부터 말해야 했던 거야. (상반신을 일으키며) 난 새로운 문학잡지를 창간하고 싶어. 나를 좀 도와주게!
민의식	잡지를 창간하겠다고? 그러려면 엄청난 돈이 들 텐데…….
안순응	자네더러 돈을 내라는 건 아냐. 자넨 번역일을 오래 해 왔으니깐 여러 출판사들과 줄이 닿을 거야. 그중에서 돈 많은 출판사를 나에게 연결시켜 주면 돼.
민의식	난 그럴 시간 없어. 자네가 직접 다니면서 알아봐.
안순응	어쨌든 난 자네만 믿구 찾아왔어. 어이쿠, 도끼가 두 번째로 후려치는 것 같군! (누우며) 그리구 난 당분간 이곳에 머물러 있겠어. 난 홀아비야. 집 나간 자네 부인 대신 내가 밥도 해주고, 빨래도 해주고, 청소도 해주지.
민의식	아냐, 그럴 필요없어! 시골에서 부모님이 올라와 계시니깐……. (잠이 든 안순응을 흔들며) 여봐, 그럴 필요없다는 내 말 들려? 벌써 잠이 들었군.

민의식은 잠이 든 안순응으로부터 물러나와 책상으로 가서 타자기 앞에 앉는다. 지치고 짜증스러운 모습이다. 그는 타자기에 새 종이를 끼워 놓고 번역해야 할 책을 노려본다. 그리고 요란하게 타자기를 두드린다. 사이. 타자 친 문장을 소리내어 읽는다.

민의식	막스와 마찬가지로 레닌도 위대한 예술 작품을 혁명과 어떻게 조화시키는가 하는 문제 때문에 고민이 많았다. 1908년과 1911년 사이에 레닌은 레오 톨스토이의 80회 생일과 그의 죽음을 두고 다섯 편의 논문을 발표하였다. 레닌은 톨스토이의

작품을 세계문학사의 가장 위대한 업적으로 평가하면서도, 한 편으로는 톨스토이의 세계관을 가부장적 경향의 순진한 농부의 견해라고 혹평하였다. 레닌은 톨스토이의 박애주의 사상이 주는 정치적 영향을 우려하고 있었다. 그러면서 문학적인 입장에서는 톨스토이의 작품에 영구한 가치를 부여하고 있는 것이다. 이러한 상호 모순에 대해 레닌은 이렇게 주장하고 있다. "톨스토이의 사상은 오늘날의 노동자 운동과 사회주의라는 입장에서 평가되어야 한다." 따라서 이것은 두 개의 각기 다른 척도가 적용될 수 있음을 나타내고 있다. 즉, 역사주의적 표준을 적용하여 톨스토이의 문학적 위대성을 평가하고, 정치적 표준을 적용하여 사회적 배경에서 그의 작품을 판단하는 것이다. 이 두 개의 척도 사이에서 일어나는 모순은 변증법적 해결을 요구하고 있다. 어떤 특수한 정치적 조건 아래서는 첫번째 기준이 두 번째 기준보다 더 강조되며, 또 다른 특수한 상황 아래서는 두 번째 기준이 첫 번째 기준보다 더 강조되는 것이다…….

아버지와 어머니, 심각한 표정으로 유모차를 밀면서 들어온다. 어린 아기는 여전히 자지러지게 울고 있다.

아버지   (책상 앞에 바짝 유모차를 대면서) 넌 이미 알고 있었냐?

민의식   ……뭘를요?

아버지   (어린 아기를 가리키며) 이 애 말이다. 눈도 못 보구, 귀도 못 듣는다.

어머니   밖에 데리고 갔는데 뭔가 이상하더라. 지나가는 사람들을 봐도, 자동차소릴 들어도, 아무 반응이 없더구나.

아버지   (손가락을 어린 아기의 눈앞에 흔들며) 이것 보렴. 눈앞에 손가락

	을 흔들어도 전혀 반응이 없잖느냐?
민의식	알고 있었습니다. 의사가 그러더군요. 산모가 임신중에 수면제를 복용한 부작용 때문이라구요.
어머니	(유모차에 엎드려 어린 아기를 껴안는다) 아이구, 가엾어라!
민의식	냉장고 속에 든 우유를 먹이세요.
어머니	이 불쌍한 애한테 또 수면제 탄 걸 먹이란 말이냐?
아버지	너한테 맡겨 놨다간 어린 것이 도저히 살지 못할 것 같다!
어머니	어서 네 처를 찾도록 하자. 우리가 말이다, 유모차를 밀면서 저 다리 건너 구멍가게까지 갔었는데, 가게 주인이 오늘 아침 네 처를 봤다더라. 언제나 울기만 하는 어린앨 꼭 데리고 다니더니 오늘은 혼자 여기에 왔기에 어떻게 된 거냐구 물었더니, 아무 대답 없이 라면만 몇 개 사가지구 돌아갔다 한다. 어떠냐? 우리 짐작엔 불쌍한 애 때문에 멀리 가지 못하고 이 근처에 있는 것 같다. 네가 직접 나서서 찾아볼 생각은 없냐?
민의식	(타자기를 두드리며) 그 여잔 저를 원망하고 있어요. 자기에게 강제로 수면제를 먹여서 이런 꼴이 됐다구요. 그래서 절대 집으로 되돌아오지는 않을 겁니다.
아버지	(소파에 누워 있는 안순응을 가리키며) 저 사람은 누구냐? 아까서부터 눈여겨봤는데 꼼짝도 안 한다.
민의식	유토피아를 먹었어요.
아버지	유토피아를 먹여?
민의식	잠 오는 약이죠. 아마 꿈 속에서 새로운 문학잡지를 창간하고 있을 겁니다. (타자기에서 잘못 타자된 종이를 뽑아내며) 어머니, 제발, 그 애 좀 울지 않게 해 주세요, 밖으로 다시 데려가든가, 냉장고 속의 우유를 먹이세요. 도대체 숨이 넘어갈 듯이 울어대니깐, 이 지긋지긋한 번역이 자꾸만 틀리잖아요!
아버지	언제까지 이럴 거냐? 가뭄 든 땅은 바싹바싹 타구, 목이 마른

가축들은 아우싱인데…… 우리 마음이 답답하나…….

민의식은 대답이 없다. 그는 입을 굳게 다문 채, 새 종이를 타자기에 끼우고 번역할 책을 들여다보며 요란하게 타자기를 두드린다. 아버지 와 어머니는 울어대는 아기를 바라보며 한숨을 짓는다. 무대, 서서히 어두워진다.

제2막

1막으로부터 며칠 후, 민의식은 번역작업을 계속하고 있다. 책상 위 의 타자기 곁에 수북하게 쌓인 타자된 종이들로 보아서 그의 번역작 업은 상당히 진척되었다는 것을 알 수 있다. 무대 왼쪽으로부터 시끄 러운 소음이 들려온다. 안순응이 바구니에 세탁한 옷들을 잔뜩 담아 들고 들어온다.

민의식   (얼굴을 찌푸리며) 시끄러워 견딜 수 없군!
안순응   빨래하느라구 전기세탁기를 돌렸어. 그런데 굉장히 구식이더 군. 어찌나 소리가 요란한지 나도 귀를 막고 있어야 할 지경이 더라구.
민의식   그냥 둬. 여긴 내 집이야.
안순응   물론 자네 집이지. 하지만 내가 머물러 있는 곳이기도 하거든.
민의식   제발 그만두라니깐! 어린애가 간신히 잠든 모양인데 시끄럽게 해서 다시 깨울 건 없잖아?
안순응   어린앤 병원에 갔어. 그래서 울음소리가 들리지 않은 거야.

민의식	병원에 갔다니?
안순응	어젯밤이야. 아무래도 입원시켜야겠다구 자네 부모님께서 아 길 데리고 나가셨어.
민의식	그럼 나한테 알려 주고 가야지!
안순응	글쎄…… 자네한테는 말할 필요없다구 생각하신 모양이지. (실 내의 양쪽 벽에 못을 박고 빨래줄을 맨다. 그리고 옷들을 널기 시작 한다) 자네 배고프지 않아? 아침밥 먹으라구. 내가 맛있게 찌개 를 끓여 놨어.
민의식	(계속해서 타자기를 두드리며) 난 아무것두 먹고 싶지 않아.
안순응	알았어, 알았다구. 그런데 자네한테서 지독한 냄새가 나. 그 더러운 옷 좀 벗어 주겠어?
민의식	나를 방해하지 마! 오늘까지 번역을 끝내야 한다구!

현관문의 초인종이 울린다. 민의식은 들은 체도 않고 타자기를 두드 린다. 빨래를 널다 말고 현관문으로 다가간다.

안순응	무슨 일입니까?
밖의 사람들	여기가 민의식 선생님 댁이죠?
안순응	그렇습니다만……?
밖의 사람들	저희는 출판사에서 왔습니다. 지금 댁에 계시지요?
안순응	글쎄요…….
민의식	문을 열어드려.
안순응	(현관문을 열어 주며) 들어오시랍니다.

출판사의 젊은 발행인, 그의 여비서 미스 홍, 의기소침한 표정 때문 에 늙어 보이는 편집장이 들어온다.

민의식	아니 웬일로 편집장께서 직접 저의 집을 찾아오셨습니까?
편집장	그동안 안녕하신지요? (발행인과 민의식을 서로 소개하며) 우선 인사하시지요. 이분은 우리 출판사의 발행인이십니다. 그리고 이분은, 우리가 번역을 의뢰한 민 선생님이시구요.
발행인	(악수를 청하며) 우리 편집장으로부터 민 선생님 말씀은 많이 들었습니다만, 직접 뵙는 건 처음이군요.
민의식	이렇게 뵙게 되어 반갑습니다.
미스 홍	(민의식에게) 인사드리겠어요. 저는 비서를 맡고 있는 미스 홍이에요.
민의식	아, 그러십니까! (찾아온 사람들에게 의자를 권하며) 자, 누추하지만 않으시지요.
안순응	손님들께 커피를 끓여 올까?
민의식	그럼 고맙겠군!
안순응	(부엌 쪽으로 퇴장한다)
민의식	(책상 위에 쌓여 있는 타자된 종이들을 추스리며) 며칠째 밤을 꼬박 새웠지요. 이제 번역은 다 됐습니다. 마지막 몇 장만이 남아 있을 뿐인데 이것도 오늘 오후까지는 다 될 겁니다.
발행인	수고가 많으셨군요. 하지만 오늘 아침 일찍 우리가 찾아온 것은…… (편집장에게) 어서 그 이유를 말씀드리세요.
편집장	(몹시 곤혹스런 표정을 짓고) 어떻게 말씀드려야 좋을지 모르겠습니다만…… 우리 출판사는…… 선생님이 번역하신 원고를 책으로 만들 수 없게 되었습니다. 그래서…… 양해를 구하려고…… 찾아온 겁니다. 정말 죄송합니다…….
민의식	도대체…… 무슨 말씀이신지?
발행인	우리 편집장의 말솜씨가 부족하군요. 제가 직접 설명해드리지요. 문제는 이렇습니다. 우리가 선생님께 번역을 의뢰했던 때와 지금은 상황이 달라진 겁니다. 그때만 해도 막스주의를 비

판하는 책들은 출판할 수 있었고 또 잘 팔리기도 했거든요. 그런 책들을 읽는 독자는 대개 젊은 학생층인데요. 그들은 그런 책의 내용을 문자 그대로 읽는 것이 아니라 거꾸로 해석해서 읽는다는 사실이 발견되었어요. 예를 들자면 "막스주의 문학이론은 모순이다" 이런 문장이 있다 합시다. 그럼 그들은 "막스주의 문학이론은 모순이 아니다" 이렇게 거꾸로 읽는 거예요. 그러니깐 당국에서는 놀란 겁니다. 막스주의에 오염되지 않도록 막스주의를 비판하는 책들을 출판 허가했던 것이, 오히려 이렇게 신가한 부작용을 일으키고 있는 것에 충격을 받은 거지요. 이런 사태변화에 우리 출판사는 긴급히 대책회의를 열었습니다. 그리고 신중히 검토한 끝에 그런 책들은 출판하지 않는다는 결정을 내렸어요.

편집장　그렇습니다…… 이런 이유 때문에…… 전화를 여러 차례 드렸습니다만, 통화가 되질 않더군요…….

민의식　방해받는 게 싫어서 전화기의 코드를 뽑아 놓고 있었지요. 어쨌든 번역은 거의 다 끝냈습니다. 이제 와서 출판하지 않는다는 건 나로서는 받아들일 수 없군요!

발행인　선생님 기분은 잘 알겠습니다. 온갖 고생을 하면서 번역을 끝냈는데, 그걸 출판하지 않는다면 몹시 서운하실 거예요. 하지만 감정을 억누르시고 사태 변화를 이해하셔야 합니다. 특히, 그동안 막스주의 비판서적을 많이 낸 출판사들은 당국으로부터 주목을 받게 되었거든요. 그런 때에 또다시 이런 책을 만들어 낸다면 우리 출판사뿐만 아니라 그 책을 번역하신 선생님마저 진짜 막스주의자로 몰릴 위험성이 있습니다.

민의식　그럴 염려가 없을 텐데요! 다만 저는 막스주의 문학이론을 비판한 책을 번역했습니다. 그런 제가 진짜 막스주의자로 몰릴 거라뇨?

발행인 그렇죠. 독자들이 그런 책을 거꾸로 읽고 있다면 번역자의 본심이야 어떻든 막스주의자로 몰릴 가능성이 얼마든지 있는 겁니다. 혹시 선생님께서는 막시스트이신지요?

민의식 천만에요! 저는 아닙니다!

발행인 그렇다면 괜히 오해받을 짓을 할 필요야 없지 않습니까?

안순응, 쟁반에 커피잔을 담아 들고 와서 각 사람 앞에 놓는다.

안순응 찻잔이 어디 있는지 알 수 있어야지…… 부엌을 온통 뒤지느라구 늦었습니다. (민의식 앞에 찻잔을 놓으며, 낮은 목소리로) 어떻게 된 거야? 분위기가 심각한데?

민의식 자넨 알 것 없어.

안순응 그런데 말야. 저 사람들을 어디에서 봤던 것 같아…….

민의식 알 것 없다니깐!

안순응 혹시 저를 기억하시겠어요?

편집장 글쎄요…… 『문학세계』라는 잡지에 계신 분 아니십니까?

안순응 맞습니다! 저도 이젠 알겠군요! 지난 해 가을 출판협회 세미나에서 만났었죠?

편집장 "문학세계"는 잘 되구 있습니까?

안순응 아뇨. 완전히 이상한 프로퍼갠더 잡지가 돼 버렸어요. 그래서 저는 손을 떼구, 지금은 새로운 문학잡지 창간을 계획하고 있습니다.

민의식 (발행인에게) 더 이상 길게 말씀드리고 싶지 않습니다. 결론적으로, 제가 번역한 원고는 출판해 주셔야 합니다. 그래야 저도 번역료를 받을 게 아닙니까? 여기 계신 편집장님께서는 저의 사정을 잘 알고 계십니다. 저는 번역 이외에는 아무런 수입이 없는 사람입니다.

발행인	실례입니다만, 외국어는 몇 종류나 하시는지요?
민의식	영어와 독일어는 원서를 보면서 바로 우리말로 타자 칠 정도로 능숙합니다. 불어도 할 줄 압니다만 사전을 약간 찾아야 하고, 중국어와 스페인어는 서투른 대로 번역할 수 있습니다.
발행인	(웃으며) 됐습니다. 그 정도면. 사실 제가 직접 선생 댁을 찾아온 것도, 선생의 그 탁월한 외국어 실력 때문입니다. (여비서에게) 준비해 온 그 책들을 보여드리지.
미스 홍	네. (큼직한 보따리를 풀어서 여러 가지 책들을 보여 준다)
민의식	이게 뭡니까?
미스 홍	세계 각국의 연애소설이에요.
발행인	선생님은 연애소설을 즐겨 읽으시는지요?
민의식	아뇨. 사춘기 이후 통 읽질 못했습니다.
발행인	연애소설이라구 우습게 여겨선 안 돼요! 셰익스피어의 저 유명한 "로미오와 줄리엣", 괴테의 "젊은 베르테르의 슬픔"도 따지고 보면 연애소설 아닙니까! (쌓여 있는 책들을 가리키며) 이것들은 특별히 외국의 여러 서점에서 의뢰해서 구입한 책들인데요, 세계 각국의 대표적인 연애소설들입니다. (자랑스럽게) 이건 나의 독창적인 아이디어예요! 세계 각국의 연애소설들을 번역해서 백 권쯤의 대전집으로 만드는 거죠. 이 연애소설 대전집이 출판되면, 그야말로 폭발적인 베스트셀러가 될 겁니다!
편집장	(발행인의 주장에 저항감을 느끼고 얼굴 표정이 더욱 침울해지며) 글쎄요…… 폭발적인…… 베스트셀러가 될 수 있을지는…… 더구나 이런 때 연애소설이라니…….
발행인	우리 편집장은 감각이 둔해요. 그래서 내 아이디어를 아무리 설명해 줘도 알아듣질 못해요. 하지만 선생은 금방 이해하실 겁니다. 그러니깐 세계 각 나라의 연애소설들을 번역해서 책

나나 이런 식으로 제목을 붙이는 거예요. "미국인의 사랑", "영국인의 사랑", "불란서인의 사랑", "독일인의 사랑", "러시아인의 사랑", "터키인의 사랑", "이집트인의 사랑", "브라질인의 사랑", "인도인의 사랑", "중국인의 사랑"…… 이런 식으로 말이에요!

안순응 네, 재미있는 아이디어군요! 이 연애소설 대전집은 베스트셀러가 되면서 엄청난 돈을 벌어들일 게 확실합니다.

발행인 바로 그거예요! 뭔가 출판의 경험이 있는 사람은, 내 아이디어가 얼마나 훌륭한지 안다구요!

안순응 (발행인에게 다가가며) 그런데, 연애소설 대전집보다 더 좋은 아이디어가 있다면 어떻게 하시겠습니까?

발행인 아…… 더 좋은 게 있다뇨?

안순응 순수 문학잡지를 창간해 보시죠! 돈이야 연애소설 대전집보다 못 벌겠지만, 그거야말로 진짜 보람 있는 일이거든요!

발행인 문학잡지…… 생각해 볼 수도 있겠지요…….

안순응 저에게 그 문학잡지의 편집 책임을 맡겨 주시죠! 저는 그 방면에 오랜 경험이 있는, 가장 훌륭한 적임자입니다. (민의식에게) 자네가 나를 자세히 소개해 주게! 이분이 새로운 문학잡지 창간에 관심을 보이셨어!

미스 홍 저희 발행인께선 그럴 시간이 없으세요. 지금 곧 중대한 모임 때문에 라이온스 호텔로 가 보셔야 하거든요.

발행인 (일어서며) 정말 오늘 아침엔 시간이 없어요. 문학잡지 문제는…… 글쎄…… 나중에 따로 기회를 봐서 의논합시다.

안순응 언제요? 언제 기회를 주시겠습니까?

발행인 비서실의 우리 미스 홍에게 연락하세요. (민의식에게) 선생 건은 매듭을 짓고 떠났으면 좋겠어요. 연애소설 대전집이 매우 급합니다. 선생이 맡아 번역하실 의향이 있으신지요?

민의식	제가 이 모든 책들을 다 번역하는 겁니까?
발행인	아닙니다. 번역 가능한 것들을 골라내세요. 남은 건 또 다른 사람한테 맡길 거구, 그래서 여러 사람이 한꺼번에 조속히 끝내도록 할 겁니다.
민의식	일감이 생겨서 고맙긴 합니다만, 미리 선불을 주실 수 있는지요?
발행인	어느 정도는 선불도 드릴 용의가 있습니다. (여비서에게) 자, 우린 가지. 남은 일은 편집장에게 맡기기로 하구.
미스 홍	제기 남은 일올 처리하고 갔으면 하는데요?
발행인	편집장에게 맡기면 되잖아?
미스 홍	편집장은 이번 일에 관심이 없으세요.
편집장	언제…… 내가…… 관심이 없었소?
미스 홍	연애소설 대전집은 뭐랄까요, 우리 출판사 체면을 깎는다는 생각 때문에 내심으론 반대시잖아요?
편집장	(얼굴이 창백해지며) 이런…… 세상에…….
발행인	편집장, 나하고 함께 갑시다! (민의식에게) 내 비서와 상의하세요. 잘 처리해 드릴 겁니다.

발행인과 편집장, 현관문으로 퇴장한다. 문 밖에서 자동차 떠나는 소리가 들린다. 민의식은 책상으로 가서 서랍을 열고 수면제 병을 꺼낸다. 미스 홍은 안순응을 바라보며 웃는다.

안순응	뭐가 그리 재미있다구 웃는 거요?
미스 홍	그럼 우습지 않구요! 마치 망연자실한 표정을 짓고 계시잖아요!
민의식	(안순응에게) 자네, 유토피아를 먹겠어?
안순응	아냐, 자네나 먹으라구! (미스 홍에게) 나에겐 참으로 귀중한 기

회였는데…… 당신한테 말해 봤자 무슨 소용 있겠소.

미스 홍 저에게 말씀하시는 게 소용이 있을 걸요. 우리 발행인은 남의 말은 듣지 않아요. 수천 명의 사람들이 한꺼번에 몰려와서 고함을 쳐도 까딱 안 할 사람이죠. 하지만 제가 귀에 대고 부드럽게 속삭이는 소리, 그 소리엔 효과를 내요.

안순응 그건 놀랄 일인데…….

민의식 (수면제 알을 책상 위에 일렬로 늘어 놓고 헤아린다) 하나, 둘, 셋, 넷, 다섯, 여섯, 일곱.

안순응 자네, 그걸 다 먹을 텐가?

민의식 (수면제를 입 안에 넣고 삼킨다) 억울해서 견딜 수 없을 땐 이 정도는 먹어야 잠이 들더라구. (미스 홍에게) 어쨌든, 잠들기 전 남은 일을 해치웁시다. 솔직히 말해서, 난 집세도 내야 하고, 월부금도 내야 하고, 어린애는 아프고, 여러 가지로 돈이 필요해요. 자, 선불을 얼마나 주겠소?

미스 홍 얼마가 될지는 번역하실 책의 수효에 달렸겠지요. (쌓여 있는 책들을 가리키며) 선생님이 번역 가능한 책들을 골라 보세요.

민의식 (쌓인 책 중에서 일곱 권을 골라내며) 이 정도는 내가 할 수 있겠군.

미스 홍 욕심도 많으시군요.

민의식 (책을 펼쳐 훑어본다) 내용도 별 것 아닌데…… 이 정도 쉬운 것이면 닷새에 한 권씩 해치울 수 있겠군. 한 달 안에 이 책들을 모두 번역해 주는 조건으로 선불을 얼마 주겠소?

미스 홍 삼분의 일 번역료를 먼저 드리죠. (손가방에서 수표와 계약서를 꺼내며) 이 계약서에 서명하세요.

민의식 고맙소. (계약서에 서명하고 수표를 받는다) 그럼 우리 한 달 후에 봅시다. (소파에 누우며) 잘 가요.

미스 홍 제 일은 아직 끝나지 않았어요.

민의식   (소파에 누우며) 또 뭐가 남아 있단 말이요?

미스 홍   선생님은 잠이 오거든 주무세요. (안순응에게 다가가며) 저는 이 분과 남은 일을 할게요.

안순응   아, 문학잡지 창간 문제인가 보군!

미스 홍   먼저 신상부터 묻겠어요. 첫째, 선생님은 누구시죠?

안순응   (긴장하는 표정이 되며) 나……?

미스 홍   저기 누워 있는 분과는 어떤 관계인가요?

안순응   관계……?

미스 홍   너무 긴장할 깃 없어요. 사실대로만 말씀하시면 돼요. 도대체 선생님은 이 집에서 뭘 하는 분인가요?

안순응   이거 어떻게 대답해야 좋을지……. (민의식을 향하여) 이봐, 내가 누구야?

민의식   자네가 누구긴 누구야. 새로운 문학잡지의 편집 책임을 맡고 싶어서 안달이 난 사람이지!

안순응   음, 그게 바로 나요!

미스 홍   저분과는 어떤 사이예요? 형제? 친척? 친구?

안순응   우린 친구 사이요.

미스 홍   그런데 제가 들어올 때 보니깐, 빨래도 하구 또 차도 끓여 오시던데요?

안순응   내가 당분간 저 친구 신세를 지고 있기 때문이지. 왜, 그게 문제가 되요?

미스 홍   이 집엔 여자는 없는가요?

안순응   저 친구의 아내가 있어요. 하지만 집을 나가 버렸으니 없다구 해야 옳겠군.

미스 홍   두 분 말구 또 누가 이 집에 있죠?

안순응   어린애가 있는데, 지금은 병원에 가고 없어요.

미스 홍   이 집엔 다른 사람들이 자주 드나드는가요?

안순응 아무도 드나드는 사람이 없죠. 시골에서 올라오신 부모님이 계시긴 하지만, 아마 입원한 아기를 보살피느라 집에 오실 것 같진 않아요. 저 친구는 이 세상에서 가장 지독한 이기주의자 여서 사람이 찾아오질 않아요.

미스 홍 제 짐작이 맞는군요. 저는 들어올 때부터 이 집 안 분위기를 살펴봤어요. 뭔가 꽉 막혀 있는, 답답한 느낌을 받았죠.

안순응 잘 봤어. 바로 그거요! (민의식에게) 여봐, 듣고 있어? 모두 자네 성격 때문이야!

민의식 조용히 해. 난 지금 도끼로 얻어 맞기를 기다리고 있잖아.

미스 홍 도끼로 얻어 맞는 게 뭐죠?

안순응 수면제의 효과가 어찌나 지독한지, 도끼로 얻어 맞는 것 같다는 거요.

미스 홍 (민의식에게 다가가서) 그럼 잠들기 전에 제 말씀을 들어 주세요. 저는 이곳의 분위기가 마음에 들어요. 왜냐하면요, 당분간 이곳에 데려올 사람들이 있기 때문이에요.

민의식 (상반신을 일으키며) 대체 그게 무슨 소리요?

미스 홍 제가 데려올 사람들은 대학생들이에요.

안순응 불쌍한 고학생들인 모양이군?

미스 홍 아뇨, 그들은 모두 부잣집 자식들인 걸요.

민의식 부잣집 자식들을 뭣 때문에 우리집에 데려 오겠다는 거요?

미스 홍 좀더 솔직히 말씀드리면, 그들을 숨겨 달라는 부탁이에요. 그들은 자기 신분을 감추고, 우리 출판사 직영의 인쇄소에 들어와 파업을 꾸미고 있거든요.

안순응 아, 이젠 알 것 같군! 요즈음 유행하는 젊은 학생들의 노동운동인 모양인데!

미스 홍 네, 그들은 부잣집에서 태어났다는 것을 부끄러워해요. 옛날엔 우월감이랄까, 맘껏 자랑해도 괜찮던 부잣집 태생이라는 것이, 요즈음엔 가난하고 억눌린 사람들을 치켜세우니깐 계면쩍은 죄의식으로 바꿔진 거죠. 그래서인지 그들은 부잣집 도련님이라는 자기 신분을 감추고, 일부러 근로 조건이 형편없는 우리 인쇄소에 들어와 비밀스런 조직을 만들고 가난한 근로자들을 위해서 투쟁하고 있어요.

민의식 (냉담한 태도로 다시 의자에 누우며) 난 그런 일에 전혀 관심이 없소. 내 생각엔 말이요, 그들은 진짜 노동이 뭔지, 진짜 가난이 뭔지 몰라요. 그저 잠깐 동안 가난한 자를 위한 투쟁이라는 걸 해보다기, 실패하면 다시 그 편안한 부잣집 도련님 자리로 되돌아 갈 거란 말이요.

미스 홍 물론 그럴 테죠. 결국은 언제나 손해를 보는 건 가난한 사람들이에요. 그러나 우리 출판사의 인쇄소 직공들은 오직 파업에 희망을 걸고 있거든요. 며칠 전 그 젊은 학생들, 아니 파업 주동자들이 대담하게 발행인 비서실의 저를 찾아왔어요. 그들은 제가 자기들 편인 줄 믿고 부탁한다면서 파업에 필요한 작업을 해야 할 텐데 그럴 안전한 곳을 구해 달라고 하더군요. 저는 이곳이 가장 안성맞춤이라는 생각이 들어요. (누워 있는 민의식에게) 선생님, 제 부탁을 들어 주시는 거죠?

민의식 도끼가 마침내 날 후려쳤어! (안순응에게) 여보게, 제발 이 여자를 자네가 맡아 줘!

안순응 그래, 자넨 유토피아나 즐기라구. (미스 홍의 팔을 붙들고 민의식으로부터 멀리 떨어진 나무의자에 가서 앉는다) 그런데 말요, 난 놀랐어요. 발행인의 비서라면 그런 사실을 일러 바쳤을 텐데, 오히려 파업을 도와 주려 하다니…….

미스 홍 전 어렸을 때 인쇄소에서 일했거든요. 하루종일 햇볕이 들지 않는 곳에서 납으로 만든 활자를 뽑는 문선공이었죠. 그 시절에도 파업이 자주 일어나곤 했어요. 저는 그럴 때마다 밀고자 노릇을 했었구요. 남 몰래 높은 분을 찾아가서 일러 바치면, 그분은 아무 말 없이 지갑에서 돈을 꺼내 저에게 주었어요. 왼쪽 눈이던가…… 오른쪽 눈이던가…… 한쪽 눈이 없어서 진회색 유리구슬로 만든 의안을 낀 분이었죠. 어느 날이었어요. 파업이 일어났던 날 저녁이었는데, 주동자가 누구누구다 일러바치고 돈을 받을 때 보니깐…… 아무 감정도 나타나지 않는 그 진회색의 눈동자가 섬뜩 무섭게 느껴졌어요. 그래서 저는 돈을 받지 않고 도망치듯 나왔죠. 그분이 저를 불러 세우더니 묻더군요. 왜 돈을 받지 않느냐구…… 저는 아무 대답 없이 울기만 했어요. 처음엔 무서워 울던 울음이 나중엔 슬프디 슬픈 흐느낌이 되었어요…… 그런 일이 있은 후, 그분은 저를 가엾게 여겼던지 인쇄소 일을 그만두게 하구 학교엘 보내 주셨어요. 어쨌든, 참 고마우신 분이죠. 대학까지 저를 돌보아 주셨으니깐요. 그런데 졸업할 무렵, 학교 기숙사로 전보가 왔어요. 그분이 돌아가셨다는 거였어요. 저는 어렸을 때 다니던 인쇄소를 찾아갔었죠. 그랬더니 조그맣던 인쇄소는 몰라보게 큰 규모로 변해 있었구, 출판사까지 차려져 있더군요. 저는 발행인실로 들어갔어요…… 뒤를 이어받은 그분의 아들이 의자에 홀로 앉아 있었어요. 저는 더듬더듬 제가 찾아온 이유를 말하고, 그분 은혜를 잊을 수 없다구 했었죠. 그랬더니…… 그 아들이 짓궂은 표정으로 물었어요. 그 은혜를 자기에게 갚지 않겠느냐…… 저는 갚겠다구 했어요. 그는 의자에서 일어나 저에게 다가왔어요. 그리고는 제 옷의 단추를 벗기더니…… 바닥에 눕혔어요. 누워서…… 창문 너머로…… 유리구슬처럼 무표정한 진회색의 흐린 하늘이 바라보이더군요. 일을 끝낸 그가…… 죄의식이라곤 전혀 없는 어투로 말했죠. 아름다운 몸매로군. 내 여비서로 쓰겠어…… 이젠 모든 걸 짐작하셨을 거예요. 그날부터 저는 그에게 철저히 봉사를 해야 했구요. 그는 저를 자기 마음 내키는 대로 다뤄 왔어요. 사랑이라곤 전혀 없는 이러한 관계…… 저는 그를 증오해요! 그래서 저는 그를 상대로 파업을 일으키는, 어설프게나마 죄의식을 가진 젊은 학생들을 돕고 싶어요! 오늘밤, 저는 그들을 이곳으로 데려오겠어요. 제발 부탁이에요. 선생님이 그들을 보살펴 주세요.

안순응　글쎄…… 곤란한 문제인데…….

미스 홍　왜요? 선생님은 그들이 여기에 오는 게 싫으세요?

안순응　난 생리적으로…… 파업이라든가 투쟁 같은 건 좋아하지 않아요. 그래서인지 내가 관심을 갖는 건 그들이 아니라 당신이오. 진회색의 유리구슬로 만든 눈…… 두려움을 느끼고 흐느껴 울던 당신…… 그리고 장례식 날 찾아갔을 때…… 당신이 겪은 일…… 그런 이야기들이 내 가슴에 와서 닿는군. 정말 당신을 위해서라면 나도 뭔가 하고 싶군요. 하지만 당신이 부탁하는 그 젊은이들, 파업을 일으키려는 그들 일이라면 마음이 내키질 않아요. 오히려 내 생각은, 현실이 암담하고 참혹할수록, 점진적으로 문제를 개선해 나가야 한다는 겁니다. 갑작스런 투쟁으로 문제를 해결 짓겠다는 건 오히려 부작용만 커져요. 그런데 요즈음은 어떻게 된 것인지 투쟁을 외쳐대야 박수를 받고, 화해를 주장하면 바보 취급을 받는단 말요. 난 실제로 그 꼴을 당했어요! 십여 년이 넘게 일해 온 문학잡지가 하도 선동적이 되기에 그래선 안 된다구 했더니 모가지를 자르더란 말이오! 참으로 어처구니없는 일이지! 내가 새로운 문학잡지의 편집을 맡을 수 있다면, 난 인간 상호의 신뢰와 사랑이 가장 중요하다는 것을 내세우겠습니다! 오직 그것만이 우리의 현실 문제를 해결할 수 있는 방법이라는 걸 모든 사람들에게 강조할 테요!

미스 홍 신뢰라든가 사랑이라는 말…… 사람의 마음을 감동시키는군요. 좋아요, 선생님. 제가 무슨 아양을 부려서라도 제가 발행인을 달래서 선생님의 소원을 이뤄드리도록 하죠.

안순응 고맙군요. 하지만 당신은 발행인을 증오하고 있으면서…….

미스 홍 증오하는 사람한테 어떻게 아양을 떨 수 있느냐, 그 말씀인가요?

안순응 어쩐지 몹쓸 짓을 시키는 것 같군.

미스 홍 아뇨, 제가 선생님의 말씀에 공감했기 때문이에요. 저는 선생님을 위해서라면 그까짓 아양이 아니라 생명을 내놓더라도 후회할 게 없어요. (미소를 짓고, 손을 뻗쳐서 안순응의 어깨 위해 손을 얹으며) 선생님도 마찬가지일 거예요. 선생님이 저를 사랑하고 신뢰한다면, 저를 위해서 무슨 일이든 하실 수 있지 않겠어요?

안순응 (당혹스런 표정으로) 물론이죠, 우리가 서로 이해하고 사랑한다면. 하지만 아직 우린 그런 사이가 아니잖아요?

미스 홍 선생님, 저를 한번 안아 보세요. 서로 따뜻한 감정이 통할 수 있는지 알고 싶군요.

안순응 난 이런 건…… 어색해서…….

미스 홍 그럼 제가 안아드리죠. (안순응을 의자에 앉히고 가슴에 그를 안는다) 긴장을 풀어요. 그리구 자연스럽게, 자신의 감정에 맡겨요. (당혹해 하던 안순응은 조용히 안긴 채 있다) 그래요, 따뜻한 체온이 느껴져요. 온갖 서러움을 달래 주고, 맺힌 한을 풀어 주는, 그 인간적인 따뜻함이 심장으로부터 우러나와 서로의 몸과 마음을 감싸 주는 것을 느껴요. 하지만 단 한 사람, 발행인과는 그게 안 돼요. 오히려 그 사람의 손이 제 몸에 닿으면 제 몸은 굳어져요. 돌덩이처럼, 얼음처럼…… 차디차게 굳어질 뿐이에요.

안순응	(연민을 느끼면서 미스 홍을 껴안는다)
미스 홍	오늘밤 저는 그 사람과 싸우려는 젊은이들을 데려올 거예요. 선생님이 그들을 도와주세요.
안순응	당신을 위해서라면······.
미스 홍	아뇨, 우리 서로의 신뢰와 사랑을 위해서예요.

민의식의 아내, 현관문을 소리없이 열고 들어온다. 그녀는 안순응과 미스 홍이 포옹하고 있다는 것을 전혀 예상하지 못해서 당황한 표정이 된다.

아 내	아······ 죄송해요.
안순응	(역시 당황해서 포옹을 풀고 일어서며) 안녕하십니까······ 저어, 나를 아시겠지요?
아 내	그럼요, 알구 말구요. (소파 위에 누워 있는 민의식을 가리키며) 저 양반의 단 하나뿐인 친구시잖아요. 그간 결혼하셨나 봐요. (미스 홍에게) 부인이 참 아름다우시군요.
안순응	네······ 하지만······.
미스 홍	(민첩하게) 고맙습니다. 제 모습을 칭찬해 주셔서요.
아 내	그럼 편히 앉으시죠. (안순응과 미스 홍이 의자에 앉자 그녀는 맞은편 의자에 앉는다. 그리고 잠시 주위를 둘러본다) 집안이 어수선하지 않군요, 생각했던 것보다는······ 빨래도 널려 있구요.
안순응	오늘 아침 청소해서 그럴 겁니다. 저 친구는 지저분하게 그냥 두라는 걸 내가 간신히 우겨서 청소도 하구 빨래도 한 거지요.
아 내	저 양반은 유토피아를 먹으셨나요?
안순응	네, 일곱 알이나 먹었습니다.
아 내	저한테는 열두 알씩 먹였죠. 저는 늘 잠에 빠져서 아무런 의식도 없이 지냈어요. 그러다가 문득, 이렇게 살아선 안 되겠다는

생각이 들더군요. 그래서 다시는 수면제를 먹지 않으려구 이 집을 나간 거예요. 하지만…… 사실은…… 멀리는 못 갔어요. 하루종일 울기만 하는 우리 아기 걱정을 하면서, 이 집 근처를 맴돌고 있었죠. 오늘은 너무나 궁금해서 들어와 봤는데…… 이상하군요. 집안은 조용할 뿐…… 아기 울음소리가 들리지 않아요.

안순응   아기는 병원에 갔어요.

아 내   어느 병원에 갔어요?

안순응   그건 아직 모르겠습니다. 시골에서 올라오신 저 친구 부모님께서 입원시키겠다구 데려가셨는데, 아직 어느 병원인지 연락이 없군요.

아 내   (어두운 표정이 되어) 몹시 나쁜 상태인가요, 아기는?

안순응   네, 그런 것 같던데요…….

아 내   (의자에서 일어나 민의식의 책상으로 간다. 책상 위의 종이에 연필로 숫자를 적는다) 이건 제가 있는 곳의 전화번호예요. 어느 병원인지 연락이 오면 저한테 알려 주세요. (종이를 안순응에게 주며) 하지만 가망 없는 일이에요…… 이 세상의 그 어떤 병원에 가도…… 불쌍한 우리 아긴 낫지 못해요. (현관문을 향하여 걸어가다가 잠시 소파 곁에 서서 민의식을 내려다보며) 제가 다녀갔단 말 하지 마세요. 어차피 이 양반은 전혀 관심없을 테니까. 춥지 않게, 담요나 덮어 주세요.

민의식 아내, 현관문 밖으로 나간다.

미스 홍   굉장히 지성적인 여자인데요?

안순응   저 친구한테는 과분하지! 문학적 소질도 뛰어나서, 한때는 훌륭한 시를 써서 이름을 날렸거든. 그런데 이걸 어떻게 해야 좋

담? 저 친구는 흔들어 봤자 깨어나지 않을 테구, 다시 집을 나
가는 부인을 붙잡지도 못하겠는데……

미스 홍 이럴 땐 상관않는 게 좋아요. (팔을 안순응의 목에 두르고 매달리
며) 지금은 우리 둘의 신뢰와 사랑이 중요해요.

안순응 (미스 홍을 힘있게 포옹하며) 그렇군요!

미스 홍 지금부터 우리는 서로를 믿고, 사랑하고, 돕기로 해요! 선생
님, 약속해 주시는 거죠?

안순응 물론 약속하죠! 내 인격의 모든 것을 걸고 약속하겠어요!

무대, 암전한다.

제3막

전 막으로부터 일주일이 지난 후, 정오 무렵. 키 큰 청년과 키 작은
청년이 수동식의 등사기를 부지런히 움직이고 있다. 그들의 옷이며
손에는 검은색 잉크가 묻어 있고, 등사기에서 인쇄되어 나오는 전단
들이 바닥에 어수선하게 흩어져 있다. 무대 왼쪽, 식당이 있는 곳으
로부터 앞치마를 두른 안순응이 손에 국자를 들고 나온다.

안순응 점심 먹을 시간이야.

청년들 (작업에 열중해 있어서 듣지 못한다)

안순응 (청년들에게 가까이 다가가서) 점심을 먹으라구.

청년들 (안순응의 말을 분명히 들었으니 방해하지 말라는 듯이 일부러 반응
을 보이지 않는다)

안순응 (부드럽게, 간청하듯이) 밥을 먹으라니깐. 점심 때가 되있잖아?

청년들 다 끝마치고 먹죠.

안순응 언제 끝날 건데?

큰 청년 모르죠, 언제 끝날는지.

작은 청년 우린 밥 먹을 생각 없어요. 지금 삼백여 명의 근로자들이 단식을 하면서 파업중이에요. 그런데 우리만 배불리 먹을 수는 없잖아요?

안순응 그래, 그렇겠지…… 자네 둘 말구 다른 사람들은 어디 있나? 방금 여기에서 왁자지껄 떠들고 있는 것 같던데?

큰 청년 파업 현장에 갔어요.

안순응 (식당 쪽으로 가다가 걸음을 멈추고) 난 그런 줄도 모르고 밥을 많이 해놨지. 그런데 자네들이 조금 조심해 주면 좋겠어. 시도 때도 없이 법석대니깐 이 집 주인이 미칠 지경인가 봐.

작은 청년 그럼 미치라구 하세요.

안순응 미치라구……?

작은 청년 네. 한 사람이 미쳐서 삼백여 명 근로자들이 권익을 찾을 수 있다면 그쪽이 훨씬 나으니까요.

안순응, 어깨를 움칠해 보이고 식당 쪽으로 퇴장한다. 청년들은 계속해서 등사기로 전단을 인쇄한다. 전화기의 벨이 울린다. 키 작은 청년이 날렵하게 전화기에 뛰어가 수화기를 든다.

작은 청년 여기는 화장터! 그쪽 사정은 어때? 음…… 음…… 좋아. 단식 중인 사람들에겐 이렇게 말해. 조금만 더 버티라구! 조금만 더 버티면 우리의 요구조건이 다 이뤄질 거야! 음…… 그건 염려 마. 지금 우리들 요구 조건을 프린트하고 있어. 파업현장뿐 아니라 각 신문사와 방송국, 그리고 광화문 네거리, 시청앞 광장

등 닥치는 대로 뿌릴 거야!

민의식, 점심식사를 마치고 식당 쪽에서 나온다. 그는 지극히 못마땅한 표정을 짓고 작은 청년에게 다가간다.

민의식 그 잉크 묻은 손으로 전화기를 잡지 마!

작은 청년 좋아, 자주 전화해서 그쪽 상황을 알려 줘. (수화기를 내려놓고, 등사기를 향해 가며 냉담하게) 알았어요.

민의식 그리구 말야, 여긴 화장터라는 소릴 집어 치워!

큰 청년 그건 우리 암호인데요?

민의식 암호?

큰 청년 네. 여기는 화장터! 좋은 암호죠.

민의식 여긴 내 집이야. 내가 내 집에서 살아가는 방식이 있고, 또 내 집에서는 절대로 사용하고 싶지 않은 말이 있어. 그런데 자네들은 그걸 보호해 주기는커녕 사정없이 침해하고 있다구!

청년들 (프린트 작업을 계속하며) 알았습니다.

민의식 자네들은 전혀 내 말을 듣지도 않아. 도대체 뭘 알았다는 거야?

작은 청년 선생님의 살아가는 방식을 알았다는 거죠.

민의식 그럼 주의해 줘!

작은 청년 네, 주의하죠. 하지만 그런 것에 신경이 쓰여지거든 수면제를 잡수세요.

큰 청년 왜 노려보십니까? 그게 선생님의 살아가는 방식이잖아요? 우리가 이 집에 와서 현수막을 만들고, 포스터를 그리고, 지금은 이렇게 프린트를 하는데도 선생님은 그것을 단 한번 관심있게 보지도 않았어요. 대신 기껏 한다는 소리가, 시끄러워 방해가 된다, 잉크 묻은 손으로 전화기를 잡지 말아라, 잔소리만 늘어

놓죠.

작은 청년 이왕 말이 나온 김에 더해 볼까요? 선생님의 그런 태도 때문에 수많은 사람들이 고통 속에서 헤어나질 못하고 있는 거라구요!

민의식 이제는 훈계를 하는 거야, 뭐야?

작은 청년 선생님의 살아가는 방식이 틀렸다 그거죠. (민의식의 책상 위를 가리키며) 저걸 좀 보세요. 선생님이 번역중인 저 유치한 연애 소설, 저런 소설은 수십 권 아니 수백 권을 읽어 봐도 내용이 비슷해요. 남자 주인공은 엄청난 부자로서 시간이 남아 어쩔 줄 모르는 유한계급이구, 여자 주인공은 나이 어린 어여쁜 처녀로서 가난 때문에 온갖 고생을 겪다가, 결국은 그 가난을 피할 방법으로 자신의 육체를 이용하여 남자에게 접근해서 불장난을 한다는 그런 내용이거든요. 저런 건 한마디로 말해서 대중을 우롱하고, 그들의 의식을 잠재우며, 그들의 가난한 호주머니를 털어서 출판사 경영주나 살찌게 만드는 짓이죠!

큰 청년 즉, 선생님은 수면제 문화의 공범자라구요.

민의식 기가…… 막히는군!

큰 청년 선생님, 잠을 깨십쇼! 선생님 자신이 수면제 문화의 공범자이면서 또 희생자라는 것을 알아야 해요.

작은 청년 저런 유치하고 형편없는 번역을 하면서 삶의 보람을 느끼셨어요? 대답해 보세요! 왜 우리가 묻는 말에 대답을 못하는 거죠? 번역도 노동일 텐데, 그 노동의 대가라곤 형편없구, 또한 그 노동의 질적 내용이 전혀 가치가 없으니깐 삶의 보람을 느낄 수가 없겠지요! 우리는 그런 식으로 살고 싶지 않아요. 그렇게 깊은 잠 속에 빠져서 살고 싶지 않다구요. 그래서 우리는 싸우는 중이죠! 우리 자신뿐만 아니라 잠이 든 사람들을 깨우기 위해서 싸우는 거라구요!

민의식   이젠 할 말을 다했나?

작은 청년 아뇨, 한 마디 더 남았어요.

민의식   그게 뭐야? 빨리 말해! 나도 하고 싶은 말이 목구멍까지 올라
         와 있어!

작은 청년 (등사기를 가리키며) 우리를 도와 주시죠! 파업의 이유와 요구조
         건을 빨리 프린트해서 사방에 뿌려야 하는데요, 일손이 부족
         하거든요.

         전화기의 벨이 울린다. 키 작은 청년이 재빠르게 뛰어가 수화기를 든
         다.

작은 청년 여기는 화장터! 그래, 농성현장은 어떻게 되어 가고 있나?
         음…… 앰뷸런스가 왔다구? 음…… 음…… 실려 간 사람이 모
         두 몇 명이야? 여섯 명! 알았어! 아주 잘된 거야! 이런 일이 벌
         어지면 고용주 쪽에서 겁을 집어 먹겠지! 자, 용기를 북돋아
         줘. 결국은 우리가 이긴다는 신념을 단식중인 사람들에게 불
         어넣어 주라구!

큰 청년   (수화기에 대고) 노래를 해. 노래를 하라구! "우리 승리하리라"
         그런 노래 있잖아!

작은 청년 그래, 힘껏 노래를 불러! 승리는 반드시 우리 것이야! (수화기를
         내려놓는다)

민의식   앰뷸런스에 실려 간 사람이라니, 그게 무슨 소리야?

작은 청년 단식 농성하다가 쓰러져서 병원에 실려 간 사람들이죠.

민의식   오늘까지 며칠째 단식 중이지?

큰 청년   닷새째요.

민의식   앞으로 쓰러질 사람들이 속출하겠군!

큰 청년   (등사기에 되돌아가 작업을 하며) 그런다구 죽지는 않습니다.

민의식	자네들은 그 사람들이 죽기를 바랄걸? 사람이 몇 명 죽어서라도 사회 전체가 떠들썩해지기를 바라고 있잖아?
작은 청년	아까 뭐였죠? 우리들에게 하겠다는 말씀이나 하세요.
민의식	난 자네들의 그런 태도에 기가 질렸어. 그러니깐 질려서 말 못 하겠다, 그게 바로 자네들을 향해 외치고 싶은 내 말이라구.

안순응, 우유가 담긴 잔을 들고 청년들에게 다가온다.

안순응	(부드러운 어조로) 밥을 먹지 않겠다면 우유라도 마셔.
청년들	안 마시겠어요.
민의식	마셔. 내 집에서 사람이 굶어 죽는 꼴은 보고 싶지 않으니깐!
안순응	(우유잔을 청년들에게 내밀며) 난 말야, 자네들을 보살펴 줄 의무가 있다구.
큰 청년	혹시…… 이 우유 속에 수면제를 탄 건 아니죠?
안순응	수면제라니?
큰 청년	이 집에선 수면제를 먹일지 모르니까 조심하랬어요.
민의식	누가 그 따위 소릴 했어?
작은 청년	사실이 그렇잖아요?
민의식	그 잔을 이리 줘. 내가 시험삼아 마셔 볼 테니.
청년들	(민의식을 외면하고 안순응에게) 선생님이 대신 마셔 보시죠.
안순응	(우유를 시험하듯 조금 마신다) 아무 이상 없어. 안심하고 마셔도 좋아.
청년들	그렇다면 우리도 마시죠.
민의식	(불쾌한 감정이 되며) 자네들은 완전히 나를 불신하고 있군!
청년들	(우유를 마시면서) 선생님도 저희를 믿지 않잖아요?
안순응	(민의식을 청년들로부터 떼어 놓으며) 여봐, 다툴 것 없어. 밖에 나가 산책이라도 하는 게 어때?

민의식	갑자기 산책이라니, 무슨 소리야?
안순응	기분 전환을 하라는 거지! (현관문 쪽으로 떠밀다시피 하며) 하늘도 바라보구, 땅도 쳐다보면서, 느긋하게 걷다가 오는 거야.
민의식	난 그럴 생각 없어!
안순응	집 안에 처박혀 있으니깐 서로 다투기만 하잖아?
민의식	하루종일 내 신경을 긁어 놓는 건 저 녀석들이라구. 그런데 자넨 저 녀석들을 두둔하고 나를 몰아내려는군!
안순응	오해하지 말구 내 말 좀 들어 봐. 내가 저 친구들을 보살펴 주는 데는 그만한 이유가 있다구. 저이, 닌 사랑에 빠졌어. 저 친구들을 데리고 온 여자와 말야. 난 그 여자 부탁을 거절할 수 없었어. 더구나 그 여잔 나한테 새로운 문학잡지 창간을 돕겠다구 했거든.
민의식	(비웃듯이) 무슨 이유가 그렇게 복잡해?
안순응	그 여잔 나를 사랑하구 있어. 정말이야.
민의식	그래서인지 요즘 자네 표정이 달라졌군!
안순응	내 표정이…… 어떤데?
민의식	아주 행복해 보여! 모가지가 잘려서 들어올 때하곤 전혀 달라!
안순응	음…… 그땐…… 날씨가 안 좋아서 그랬던 거야. 구름이 잔뜩 낀 고약한 날씨였거든. 하지만 지금은 기막히게 좋은 날씨라구. (현관문을 열며) 자, 문 밖을 바라봐! 맑게 개인 하늘에 찬란한 햇빛이 쏟아지구, 꿀맛처럼 감미로운 공기가 감돌고 있잖아?
민의식	(문 밖을 바라보며) 햇빛 어디 있어?
안순응	글쎄…… 잔뜩 흐려 있군!
민의식	시커먼 구름뿐이야, 하늘은. 금방 비가 쏟아질 것 같잖아!
안순응	비는 올 것 같지 않은데?
민의식	요즘 자네 어떻게 된 거야?
안순응	공기를 마셔 봐. 햇빛은 없지만 그 뭔가 감미로운 것이 가슴

속에 와 닿지!

민의식　문을 닫아. 난 절대로 안 나가!

안순응　그렇게 짜증만 내면 더 괴로울 텐데? (호주머니에서 조그맣게 접힌 종이를 펴서 주며) 이걸 받고 나가.

민의식　이게 뭐야?

안순응　집 나간 자네 부인의 전화번호야.

민의식　어떻게 알았어?

안순응　며칠 전에 다녀갔지. 자네한테는 말하지 말라는 걸 일러주는 거니깐, 전화를 하고 찾아가 보라구.

민의식　밖으로 내보내려구 별짓을 다 하는군! (책상으로 가서 타자기 앞에 앉는다) 차라리 난 번역이나 하구 있겠어!

안순응　대단한 고집이군!

큰 청년　일종의 자폐증이에요, 문 밖이 두려워서 못 나간다는 건.

작은 청년　사회적 관심이 전혀 없다는 증거죠.

안순응　그래, 자기 부인에 대한 관심도 전혀 없어!

전화기의 벨이 울린다. 키 작은 청년, 등사기의 롤러를 손에 쥔 채 뛰어가 전화기를 든다.

작은 청년　여기는 화장터! 지금 상황은? 아…… 누굴 찾으신다구요? 네, 잠깐 기다리세요. (민의식에게) 선생님, 받아 보시죠.

민의식　(청년으로부터 수화기를 받아서 잉크 묻은 자리를 손수건으로 닦는다) 전화 바꿨습니다. 아버지시군요. …… 도대체 며칠째입니까? 어린앨 입원시키겠다구 데리고 나가셨으면 곧 연락을 해주셔야죠! 네……? 관심도 없으면서 연락오길 바랬느냐구요? 제가 왜 관심이 없다고 생각하십니까?

안순응　(걱정스러운 표정으로) 여보게, 어린애는 좀 어떤지 여쭤봐.

민의식 어린애 상태는 어떻습니까? 절…… 망…… 적이라니요? 그래서요…… 전혀…… 가망이…… 없다…… 그거군요. (수화기를 떨어뜨리듯이 내려놓는다)

안순응 어린애가 어떻게 됐어?

민의식 (책상으로 되돌아가 아무 말 없이 타자기를 두드린다)

안순응 궁금해. 어떻게 됐느냐니깐?

민의식 자네가 그토록 걱정해 주는 그 어린 아기는 말야, 지금 산소호흡기 속에서 죽어가고 있어. 오늘 아니면 내일, 죽음이 임박해 있다는군.

안순응 그럼 어서 가봐야 할 것 아냐?

민의식 난 가질 못해. 이 유치한 연애소설이나 번역하고 있어야지.

안순응 제발 그건 집어 치우고 병원으로 가게!

민의식 (타자기를 두드리며) 아버지는 어느 병원인지 가르쳐 주질 않으셨어. 난 평소에 관심도 없었구, 이제는 찾아와 봐야 아무 소용 없다는 거야. 한마디씩 툭툭 자라내듯 아, 무, 소, 용, 없, 다. 그렇게 말씀하셨다구. (동정하는 표정을 짓고 서 있는 안순응에게) 왜 그런 멍청한 표정을 짓고 서 있나?

안순응 이럴 땐 말야…… 내가 자넬 위해 뭘 해줬으면 좋겠는데…….

민의식 날 위해?

안순응 음, 진심이야.

민의식 날 위하고 싶거든 제발 내 앞에서 꺼져 버리게! 괜히 멍청한 얼굴로 내 앞에 서 있으니깐 방해만 돼!

안순응, 민의식에 대한 연민의 표정을 지은 채 뒷걸음으로 물러선다. 그는 청년들의 등사기에 부딪힐 뻔한다.

청년들 우리 일 좀 거들어 주시겠어요?

안순응	뭐…… 뭔데?
청년들	(등사기 아래 흩어진 전단들을 가리키며) 이 전단들을 모아 주시죠.
안순응	그러지.

안순응은 허리를 굽히고 전단들을 주워 모은다. 민의식, 두드리던 타자기를 멈추고 비꼬는 투로 말한다.

민의식	놀라운 일이군! 자넨 신념을 바꾼 모양이지? 이 세상의 모든 문제는 사랑으로써 해결해야 한다고 주장하던 자네가 말야, 파업을 위한 투쟁 작업에 끼여들다니!
안순응	난 내 신념을 바꾼 적이 없어.
민의식	그럼 지금 하고 있는 짓이 뭐야?
안순응	그렇게 편견을 갖지 말라구. 이 흩어진 전단들을 모아 준다는 건 파업을 돕는 투쟁적 행동으로 보일 수도 있겠지만, 그러나 어지럽혀진 집 안을 청소한다는 지극히 평화적인 행위일 수도 있어. 인간을 좀더 너그럽게, 좀더 폭넓은 시선으로 바라 봐. 그게 인간을 사랑하는 태도거든.
민의식	(타자기를 두드리며) 이 유치한 연애소설은 점점 흥미진진하게 되어 가는군! 드디어 어여쁘고 순결한 여자가 호텔을 드나들면서 불장난을 시작했어! 큰소리로 읽어 줄까? (일부러 초등학교 학생이 교과서를 읽는 흉내를 낸다) 그녀는 거울 앞에서 옷을 벗으며 잠시 생각에 잠겼다. 저 침대에 누워 있는 남자를 사랑하고 있는가, 그녀는 고개를 가로저었다. 사랑하는 것은 아니다. 다만 충분한 보상을 받고 있기 때문에 함께 자는 것이다. 그러자 그녀는 마음이 슬퍼졌다. "뭘 생각하고 있지?" 남자가 물었다. "아무것도 생각하지 않아요." 그녀는 뭔가 실수를 들킬 뻔한 듯한 느낌이 들면서 대답하였다. "진실이 아닌 건 싫어. 난

허위에 둘러싸여 살고 있거든." 그녀는 남자를 안심시키듯이 입맞췄다. "저도 마찬가지예요. 진실한 사랑을 받고 싶어요." 그들은 서로를 으스러지게 껴안았다.

안순응 그만 읽어! (민의식의 책상 앞으로 다가가서) 너무 자기 자신을 괴롭히지 말아!

민의식 갑자기 그건 무슨 소리야?

안순응 난 알아. 자네가 아무리 숨기려 해도 자네의 절망을 내가 안다니깐!

민의식 농담하고 있군!

안순응 농담이 아냐, 자넨 꿈이 있었다구. 마음껏 자네가 갖고 있는 능력을 펼치면서, 보람 있게 살고 싶다는 희망이 있었어. 정말이야, 이 따위 싸구려 연애소설이나 번역하고 살아야 할 사람이 아냐!

민의식 그럼 내가 어떻게 살아야 하는 건데?

안순응 너무 낙심하지 말아. 내가 자넬 위해 제안하지! 순수문학 잡지를 우리 둘이서 공동으로 편집하자구! 인간에 대한 신뢰와 사랑을 사람들 마음 속에 심어 나가는 일, 그게 얼마나 보람된 일인가!

민의식 (타자기를 두드리며) 아직 그건 창간되지도 않았잖아?

안순응 곧 창간될 거야!

민의식 좋아. 그런데 자네가 주장하는 그 보람된 일이라는 것이 내 생각엔 무지막지한 세월을 필요로 할 것 같군. 이 세상 인간은 모래알처럼 많고 많은데 말야, 언제 다 그들 마음 속에 신뢰와 사랑인가를 빈틈없이 꽉 심어 나갈 수 있겠어? 십 년? 아니면 천 년? 차라리 그것보다는 순식간에 이 세상을 바꿔놓는 방법이 뭐 없을까?

청년들 (민의식의 말을 곧 받으며) 물론 있죠!

민의식 그래? 그게 뭔데?

청년들 투쟁입니다! 인간을 위해서 투쟁해야 해요! 오직 그것만이 인간의 고통을 해결하는 방법이죠!

전화기의 벨이 울린다. 작은 청년 재빠르게 뛰어가 수화기를 든다.

작은 청년 여기는 화장터! 상황이 어떻게 되어 가구 있나? 음…… 앰뷸런스가 다녀간 뒤에…… 저쪽에서 협상하자구 나온단 말이지? (화색이 만연해지며) 야호, 그럴 줄 알았어! 이럴 때 놈들의 콧대를 완전히 꺾어 놓아야 해! 단식은 중단해선 안 돼! 계속 강행하면서 우리들 요구조건을 하나도 빠짐없이 관철시켜 나가자구! (수화기를 내려 놓고 큰 청년에게) 어서 농성현장으로 프린트된 전단을 보내야겠어.

큰 청년 부라보! (프린트된 전단을 챙기며) 내가 갖다 주지!

작은 청년 방송국과 신문사에도 뿌려!

큰 청년 물론이구 말구!

청년들 서로 굳은 악수를 교환한다. 큰 청년, 살며시 현관문을 열고 조심스럽게 밖으로 나간다. 작은 청년, 잠시동안 큰 청년의 뒤를 시선으로 쫓다가 안심하는 표정으로 문을 닫고 돌아선다.

작은 청년 (희망에 잔뜩 부풀은 감정으로) 두고 보세요! 우리의 투쟁이 성공하면 이 세상이 훨씬 달라질 겁니다!

민의식 자네들은 모두 몇 명이지?

작은 청년 (의외의 질문을 받는다는 듯이) 네?

민의식 언제부터 신분을 감추고 파업을 선동했나?

작은 청년 (화난 표정으로) 지금 농담하는 겁니까, 아니면 심문하는 건가요?

민의식   둘 다야.

작은 청년   (경계심을 나타내며) 그럼 왜 묻는 거죠?

안순응   (염려스런 표정으로 민의식에게) 자넨 번역이나 하게. 시비 걸지
        말구.

민의식   난 시비 걸 생각 없어.

작은 청년   그럼 도대체 왜 그러시는 거죠?

민의식   (안순응에게) 자넨 커피 좀 끓여다 줘.

안순응   글쎄, 자네가 쓸데 없는 싸움을 할 것 같에 이 자릴 못 떠나겠어.

민외식   염려 말아. 우리 커피나 마시자구.

안순응   정말 다투지는 않는 거지?

민의식   그렇다니깐, 약속할게.

        안순응, 커피를 끓이려고 식당 쪽으로 퇴장한다. 민의식은 아무 말
        없이 타자기를 계속해서 두드린다. 작은 청년, 민의식을 날카로운 시
        선으로 바라보고 있다가 책상 앞으로 다가간다.

작은 청년   솔직히 말씀하시죠! 우리를 경찰에 알리려는 것 아닙니까?

민의식   경찰에…….

작은 청년   그렇죠?

민의식   물론 그런 생각이야 없는 게 아니지. 자네들은 우리 집에 들어
        오던 순간부터 말썽만 부렸거든. 하지만 경찰에 알리는 건 일
        단 보류하기로 했어.

작은 청년   그건 왜요?

민의식   자네들은 너무 순진해. 자네들이 정말 세상을 바꿔 놓을 수나
        있을런지…….

작은 청년   그거야 틀림없이 바꿔 놓죠!

민의식   실패할 수도 있잖아?

작은 청년　실패라는 건 있을 수 없어요!

민의식　대단한 신념이군! 그런데 말야, 서투른 짓을 하는 자일수록 신념만 강하게 부르짖더라구. 내가 보기엔 자네들은 진짜 혁명주의자가 아냐. 젊은 나이에 괜히 흉내나 내고 있는 거라구.

작은 청년　(얼굴이 벌겋게 달아오르면서 주먹으로 책상을 친다) 우리가 괜히 흉내나 낸다구요?

민의식　자네가 아무리 큰소리 쳐도 진짜 같진 않아. 자넨 풋나기야. 자넨 말야, 칼 막스가 언제 태어났는지도 모를걸?

작은 청년　1818년!

민의식　좋아, 그건 중학교 교과서에도 나오는 거니까. 그런데 그가 어디에서 태어났는지는 알고 있나?

작은 청년　독일에서 태어났죠!

민의식　독일 어느 지방?

작은 청년　어느 지방이라는 것까지 알아야 합니까?

민의식　진짜라면 그것까지 알고 있어야지. 그는 독일의 로젤 계곡 입구에 있는 트리르라는 조그만 마을에서 태어났어. 굉장히 아름다운 곳이지. 연애소설에서 나오는 것 같은 그림처럼 아름다운 마을들이 계곡을 따라 자리잡고, 그 둘레에는 포도밭이 있지. 계곡의 가장자리에서 위로 올라가면 비탈이 완만한 경작지가 있는데 가느다란 띠 모양으로 생겼다구. 그래서 그 가느다란 띠들이 산을 겹겹이 둘러싸고 있는 듯한 기막힌 경치를 만들거든!

작은 청년　(감탄하며) 굉장한데요! 직접 가봤습니까?

민의식　직접 가보지 않아도 아는 수가 있지. 난 여러 가지 책을 번역했거든. 그런데 칼 막스는 언제 죽었나?

작은 청년　글쎄요…… 1886년인 것 같은데…….

민의식　1883년이지. 죽은 곳은?

작은 청년   영국의 런던인 줄 아는데요?

민의식   그래, 런던이야. 묻힌 곳은?

작은 청년   묻힌 곳까지 알 필요 없죠!

민의식   아냐, 진짜 혁명주의자라면 알고 있어야지. 그는 런던의 하이게이트 묘지에 묻혔어. 정확히 말하자면 1883년 3월 19일에 그 묘지에 매장되었지. 그런데 그의 묘를 찾아오는 사람들은 극히 드물어. 이따금씩 공산주의 국가의 공식 사절단이나 왔다 가곤 할 뿐이거든.

작은 청년   일부러 사람들 눈에 뜨이지 않는 곳에 묻었나 보죠?

민의식   처음엔 그랬다고 할 수 있지. 하이게이트 묘지의 한쪽 구석에 묻혀 있었으니깐. 하지만 다시 이장을 해서, 지금은 허버트 스펜서의 묘 가까이에 자리잡고 있다구.

작은 청년   허버트 스펜서가 누구죠? 그도 공산주의자인가요?

민의식   정말 자넨 무식하군! 허버트 스펜서는 자본가들을 철저히 지지한 학자야. 즉, 자네 아버지 같은 부자들을 옹호한 사람이지. 그는 이렇게 주장했어. 인간이 부자가 된다는 것은 적자생존의 법칙에 의한 것이다! 발달 정도가 낮은 종족은 도태되고, 적응 능력이 탁월한 종족만이 살아 남는다. 부자 역시 그러한 적자생존을 통하여 인류의 진보를 위해 헌신하고 있는 것이다.

작은 청년   완전히 미친 놈이군요! 선생님도 그걸 믿으십니까?

민의식   내가 그렇게 믿는 것이 아니라 부자들이 그렇게 믿고 있거든. 그런데 부자라고 해서 다 악한은 아니라구. 미국 보스턴에 살던 에드워드 파일런 같은 마음씨 착한 자본가는 이렇게 말했어. "미국의 고용주들은 노동자에 관해서 깊이 이해하고 있으며, 노동자들도 고용주에 대한 인식을 높이려 하고 있으므로, 궁극적으로는 서로의 이해가 공통적이라는 사실을 깨닫게 될 것이다." (식당 쪽을 가리키며) 지금 저쪽에서 커피를 끓이고 있는 내 친구도 그와 비슷한 생각을 가지고 있지. 서로를 신뢰하고 사랑하면 이 세상 문제는 몽땅 해결될 거라는 거야. 어쨌든 말야, 그런 주장에 대해서 저 유명한 혁명가 레닌은 에드워드 파일런에게 편지를 써서 보냈어. "가장 존경하는 파일런 씨, 이 세상의 노동자가 당신이 생각하는 것처럼 바보들뿐이라고 믿으십니까?"

작은 청년 그랬더니 답장엔 뭐라구 씌어 있었나요?

민의식 글쎄, 나도 그게 궁금하더라구. 그런데 내가 번역했던 책엔 그 답장에 관한 언급이 없어. 다만, 레닌에 대해서는 자세히 써놨더군. 자네, 레닌에 대해선 얼마나 알고 있나?

작은 청년 뭘 얼마나 알고 있느냐, 그건 중요한 게 아니죠! 세상을 바꿔 놓겠다는 신념, 그게 지식보다 더 중요한 겁니다!

민의식 내가 번역한 책에 의하면, 레닌은 1922년에 뇌일혈로 죽었어. 뇌일혈이란 머리 속의 혈관이 터져서 죽는 것인데, 그건 뭔가 뜻대로 안 되는 일에 신경을 많이 쓰면 생기는 울화병이라구. 어쨌든 레닌은 혁명을 성공시켜서 자본주의를 물러나게 하면 만사가 잘 되리라는 신념을 갖고 있었지. 자네도 방금 그랬잖아, 확고한 신념만 있으면 됐지 다른 건 중요하지 않다구 말야. 그게 바로 혁명주의자들의 사고방식이지. 그런데 레닌이 혁명을 성사시켜 놓았지만 골치 아픈 현실문제는 조금도 변하지 않았거든. 더구나 혁명세력이라는 것이 권력을 잡은 후엔 짜르 시대와 다름없이 관료화해 버리자, 레닌은 놀라 자빠질 지경이 됐지. 그래서 그는 이것을 고쳐 보려구 애썼지만 지독하게 정력만 낭비했을 뿐 아무런 소득이 없었어. 레닌은 러시아 혁명 이후 늘 비통한 기분에 잠겨 있었는데, 그 결과 얼마 못 살고 뇌일혈로 죽은 거지.

작은 청년 (분개하며) 그 빌어먹을 책 어디 있어요!

민의식   (책상의 한 모퉁이를 가리키며) 저기!

작은 청년   (민의식이 가리킨 곳으로 가서) 여기 책 같은 건 없잖아요?

민의식   그 원고 뭉치가 바로 그거라구. 막스, 엥겔스, 레닌을 몽땅 비판한 내용인데, 출판사에서 겁을 집어 먹고 책으로는 만들지 않겠다더군. 그럴 경우 출판사는 물론 번역한 나까지 공산주의자로 몰릴 위험이 있다는 거야.

작은 청년   그건 또 무슨 소리예요?

민의식   뭐, 자네 같은 무식한 독자들이 그 내용을 거꾸로 읽기 때문이라는군. 그런가 하면 당국에서는 거꾸로 해석한 것을 뒤집어서 해석하구. 그걸 출판사는 다시 엎어쳐서 해석하는 모양인데, 어쨌든 그 원고 뭉치는 휴지 뭉치가 됐어.

전화벨이 울린다. 작은 청년, 날렵하게 뛰어가서 수화기를 든다.

작은 청년   여기는 화장터! 지금 상황은……? (떨떠름한 표정으로 바뀌며, 민의식에게) 전화 받아 보세요.

민의식   누군데?

작은 청년   모르겠습니다. 세대주 되는 사람과 통화하고 싶다는군요.

민의식   (수화기를 받아 들고) 내가 이 집 세대주입니다. 무슨 일이십니까? 여론조사 뭐요? 중산층 남자의 의식구조를 조사 중…… 여보세요, 내가 중산층인지 아닌지 어떻게 알 수 있습니까? 그래요……? 연령은 40대, 학력은 대학졸업, 직업은 정신노동, 소득은 많지도 적지도 않다, 그렇다면 전형적인 중산층 남자다, 그거군요? 어쨌든, 그렇다면 난 중산층 남잡니다! 묻고자 하는 게 뭐죠?…… 우리 사회의 우익적 성향과 좌익적 성향에 대해서 어떻게 생각하느냐…… 난 둘 다 희망이 없다구 봅니다! 미래에 대해서는 낙관적이냐, 비판적이냐…… 그것도 희망이 없나고 봅니까! 난 나 자신에 내해서 비관적일 뿐 아니라, 다음 세대에 대해서도 지극히 회의적입니다. 나는 내 자식이 이 세상에 태어난 것이 잘못되었으며, 앞으로 제대로 살아갈 수 없다고 믿고 있습니다. 아, 솔직하게 대답해 줘서 고맙긴 한데, 요즘 중산층의 견해하곤 다른 것 같다구요? 그래, 요즘 중산층 견해가 어떤 겁니까? 미래를 낙관하구 있다…… 좋습니다, 그렇다면 그들은 낙관하고 있으라구 그러시죠! 난 어쨌든 비관하고 있을 테니깐! (수화기를 내려놓는다) 완전히 웃기고 있군! 무슨 놈의 여론조사가 낙관적이기를 강요하고 있어!

식당 쪽에서 커피잔을 쟁반에 담아 든 안순응이 들어온다.

안순응　커피를 끓여 왔어.

민의식　고맙군.

안순응　(작은 청년에게) 안심해, 수면제는 안 탔으니깐.

작은 청년　(커피잔을 받으며) 고맙습니다.

안순응　다투지는 않았겠지?

민의식　다툴 여지도 없었어. 저 무식한 혁명주의자에게 여러 가지 지식을 가르쳐 줬거든.

작은 청년　(원고 뭉치를 만지작거리면서) 이걸 좀 읽어 보고 싶은데요?

민의식　마음대로 해. 거꾸로 읽든, 뒤집어서 읽든.

작은 청년　(원고 뭉치와 커피잔을 들고 멀리 떨어진 의자를 향해 간다)

안순응　(민의식에게) 자넨 여전히 기분이 좋질 않군!

민의식　기분 좋을 리가 없지! 이 세상은 절망뿐이거든.

안순응　자네한테는 사랑이 필요해. 사랑에 빠지면 모든 것이 쓸모가 없거든.

민의식   또 사랑인가?

안순응   내 말을 믿으라구. 자네를 사랑해 줄 사람, 또 자네가 사랑해 줄 사람이 있으면 세상이 달라질 거야.

민의식   오, 그래? 자넨 그걸 실제로 체험한 모양이지?

안순응   물론이지! 난 확실히 체험했어. 막연하고 추상적으로만 생각했던 것을 사랑은 아주 확실하고 구체적으로 만들어 주더라구. 이를테면 내가 순수문학 잡지를 통해서 성취시키려 하는 것은 인간과 인간이 서로 따뜻한 감정을 통할 수 있는 세상인데, 그 세상이 사랑의 경험을 통하여 확실하게 느껴졌거든!

민의식   (다 마신 커피잔을 내밀며) 다 마셨어. 빈 잔을 가져가라구.

안순응   이건 단순히 개인적인 사랑이 아냐. 전체 이 세상을 사랑하는 것과 관계되어 있어.

민의식   그럼 잘해 봐!

안순응   자넨 사춘기 소년을 나무라듯 하는군.

민의식   다 마신 잔을 가져가라니깐.

안순응   (빈 잔을 받으며) 자넨 참 불쌍한 사람이야.

민의식   (타자기를 두드린다) 아무 소용 없는 사람이지!

현관문 밖에서 거칠게 두드리는 소리가 들린다. 작은 청년, 흠칫 놀란 표정으로 의자에서 일어나 문 쪽을 바라본다.

작은 청년   밖에 누가 왔어요.

민의식   누군지 문을 열어 보라구.

작은 청년   문을 거칠게 두드리는 모양이 경찰인 것 같아요! (재빨리 등사기를 챙겨 들며 안순응에게) 적당히 따돌려 보내세요. 난 저쪽 방으로 숨겠어요.

민의식   (타자 치기를 멈추지 않고) 영화에서 봤는데 말야, 진짜 혁명가는 도망가지 않더라구.

안순응 (작은 청년이 방 쪽으로 퇴장한 다음 현관문으로 가서) 누구십니까?

문 두드리는 소리가 더욱 거칠어진다. 안순응은 빈 찻잔을 민의식의 책상 위에 놓고서 현관문을 열어 준다. 술병을 손에 쥔 편집장이 들어온다. 그는 머리카락이 흐트러지고 옷맵시가 구겨진 잔뜩 취한 상태에 있다.

편집장 안녕하십니까, 여러분! 드디어 나는 모가지가 잘렸습니다.

민의식 (안순응에게) 며칠 전의 자네하고 똑같군.

편집장 설마 설마했더니, 오늘 아침 발행인이 나를 불러서 모가지를 잘라 버리더군요! (술병을 입에 대고 마시면서 안순응에게 다가간다) 왜 내 모가지가 잘렸느냐, 그건 당신 때문이죠!

안순응 나 때문이라뇨?

편집장 시치미 떼지 마세요. 당신이 내 자리를 차지한다는 걸 다 알고 있었습니다!

안순응 천만의 말씀인데요! 난 새로운 문학잡지의 편집장이라면 몰라도 다른 건 바라지 않습니다.

편집장 정말 딱 잡아 떼시는군! 여보세요, 누가 미쳤다고 선뜻 문학잡지를 창간해 줍니까? 우선은 백 권짜리 세계연애소설대전집을 책임지고 맡아서 대성공을 시켜라 그거예요! 그래서 주체 못할 지경으로 돈을 벌어들여야 선생이 바라마지 않는 그 순수 문학 잡지인가 뭔가를 창간하겠다 그겁니다. (안순응의 등을 두드리며) 어쨌든, 축하해요! 선생은 이제 전도가 양양한 출판사의 편집장 자릴 차지하셨으니깐요!

민의식 (안순응에게 다가가서 악수를 청하며) 자넬 축하하네!

안순응 도대체 어찌 된 영문인지 모르겠군!

편집장	비서실의 그 여자가 모든 걸 나한테 다 말합디다. 선생을 위해서 나를 내쫓구, 그 자릴 선생에게 주는 공작을 했다구요.
민의식	정말 그 여자 감동적인데!
편집장	네, 무척 감동적인 여자죠! (술을 마시며, 비웃듯이 안순응에게) 선생이 그 자릴 차지하도록 하기 위해서, 그 여잔 지금 발행인과 함께 호텔로 갔거든요!
안순응	(충격을 받은 표정이 된다)
편집장	놀랄 것 없어요. 원래 그 여잔 발행인과 그런 관계였거든요.
안순응	물론 그랬지요. 히지만 그런 관계를 청신해 보려구, 그 여자는 무척 애썼습니다. 난 사실 그 여자와 여러 번 만났어요. 서로의 마음을 털어놓고 솔직한 이야기들을 많이 했었지요…….
편집장	발행인도 그걸 눈치챘던 겁니다. 그래서 그 여자를 도망 못 가게 할 뭔가를 궁리중이었죠. 그런데 문제가 의외로 쉽게 풀린 셈이에요. 나를 내쫓고 선생을 앉히는 조건이란 뭡니까, 발행인한테는 꿩 먹고 알 먹고가 아닙니까! 더구나 꿩과 알에다 그 여자까지지니깐, 이런 건 일석삼조라구 해야겠죠! 하하, 이 모든 것이 그 여자의 감동적인 사랑에 의해서 생겨났습니다!
안순응	(편집장의 어깨를 붙잡고 흔들며) 당신이 지어 낸 소리지? 그 여자가 발행인과 호텔로 갔다는 것 말요!
편집장	내가 술에 취했다구 허튼 소릴 한 줄 아십니까? 믿지 못하겠거든 하이얏트 호텔로 가 보세요. 이태원 고개 위에, 한강이 내려다보이는, 그 멋들어진 호텔로 가 보시라구요!
안순응	(편집장을 밀쳐내고 현관문 쪽으로 간다) 내가 직접 확인하지!
민의식	자네 어딜 가나?
안순응	그 여자한테!
민의식	그래서 뭘 하려구?
안순응	더러운 관계를 청산하라구 하겠어!

민의식   그럼 자네 소원은 어떻게 되는 거야? 새로운 문학잡지는 아예 바랄 수도 없잖아?

안순응   중요한 건 사랑이야! 인간과 인간의 참된 관계라구! 그런 관계를 포기하면서 새로운 문학잡지를 낸다면 무슨 의미가 있겠어? 그건 위선이야! 이 세상을 더욱 나쁘게 만드는 거짓일 뿐이라구!

민의식   잠깐만 뒤돌아서서 날 바라봐.

안순응   (문 앞에서 뒤돌아 보며) 왜 그래?

민의식   난 자네의 그런 태도에 반했어. (주먹을 불끈 쥐어 보이며) 진심이야, 잘해 보라구! 난 자네에게 희망을 걸겠어. 자네가 그런 개나발 같은 관계를 청산시키고 돌아오면 이 세상은 훨씬 좋아질 거구, 그럼 나도 자네를 본받아 나의 형편없는 모양을 뜯어 고쳐 보겠어.

안순응   (문 밖으로 퇴장하며) 좋아, 두고 보라구!

편집장   (조금 전까지의 태도와는 달리 정색을 하며) 참 대단한 분이군요!

민의식   네, 나도 놀랐습니다.

편집장   뭔가…… 나 자신이…… 부끄럽게 느껴지는데요…….

민의식   부끄럽기는 나 역시 마찬가지죠…… (책상 위에 놓여 있는 빈 커피잔을 편집장에게 내밀며) 나한테도 술을 좀 주시지요.

편집장   아, 네……. (민의식이 내민 잔에 술을 따른다)

민의식   (술이 담긴 잔을 높이 들고) 자, 건배합시다. 우리의 희망을 위해서!

편집장   (술병을 치켜든다) 우리의 희망을 위해서!

민의식과 편집장, 미소 띤 표정으로 술을 마신다.

민의식   아까보다는 훨씬 얼굴 표정이 밝아 보이는군요.

편집장   그렇게 보입니까?

민의식   네, 아까는 의기소침하고 절망적이셨거든요.

편집장   선생의 친구 덕분에 밝아졌겠죠. 사실은 내 인생에서 오랜만에 감동을 받았습니다.

민의식   실례입니다만, 연세가 어떻게 되시는지요?

편집장   올해 쉰넷입니다. 이 나이가 되면 희망이라곤 없는 거죠. 온갖 비바람에 시달려서 불빛이 꺼졌다고나 할까요, 밤은 갈수록 어두워지는데, 꺼져 버린 등불마냥 내 자신이 암담하게 느껴집니다.

민의식   저는 마흔 살이 갓 넘었습니다. 그런데 벌써 불빛이 꺼졌어요.

편집장   결국은 그렇죠, 우리 스스로 꺼진 불을 다시 붙이기엔 어렵습니다. 누군가가 그 불을 다시 강력하게 붙여 줘야만 타오를 수가 있는데, 좀처럼 그런 기회가 오질 않더군요. 하지만 오늘 나에게 그 기회가 온 것 같습니다. 난 진심으로 선생의 친구분께 감사를 하고 싶군요. 그분이 내 등불을 다시 불 붙여 주었거든요. 이젠 편집장 자리, 그런 건 아무 미련 없습니다! 궁상맞게 그런 자리에 매달려 있었던 것이, 오히려 내 인생을 그르쳤던 것 같습니다. (술병을 내밀며) 한 잔 더 하실까요?

민의식   좋습니다.

편집장   (민의식의 잔에 술을 따르며) 선생의 얼굴도 아까보다는 훨씬 좋아 보이는군요.

민의식   아, 그렇습니까?

편집장   네, 아까는 사뭇 비관적이면서 냉소적이셨는데 지금은 그렇지가 않아요.

민의식   (잔을 높이 들려다가 내리며) 아닙니다, 난 건배하지 않겠어요.

편집장   (놀라워 하며) 왜 안 하십니까?

민의식   하마터면 실수를 저지를 뻔했습니다.

편집장	무슨 실수인데요?
민의식	괜히 흥분해서 희망을 가질 뻔했다는 거죠. 그 꺼진 등불 말씀입니다. 선생은 비바람 때문에 자신의 등불이 꺼졌다고 하셨는데, 나는 전혀 다릅니다. 사실, 나는 스스로 나 자신의 등불을 꺼 버렸거든요. 그건 결코 쉬운 일이 아닙니다. 무척 애를 쓰면서, 서서히, 서서히, 온갖 희망들을 죽였습니다.
편집장	왜 그런 짓을 하셨는지 이해할 수 없군요!
민의식	굳이 이해하실 필요는 없습니다. 다만 아무 희망을 갖지 않는 것도 어둠을 살아가는 한 방법이죠. 어쨌든, 저는 그렇게 살기로 결심했고 또 실제로 그렇게 살아왔습니다. 이제 와서 실수로 희망을 갖는다는 건 부담스러울 뿐입니다. (책상으로 가서 서랍을 열고 수면제 병을 꺼낸다) 혹시 이게 도움이 될지 모르겠군요. 선생에게 이걸 좀 드리고 싶습니다.
편집장	그게 뭡니까?
민의식	유토피아죠. 희망이 깨져서 괴로우실 때 이걸 잡수세요. 희망은 유리그릇보다 깨지기 쉽고, 더구나 깜깜한 어둠 속에서는 더욱 쉽게 깨지거든요.

민의식, 유토피아 알약을 꺼낸다. 그리고 의아해 하는 편집장의 손에 쥐어준다. 사이. 무대는 서서히 어두워진다.

제4막

전 막으로부터 하루가 지난 날. 저녁 무렵. 민의식은 타자기를 두드리고 있다. 조금 떨어진 곳에서 집에 들어온 그의 아내가 타자 치는 모습을 바라보고 있다.

아 내 제 전화번호를 어떻게 아셨어요?

민의식 (타자기를 멈추지 않고 계속하며) 다 아는 수가 있지.

아 내 당신 친구분이 가르쳐 주었군요? 어쨌든, 그건 상관없어요. 전 아기 때문에 온 거지 당신 때문에 온 건 아니니까요. 어린앤 어떻게 됐어요?

민의식 물론 살아서 집에 오는 건 아니구…… 그래서 당신한테도 알려야 할 것 같아 전화한 거요. 난 병원에서 장례를 치렀으면 좋겠는데, 부모님 생각은 달라. 해가 지고 어두워지면 그 죽은 앨 집으로 데려오시겠다는군.

아 내 (충격을 받은 듯 굳은 표정으로) 그 애가…… 죽었군요.

민의식 당신도 짐작은 하고 있었잖소? 그 앤 살 가망이 없었어.

아 내 당신 때문이에요. 당신이 저한테 수면제만 먹이지 않았어도, 그 앤 건강하게 태어났을 거라구요.

민의식 물론이지. 당신이 나한테 왜 사느냐구 묻지만 않았어도, 난 수면제 따윈 당신에게 먹이지 않았을 테구.

아 내 도대체 당신은 왜 사는 거죠?

민의식 맙소사. 또 시작하는군! 이 세상에 자기가 왜 사는지 알면서 살고 있는 사람이 몇 명이나 될까? 열 사람? 백 사람? 천 사람? 아냐, 천 사람은 커녕 열 사람도 안 될 거야. 나머지 대부분의 사람들은 질문도 없고 대답도 없이, 그냥 침묵 속에 사는 거라구.

아 내 (민의식으로부터 멀리 있는 나무의자에 걸어가서 앉으며) 산다는 건 물음이다, 일분 일초가 엄숙한 질문을 하고 있다, 그러므로 일분 일초가 정직한 대답이어야 한다, 이렇게 말한 건 누구였나요? 바로 당신이었어요. 우리가 처음 만나던 날, 당신의 그 말 한 마디가 어찌나 제 마음을 사로잡았는지…… 그 후론 멀리서 당신만 봐도 가슴이 떨리곤 했었죠. 당신이 가까이 다가와서 제 손을 잡으면, 아 이게 살아 있는 거구나, 온몸에 힘찬 기쁨이 느껴지곤 했어요.

민의식 그게 잘못이었어. 남자는 여자를 유혹할 때 책임지지도 못할 말을 함부로 하거든. 더구나 난 젊었을 때 심각한 열등의식도 있었다구. 다른 남자들에 비해 뒤떨어졌다는 열등감 때문에 일부러 잘난 척했던 거지.

아 내 아뇨, 당신은 정말 뛰어난 남자였어요. 다만 당신 스스로 질문을 그만둔 후부터 뒤떨어지기 시작한 거죠. 그래서 전 결심했던 거예요. 당신이 그만둔 질문을 제가 대신 해드려야겠다구요, 그것만이 당신을 다시 회복시키는 길이었어요. 그런데, 당신은 그런 저에게 수면제를 먹였어요. 처음엔 제가 눈치채지 못하게 국그릇에 넣고 커피잔에도 넣더니, 나중엔 강제로 입을 벌리게 해서 먹였어요. 전 아직도 그 이유를 모르겠어요! 왜 당신의 좋은 점을 스스로 죽여 버렸는지 모르겠어요!

민의식 당신은 여전히 신경과민이군. 집을 나가서 혼자 있을 때 수면제는 먹지 않았소?

아 내 왜 수면제를 먹어요? 뚜렷뚜렷하게 맑은 정신이 정말 좋던데요! 저는 결혼 후에 그만두었던 시를 다시 쓰기 시작했어요. "나는 왜 살고 있지?" 이렇게 자신을 향해 물으면 그 대답이

시가 되어 나와요. 아침에 눈을 떠서 밤에 잠들 때까지, 저는 그것만을 생각해요.

민의식 무척 괴로울 텐데?

아 내 괴롭다는 게 나쁘지는 않아요. 오히려 그 괴로움이 창조적이 될 때는 즐거움으로 변하는 걸요. 이제 저는 아무것도 두려워 하지 않아요. (자신이 쓴 시를 암송한다)
깊은 잠에서 깨어난 사람은 행복하여라.
잠긴 눈이 뜨여 살아있는 생명 보이고
막힌 기가 열려 아름다운 소리 들으며
닫힌 입이 벌려 온갖 이름 부르니
오, 태초부터 지금까지
어둠 속에 갇혔던 사람들이 풀려 나와
오색찬란한 빛의 깃발을 높이 들고 춤을 추네.

민의식 (아내가 암송한 마지막 구절을 낮은 목소리로 반복한다) 빛의 깃발을…… 높이 들고…… 춤을 추네…… 당신은 정말 좋아졌군.

아 내 그래요, 그만큼 제 삶은 튼튼해졌어요.

민의식 (타자 치기를 잠시 중단하고 침묵한다) 당신은 그런 점이 훌륭해. 하지만 난 그렇지가 않아…… 이제는 신통치 못한 등불마저도 내던져 버리고…… 아주 캄캄한…… 어둠 속에 있지.

작은 청년, 방 쪽에서 원고 뭉치를 들고 나온다. 그는 민의식의 책상 위에 원고 뭉치를 내던진다.

작은 청년 난 이걸 다 읽어 보았어요!

민의식 그랬더니…… 어때?

작은 청년 온갖 혁명가들을 올려 주고 내려치고, 칭찬하면서 아울러 비난을 퍼부어 놓았더군요! 난 선생님이 왜 사회의식이라곤 전혀 없는 바보마냥 살고 있는지 그 이유를 알겠어요! 이 따위 지랄 같은 책이나 번역하고 있으니깐 머리가 마비되어 버린 거예요!

민의식 정말 착잡한 기분인데! 자네, 이런 노랠 들어 봤나? "불꺼진 항구에 비가 내린다" 모든 등불이 꺼져 버린 캄캄한 항구에서 쏟아지는 비까지 맞고 있는 기분, 그게 바로 현재의 내 기분이라구.

작은 청년 우리가 선생님의 등대불이 되어 드리죠! 우리가 이 세상을 대낮처럼 환하게 밝혀 줄 테니 두고 보시라구요!

전화기의 벨이 울린다. 작은 청년, 날렵한 동작으로 뛰어가 수화기를 든다.

작은 청년 여기는 화장터!…… 그래…… 음……. (긴장한 표정이 되며) 걱정하지 마. 이미 예상했던 거니까. 음…… 그게 그 비열한 놈들이 하는 짓이라구! 오늘밤이 가장 중대한 고비야! 여기에서 물러서면 안 돼! 군센 용기를 갖구서 내일 아침까지만 버티라구! 그러면 반드시 승리를 우리가 차지할 수 있어! (수화기를 내려놓고 주먹을 쥐었다 폈다 하면서 긴장한 표정을 풀지 못한다)

민의식 어떻게 된 거지? 세상을 대낮처럼 밝혀 준다더니, 잘 안 되고 있나?

작은 청년 비열한 놈들! 고용주 쪽에서 단식농성 현장으로 근로자 가족들을 들여 보내고 있다는군요! 부인네와 아이들을 울부짖게 해서, 파업중인 근로자들 마음을 흔들리게 만들려는 술책이죠!

민의식 그렇다면 투쟁은 희망이 없군. 역시 사랑에나 희망을 걸 수밖엔…….

작은 청년 (못마땅하다는 듯이 민의식을 바라보며) 왜 그렇게 비관적으로 생각하세요.

민의식 가족들이 울부짖는 광경을 생각해 보라구. 뭔가 잘 안 될 것 같잖아?

작은 청년 전혀 걱정할 것 없어요! 파업을 시작한 지 얼마 안 될 때, 그래서 성공할 가망이 미지수일 때, 그런 비열한 짓을 하면 효과가 있었겠지요. 하지만 지금은 파업의 성공을 눈앞에 두고 있거든요. 모두들 승리하리라는 확신에 가득차 있는데 그까짓 비열한 짓이 통할 리 있겠어요? 오히려 가족들이 모두 가세하겠죠! 오늘밤을 넘기지 못하고 저쪽은 손을 들고 말 거예요!

민의식 자네 말을 들으니깐 그럴 것도 같군.

작은 청년 선생님도 확신을 가지세요! 혁명가들은 신념을 가진 사람이죠! 그들은 그 확고한 신념 때문에 긍정적으로 생각하며, 또 긍정적으로 행동을 한다구요. 그래서 불가능한 것을 가능한 것으로 바꾸어 놓는 놀라운 일을 하는 거라구요!

민의식 (다시 타자기를 두드리며) 좋아, 나도 모든 걸 긍정적으로 생각하지!

현관문이 열린다. 민의식의 아버지와 어머니가 유모차에 조그만 관을 싣고 들어온다.

아버지 여기, 네 자식을 데려왔다.

아 내 (유모차에 가서 조그만 관에 손을 얹고 쓰다듬는다) 겨우 이렇게 조그만 곳에 들어가 있다니…… 답답하겠군요.

어머니 죽은 애는 답답하지 않다. 오히려 살아 있는 우리가 답답하지!

민의식 (책상에서 엉거주춤한 자세로 일어서며) 어느 병원인지 가르쳐 주시지 그랬어요? 그럼 제가 갔을 텐데요?

아버지	세 자식을 이 시성으로 만들어 놓은 놈이 병원에 와서는 뭘 하려구! 이젠 집 안이 조용해서 좋겠구나! 애 우는 소리 좀 그치게 해달라고 하더니만, 네 소원대로 되지 않았느냐!
어머니	네 아버진 몹시 노하셨다.
민의식	죄송합니다, 아버지…….
어머니	어쨌든 이곳에 죽은 네 자식을 데려오구 싶지 않더라. 우리 마음 같아서는 곧장 시골로 데려가 양지 바른 언덕에 묻어 주고 싶었지. 하지만 그럴 수 있냐? 그래도 애비인 너에게 마지막 모습이나 보여 주려구 데려왔다.
민의식	어머니, 잘 하셨어요.
아버지	그런데 앞으로 너는 어떻게 살 거냐?
민의식	어떻게 살다니요?
어머니	네 처와 다시 합쳐질 건지, 아니면 갈라설 건지 그걸 물으시는 모양이다.
아버지	아냐, 그것보다 더 중요한 게 있어. 내가 묻는 말은, 인생을 어떻게 살 거냐는 그거다. 지금, 네 꼴을 보아서는 전혀 희망이 없어.
민의식	아뇨, 염려하지 마세요.
어머니	걱정이 되는구나, 정말.
작은 청년	(민의식에게 격려하듯이) 좀더 적극적이며 긍정적으로 말씀하세요.
민의식	세상이 달라지면 저도 좋아질 거예요!
아버지	도대체 그걸 말이라구 하느냐? 네가 먼저 달라져야 한다. 그래야 세상이 좋아져! 네 나이 지금 몇이냐? 마흔 살이 갓 넘었지. 어찌 생각하면 늦은 나이라구 할 수도 있겠지만, 그렇다구 완전히 비관할 나이도 아냐. 어떻게 해서든지 새로 시작해 보아라. 지금까지의 사는 방법을 청산하구, 정말 새롭게 시작해 보

라 그 말이다.

민의식   그 점에 대해서라면 저도 드릴 말씀이 있어요. 그게 제가 바라고 있던 겁니다. 하지만 혼자서는 어려워요. 누군가 조금만 저를 도와 주면 될 것 같은데……. (아내를 바라보며) 당신이 나를 좀 도와 주겠소?

아버지   도와 달라고 하기 전에 먼저 네 잘못을 빌어라. 수면제를 먹이지 말구, 너 자신도 먹어선 안 돼! 우리한테 약속해라!

민의식   약속하죠. 다시는 그런 짓 않겠습니다.

아버지   (아내에게) 어머냐, 너는? 완전히 정이 떨어졌으면 몰라도 한번만 눈을 질끈 감고 용서해 주어라.

어머니   (아내에게 다가가며) 부탁한다, 단 한 번만 더 도와 주어라. 그럼 늙은 우리가 안심하구 가겠다.

아 내   알겠어요, 어머니…….

어머니   고맙구나!

아버지   이제서야 우리 마음이 놓인다. 너희들에게 새로 아이들이 태어나거든 시골로 내려오렴. 망아지 풀어놓듯 넓은 땅에 마음껏 뛰어 놀게 하면 참 좋아할 거다.

민의식   네, 그러죠! 그동안 죄송합니다. 더구나 지금 시골은 가뭄 때문에 곡식은 메마르고 가축은 목이 탄다는데, 오늘 밤 기차로 내려가시지요.

어머니   아니다, 불쌍한 녀석 장사 지내는 걸 보구 가겠다.

민의식   그러실 필요없어요. 지금은 살아 있는 것이 중요한 때입니다. (조그만 관을 가리키며) 이 애도 그 점을 이해해 줄 거예요. 괜히 자기를 붙잡고 시간을 끌기보다는, 할아버지와 할머니가 메마른 곡식과 굶주린 가축을 살리러 지금 곧 시골로 내려가시는 걸 기뻐할 겁니다.

아버지   글쎄, 그런 생각도 없지는 않다만은…….

민의식	장례는 서희들이 치르노록 해주세요. 죽은 애한테 미안했던 점을 뉘우치면서 결코 소홀하게 치르진 않을 겁니다. (아버지와 어머니의 망설이는 표정을 살피며, 약간 어조를 높여) 아직도 제가 믿어지지 않는 모양이시군요! 그러시다면 굳이 내려가시라는 말씀은 하지 않겠습니다.
아버지	(어머니에게) 여보, 이젠 맡겨 놓구 내려갑시다.
어머니	(조그만 관을 바라보며 수건으로 눈시울을 닦는다) 우리 아길 절대로 화장해선 안 된다. 연기로 훨훨 날려 보내버리면 다시는 이 땅에 태어날 수 없어. 다시 태어나게 육신을 고스란히 땅에 묻어라. 알겠냐?
민의식	네, 어머니 말씀대로 하겠어요.
아버지	(관 위에 손을 얹으며 다정하게) 아가야, 우린 또 만날 거다. 그때는 두 눈을 떠라.
어머니	귀도 열어라.
아버지	입도 벌려서 말을 해라.

아버지, 어머니를 부축하고 현관문을 향하여 걸어간다. 아내는 두 사람을 문 밖에까지 배웅하고 돌아온다. 사이. 민의식은 침묵을 지킨 채 서 있다.

아 내	참 훌륭한 분이세요, 부모님은.
민의식	그런데 아들은 형편없거든.
아 내	당신도 태도를 바꾼다는 건 칭찬할 만해요.
민의식	난 칭찬받을 것 없지. 태도를 바꾼 체 잠시 꾸며댄 것뿐이니깐.
아 내	그럼 뭐예요, 부모님께 거짓말을 한 거예요?
민의식	난 거짓말도 제대로 못하는 사람이라구! 겨우 오분도 안 되는

시간에, 온몸에서 식은땀이 흘러내리더군! (유모차를 밀면서 원형으로 맴을 돌며) 불쌍한 아가야, 눈도 못 보고, 귀도 못 듣고, 말도 못 하는 내 자식아, 다시는 태어나지 말아라! 가엾은 아가야, 차라리 너를 하얀 연기로 훨훨 날아가게 해주마!

아 내   (두 손으로 얼굴을 가리고 흐느낀다) 제발 좀 그만두세요!

민의식   난 당신을 붙잡지 않겠어! (작은 청년에게) 그래, 자네들의 암호가 옳아! 이 집은 화장터야. 정말 산 사람들이 있을 곳이 아니라구. (아내에게) 어서 나가! 난 당신이 이 화장터를 나가서 정말 생명이 넘치는 사람답게 살기를 바래!

아 내   (방 쪽으로 뛰어가며) 짐을 꾸리겠어요. 이젠 진짜 집을 나갈 거예요!

민의식   (유모차를 원형으로 밀며) 아가야, 불쌍한 아가야, 엄마에게 안녕해라! 아빠는 엄마에게 말했다. 여긴 화장터라구, 살아 있는 사람이 있을 곳은 못 된다구, 정말 살고 싶거든 어서 이곳을 나가라구!

현관문이 열리면서 안순응이 초췌한 모습으로 들어온다.

안순응   그 여자는…… 화냥년이야…….

민의식   꼭 유령처럼 들어오는군!

안순응   (의자에 털썩 주저앉으며) 난 편집장이 알려 준 호텔로 그 여자를 찾아갔어. 그리고 로비에서 밤을 지새우며 그 여자가 나오기만을 기다렸지.

작은 청년   꼭 삼류소설 같은 짓을 하셨군요!

안순응   아침이 됐는데도 그 여잔 나오지를 않았어. 난 줄곧 기다렸지. 그런데 해가 중천에 뜬 대낮에도 그 여자는 발행인과 방에만 틀어박혀 있더라구. 겨우 해질 무렵에야 만날 수 있었지. 그것도 내 전 재산인 손목시계를 호텔 보이에게 풀어주고, 쪽지를 몰래 건네 주게 해서 된 거라구.

민의식 맞아, 내가 번역한 연애소설과 내용이 똑같은데! 여자를 호텔로 찾아온 남자는 마음 속에만 할 말이 가득한 채 아무 소리도 못하고 있구, 여자는 뭣 때문에 여기까지 쫓아왔느냐 퉁명스럽게 묻는 장면이 있거든!

안순응 그 여자는 나를 보더니 뭣 때문에 왔느냐는 거야. 난 굳어 버린 내 혀를 깨물면서 간신히 몇 마디 말을 했지. 난 당신을 사랑하고 당신도 나를 사랑하고 있다. 그러므로 이제는 비인간적인 더러운 관계를 청산하고 참다웁게 살기로 하자…….

작은 청년 그 여잔 그런 말을 받아들이지 않아요. 사실은 우리도 충고를 해봤거든요.

안순응 자네들도 그런 말을 했었다구?

작은 청년 물론이죠. 하지만 개인적인 사랑을 느껴서가 아니구요, 우리를 후원해 주는 여자에게 동지적 입장에서 충고를 했던 거죠.

민의식 그건 연애소설하곤 다른 내용이군. 그래서?

작은 청년 (어깨를 으쓱하면서, 안순응을 가리키며) 그 결과는 이 분에게 물어 보시죠.

안순응 그 여잔 심각한 표정이 되었어. 그러면서 자기는 그 어떤 사람과도 사랑의 관계를 원하지 않는다는 거야. 그 여자가 원하는 것은 고통받고, 학대받고, 벌을 받는 그런 관계라는군.

민의식 그럼 그 여잔 화냥년이 아냐. 성녀라구. 성녀는 즐겁기를 바라지 않고, 행복하기를 탐내지 않아. 오히려 자기를 혹독하게 고문하는 인간에게 모든 것을 아낌없이 바치는 거라구. 여봐, 자넬 받아 주지 않았다고 해서 그 여자를 나무래선 안 돼.

안순응 글쎄, 그 여자가 나한테 무슨 짓을 했는지 알아? 그 고통받는 대가로서 나에게 편집장 자리를 마련해 줬으니깐 잘해 보라는 거야!

민의식 그래서 자넨 뭐라구 대답했나?

안순응 내가 그 따위 자릴 바랬느냐 소리 질렀지! 그 여잔 나를 달래더군. 그 편집장을 맡아야 다음에 문학잡지 창간을 바랄 수 있다는 거야. 그 순간 난 깨달았어. 그 여자는 나를 괴롭히려구, 그 빌어먹을 연애소설 대전집이나 책임맡는 자리에 앉히려 했던 거야. 그 여잔 진짜 화냥년이야! 자기 자신의 고통을 즐길 뿐 아니라 남마저 괴롭게 만들고서 즐기려 하는 못된 화냥년이라구!

민의식 자넨 그 편집장 자릴 거절해선 안 돼. 내일부터 당장 출근해!

안순응 난 절대로 그따위 짓은 못해!

민의식 잘 들어, 이건 농담이 아냐, 자넨 내일부터 이 집을 나가 줘야겠어!

안순응 나더러…… 집을 나가라구?

민의식 솔직히, 난 자네한테 정이 떨어졌어. 희생적인 여자를 화냥년이라 욕하는 것도 듣기 싫고, 괴로운 자리는 맡지 않겠다는 그 염치없는 꼴도 보기 싫어. (책상으로 가서 서랍을 열고 수면제 병을 꺼내며) 정 괴롭거든 이걸 먹으라구.

안순응 자넨 정말 지독하군!

민의식 (알약을 꺼내 헤아리며) 하나, 둘, 셋, 넷, 다섯, 유토피아 다섯 알이야. 어서 받아. 오늘밤, 내 가엾은 자식이 죽어서 돌아왔어. 자네 혼자서만 괴로운 게 아니니깐 말야, 제발 조용히 해.

안순응 (수면제 알약을 받으며) 미안해, 내가 좀 심했어…….

민의식 뜻대로 안 된다구 호들갑을 떨며 비명을 질러대는 건 부끄러운 짓이야. 얌전하게, 알약을 삼켜.

방 쪽에서 아내가 트렁크를 들고 나온다.

아　내	여보, 저에게노 유토피아를 주세요.
민의식	왜? 당신은 지금 집을 나가야 할 텐데?
아　내	오늘밤은 아무것도 할 수가 없군요. 내일 아침까진 편안히 잠들고만 싶어요.
민의식	(아내에게 수면제 알약을 준다) 오늘밤, 당신의 편안한 잠을 위해서!
아　내	고마워요. (알약을 받아 삼키며, 안순응에게) 물을 가져다 드릴까요?
안순응	(알약을 입에 넣는다) 아뇨, 나도 그냥 삼킬 줄 알아요.

현관문이 열린다. 상처투성이가 된 청년이 비틀거리며 들어온다.

큰 청년	빌어먹을, 끝났어!
작은 청년	도대체 무슨 소리야?
큰 청년	완전히 실패했어, 우리는!
작은 청년	좀 자세히 말해!
큰 청년	(의자에 주저앉으며 고개를 내젓는다) 만사가 잘 되어 가구 있었는데 말야, 가족들이 몰려와서 울부짖으니깐 사태가 돌변했어. 슬금슬금, 농성을 그만두고 빠져나가는 거야. 그래서 밖으로 못 나가게 하려구 문 앞에 바리케이트를 쳤지! 그랬더니 꼴이 우습게 됐어! 농성을 그만두고 나가려는 패와 계속하자는 패들로 나뉘어져서 서로 치고 받는 싸움이 벌어졌어!
작은 청년	왜 나한테 알리지 않았지? 상황이 그렇게 변했으면 전화했어야 하잖아!
큰 청년	전화할 틈이 어디 있겠어? 한마디로 아수라장이야!
작은 청년	한심하군! 우리 편끼리 피투성이가 되도록 싸웠다니!
큰 청년	처음부터 말야, 우리가 잘못 판단했던 거야. 투쟁이 뭔지도 모

르는 놈들을 데리고 파업을 시작했던 것이, 이런 빌어먹을 결과를 만든 거라구!

작은 청년 다른 동료들은 지금 어디 있지?

큰 청년 모르겠어. 아마 다들 도망쳤을 거야.

작은 청년 정말 비참하군! 겨우 이런 꼴을 보려구 투쟁을 했던 건 아니잖아!

큰 청년 (옷을 찢어 상처 입은 다리를 묶으며) 더욱 비참한 걸 말해 볼까? 우리끼리 싸우고 있으니깐 기업주 쪽 간부 녀석들이 재미있게 구경을 하더라구.

작은 청년 그놈들이 구경만 해?

큰 청년 그러더니 말야, 총무부 부장인가 하는 희멀겋게 생긴 녀석이 확성기에 대고 굉장히 기쁜 소식을 발표하겠습니다, 외치더군!

작은 청년 무슨 기쁜 소식인데?

큰 청년 3.5퍼센트의 봉급인상을 알려드립니다, 꼭 사기꾼 같더라구!

작은 청년 정말 믿어지질 않아! 꼬박 열흘 간이나 단식 농성을 했는데, 얻은 게 겨우 그거야?

큰 청년 그런데 농성하던 놈들이 다들 감격해서 와 – 함성을 지르더라구! 바보 천치 같은 놈들! 겨우 그까짓 3.5퍼센트 인상에 감격해 하는 놈들을 위해, 목숨까지 바치려 했던 우리가 미쳤지!

작은 청년 아냐, 그럴수록 우리는 더욱 용기를 내야 해!

큰 청년 용기를 낸다는 것도 한계가 있는 거야. 자넨 이곳에서 전화나 받으면서 지시를 내리고 있었으니깐 현장의 분위기를 몰라! 그들은 결코 우리를 자기들과 똑같이 여기질 않아.

작은 청년 도대체 무슨 소리야?

큰 청년 팔과 다리로써 진짜 몽둥이로써 일해 본 적도 없고, 처자식과 함께 굶주려 본 적도 없는, 자기들하곤 전혀 다른 종족으로 취급하는 거야. 새 발에 피 같은 겨우 3.5퍼센트가 뭐냐구, 계속해서 완전한 승리를 거둘 때까지 투쟁하자구 했더니만, 그들은 우리가 배부르니깐 그런 소릴 한다는 거야. 열흘 동안의 단식 때문에 뼈만 앙상한 사람들, 몰려와서 울부짖는 부인들과 어린애들, 그들이 입을 모아 소릴 질렀어. 철 모르는 부잣집 도련님들아, 제발 상관 말구 물러가라 – 정말 어디 쥐구멍이라도 있으면 들어가고 싶은 심정이야!

민의식   (수면제 알약을 꺼내서 주며) 그럴 때 이걸 먹으라구. (작은 청년에게) 오늘밤은 자네한테도 이게 필요할 것 같은데?

작은 청년   (성난 표정으로 고개를 가로젓는다) 난 필요없어요!

민의식   억지로 먹으라는 건 아냐. 이걸 먹는다구 해서 분노와 절망이 사라지는 것도 아니지. 다만 하룻밤, 편안해지자는 거야, 행복한 유토피아처럼. (알약을 꺼내 두 청년의 손에 쥐어 준다) 자네들, 서로를 바라봐. 피투성이가 된 꼬락서니도 우습지만 발광하듯 화를 내는 모습도 꼴불견이잖아? 자네들은 서로 유토피아를 먹여 줘. 그리고 서로의 상처와 분노를 어루만져 주며 잠이 들라구.

민의식, 유모차에 다가가서 조그만 관을 바라본다.

민의식   오늘밤 나는 얼마를 먹어야 편히 잠들 수 있을까? (수면제 알약을 꺼내 천천히 조그만 관 위에 일렬로 놓으며) 하나, 둘, 셋, 넷, 다섯, 여섯, 일곱, 여덟, 아홉, 열…… 유토피아여, 가련한 저희들에게 하룻밤의 편안한 잠과 아름다운 꿈을 허락하소서. (얼굴을 잔뜩 찡그리고 알약을 한 개씩 주워서 삼킨다) 이렇게 해서…… 다들 먹었군. 그럼 각자 어디 적당한 자리를 찾아 누우라고. 잠시 후엔 도끼로 후려치는 듯한 효과가 날 테니깐. (수면제 병에 붙은 레테르를 바라본다) 그런데 이 약병을 보면 말야,

한꺼번에 많은 양을 먹으면 죽는다고 씌어 있어. 하지만 나처럼 오랫동안 먹어 온 사람한테는 그 죽음은 면역이 된 모양이야. 죽음 대신 잠들기 전에 엉뚱한 환각작용이 일어나지. (환각작용이 나타나며) 그래, 바로 이거야. 보이지 않던 것이 보이고, 들리지 않던 것이 들리며, 말하지 않던 것이 소리를 내지! (유모차를 밀면서) 아가야, 너한테도 저 광경이 보이지? 저 소리가 들리지? 감겼던 것이 열린다, 막혔던 것이 뚫린다, 어두웠던 것이 밝아진다, 침묵했던 것이 말을 한다! 유토피아! 우리가 언제나 가능하다고 믿으면서도, 그러니 단 한 번도 이뤄 보지 못했던 이 기막힌 유토피아…… (도끼로 얻어맞은 듯 덥석 쓰러진다) 그러나 다시 눈이 감기고…… 귀가 막히며…… 입이 닫히면서…… (있는 힘을 다해 일어서서 비틀비틀 유모차를 밀며 사람들이 누워 잠든 곳을 지난다) 보이는 것도 없이…… 모두들 잠이 드는군…….

민의식, 다시 쓰러진다. 엎어진 자세가 되어 상반신을 몇 번 일으키려고 하다가 멈춘다. 조명이 어두워진다. 집을 둘러싸고 있는 반원형의 배경 막에 그려진 등장인물의 형상만이 보인다. 잠시 후, 천천히 막이 내린다.

막.

칠산리

· 등장인물

할미
어미
간난이
다복네
움집네
뒷골네
면장
이장
늙은 형사
젊은 형사
육군 특무상사
병사들
자식들

· 작가 노트

이 희곡은 과거와 현재를 한 무대공간에서 교차하도록 구성하였다. 과거의 장면들은 어미를 중심으로 전개하고, 현재의 장면들은 자식들을 중심으로 진행된다. 과거와 현재의 연결은 자식들이 맡는다. 그것은 코러스의 역할과 같다.

모든 등장인물들은 무대에 각자의 위치가 정해져 있다. 그들은 각자 맡은 역할을 표현하기 위해 무대 가운데로 나왔다가 그 역할이 끝나면 제자리에 돌아가서 앉는다. 다시 말해서, 등장인물들은 자기 역할이 아닌 장면에도 무대에 있어야 하고 또 그 장면의 분위기에 정서적 반응을 나타냄으로써 연극의 전체 과정에 참여한다.

소도구 및 소품들은 등장인물들이 각자 정해진 자리에서 갖고 나와 사용한 다음 갖고 들어간다. 자식들은 과거의 장면에서 앳된 소년 소녀의 얼굴 형태인 반 가면을 사용한다. (과거의 장면과 과거를 회상하는 현재 장면을 혼동하지 않기를 바란다) 또한 자식들은 과거의 장면에서 간난이의 인도로 산 속에서 나올 때 어린 아

기를 나타내는 소품으로 헝겊인형들을 업고 나온다. 면장의
경우, 집무용 책상과 전화기를 사용하는데, 이동하기 쉽도록
작은 바퀴가 달려 있다. 모든 소도구와 소품들은 간략해야 하
며 장면의 빠른 전환에 장애가 되어서는 안 된다.
이 희곡에 삽입된 시어체(詩語體) 대사들은 작곡을 하여 노래
로 부른다. 슬픔이 배어 있는, 부르기에 쉽고 편한 노래여야
한다.

처음부터 무대의 막은 올려져 있다. 공연 시간이 되면 배우들이 등장
하여 각자의 자리에 앉는다. 면장, 집무용 책상을 밀면서 무대로 나
온다. 그는 서랍에서 어미의 호적을 꺼내 기재사항을 확인해 본다.
자식들, 한두 사람씩 일어나 노래하면서 무대 한가운데로 나온다.

자식들   어 – 어어 – 어어 –
어 – 어어 –
어머니, 어머니, 우리 어머니
열두 명의 자식 둔 우리 어머니
배고픈 놈 먹이고
헐벗은 놈 입히느라
뼈 빠지게 일만 하다 숨을 거뒀네.
어 – 어어 – 어어 –
어 – 어어 –
어머니, 어머니, 우리 어머니
가엾은 어머니를 어디 묻을까?
칠산리 골짜기에 묻어 놓고서

슬피 울며 자식들은 흩어셨었지.

면 장 호적엔 없는데요, 자식을 열두 명이나 뒀다는 건……?

장 남 (면장 앞으로 나오며) 호적엔 없을 겁니다. 하지만 면장님, 우리가 그분의 자식이란 것을 칠산리 사람들이 다 알지요.

면 장 어쨌든 칠산리 골짜기의 그 무덤을 옮기셔야 합니다.

장 남 몇십 년째 있던 무덤을…… 어디로 옮기라는 거죠?

자식들 (무덤을 옮기라는 면장의 말에 반감을 나타내며 서로 얼굴을 맞대고 수군거린다)

면 장 이미 소식을 들으셨겠지만, 칠산리로 자동차 길을 냅니다. 산허리를 잘라내고 골짜기를 메꿔야 길이 나는데, 그 무덤 때문에 공사가 늦어지고 있습니다. 세상 많이 달라진 거죠. 칠산리라면 이름 그대로 산이 일곱, 험한 산 일곱이 사방을 둘러막아서…… 예전 난리 땐 빨갱이 소굴이었다고 냉대와 멸시만 받던 곳인데…….

장 남 그런 곳에 갑자기 자동차 길을 내다니요?

면 장 칠산리 주민들이 군청에 몰려가 데모를 했거든요. 난리난 뒤 지금까지 해준 게 뭐냐, 다른 곳은 다리도 놔주고, 길도 내주고, 건물도 지어 줬는데, 칠산리는 아무것도 해주질 않았다. 그렇게 냉대만 받을 바엔 주민들 전체가 떠나버리겠다 아우성을 쳤거든요. 그래서 깜짝 놀란 군수님이 자동차 길을 내주기로 한 겁니다. 버스도 다니고 화물차도 다니면 사람들 형편이 좋아지게 되거든요.

장 남 물론 그렇겠지요. 하지만 우리 어머니 무덤은 그 자리에 그대로 두었으면 합니다.

면 장 안 됩니다. 오늘 안으로 옮기세요. 그 무덤 때문에 길 늦어진다고 칠산리 주민들이 야단입니다. 군청에서는 면장인 나더러 빨리 해결하라고 재촉하는데 연고자들은 어디 있는지 알 수

없구…… 그래서 생각 끝에 면사무소 문 앞에다 분묘 이장 공
고를 써 붙였지요. 보름 동안 기간을 정하고, 아무도 나타나지
않으면 임의대로 처리하겠다 그런 공고였는데…… 정말 놀랐
습니다. 마지막 날인 오늘이 되니깐 하나둘씩 모여들더니……
(자식들의 수효를 헤아린다) 이젠 모두 몇 명이죠? 하나, 둘, 셋,
넷, 다섯, 여섯, 일곱…….

자식들   (고개를 가로저으며) 아직 세지 마세요, 면장님.

면 장   왜요?

자식들   우리는 아직 다 모이지 않았습니다.

면 장   그럼 더 올 사람이 있다는 겁니까?

자식들   네. 우린 모두 열두 명이죠.

면 장   하지만 흩어졌던 사람들이 다 모인다는 걸 어떻게 장담하죠?

장 남   우리는 면장님의 공고 내용을 다 알고 있거든요. (자식들에게)
면장님께 그 증거를 보여드리지.

자식들   (각자가 받았던 편지를 꺼내 보인다)

면 장   그게 뭡니까?

장 녀   우린 사방에 흩어졌지만, 뭔가 중대한 일은 이렇게 서로 연락
을 해요. 누군가 그 일을 먼저 안 사람이 다른 사람에게 그것
을 알려 주고, 그럼 그 사람은 또 다른 사람에게 그것을 알려
주고…… 하나가 둘로, 둘이 넷으로, 넷이 여덟으로…… 그런
식으로 마침내는 우리 모두가 알게 되지요.

면 장   그것 참 놀랍군요! (시계를 바라본다) 하지만 기다릴 시간이 없
겠는데요…… 벌써 오후 두시가 넘었습니다.

장 남   면사무소 문은 언제 닫죠?

면 장   다섯시 반에 닫습니다.

장 남   그렇다면 면장님, 앞으로 세 시간 반은 더 기다릴 수 있지 않
겠습니까? 우리로서는 중대한 문젭니다, 어머니의 무덤을 옮

긴다는 건. 자식들이 다 모여서 의논해 본 다음에 결정 짓겠어요.

자식들 (장남의 말에 동의하며, 강경한 태도로) 우린 다 모일 때까지 기다리고 있겠습니다.

면 장 (곤혹스러운 표정으로) 글쎄요…… 조금만 더 기다리는 거야 괜찮겠습니다만…… 다 모여서 의논해 봐야만 결정 짓겠다는 건 무슨 뜻이죠? 마치 그 결정에 따라 무덤을 옮길 수도 있고, 옮기지 않을 수도 있다는 것처럼 들리는데, 그런 뜻입니까?

장 남 물론이죠, 면장님.

면 장 분명히 말하지만, 무덤을 옮긴다는 건 변경될 수 없어요. 다만 어디로 옮길 것이냐, 그 문제만 남은 겁니다.

장 녀 (면장 앞으로 나오며, 냉소적으로) 아주 간단하군요. 그것뿐이라면 더 기다릴 것 없이 지금 결정하죠. (자식들에게) 우리, 어머니를 어디로 옮겨드릴까? 칠산리 아래 골짜기로 옮겨드리지!

면 장 아, 칠산리는 안 됩니다!

장 녀 왜, 안 되는 거죠?

면 장 그 이유는 몇 번이나 말했잖습니까? (다시 한번 강조하듯이) 칠산리로 자동차 길을 냅니다.

장 녀 오직 그 길 때문인가요? 솔직히 우리에게 말씀하세요, 면장님. 칠산리 주민들이 우리를 싫어하기 때문이죠? 빨갱이의 자식들인 우리가 명절 때마다 성묘하러 칠산리에 오는 것이, 그들은 싫은 거예요.

자식들 바로 그 때문이지. 우린 칠산리를 고향으로 알고 찾아오는데, 주민들은 그런 우리를 쫓아내려고 무덤을 옮겨라 하는 것이죠!

면장의 책상 위에 놓인 전화기가 울린다.

면 장 월평면 면사무소, 제가 면장입니다. 아, 군수님, 칠산리 분묘 이장 때문에 전화 주셨군요. 연고자들이 일곱 명이나 오셨는데 더 올 사람들이 있다면서 조금만 기다려 달라구 하는데요? 네…… 네…… 설마 그런 일이야 없을 겁니다. 네…… 알겠습니다. 그렇게 하죠. (수화기를 내려놓고 자식들에게) 다섯시 반까지 기다리는 건 좋습니다. 하지만 군수님 말씀이, 칠산리의 그 무덤은 오늘 안으로 꼭 옮기도록 하라는군요.

자식들 어머니, 어머니, 우리 어머니
빨갱이의 자시 둔 우리 어머니
죽어서도 편안히 못 눕게 되어
어디에 옮겨 갈까 궁리중이네.
궁리하면 뭘 해?
이 땅 그 어디든지 난리뿐
궁리하면 뭘 해?
이 땅 그 어디든지 평안 없네.
면사무소 창문 밖 가을 하늘은
심란한 구름들이 모여와 흐려지고
가을걷이 끝나가는 들판에는
새떼만 날라와 울부짖네.
문득 고개를 쳐들고
들녘 멀리 바라보니
아, 솟아오른 산이 일곱
칠산리 일곱 산이
덩실덩실 춤을 추네!

장 남 (옛 일을 회상하듯이, 자식들에게 묻는다) 칠산리에서 가장 무서운 사람이 누구였지? 다들 기억하고 있나?

자식들 기억하구 말구! 호랑이보다 무서운 할머니가 있었지!

장 남   그래, 난 지금도 그 할머니가 눈에 선해. 그 할머닌 우리 어머
니를 한 번도 곱게 부르지 않았어. 언제나 잔뜩 골이 난 목소리
로 불러대곤 했었지. (입에 두 손을 모으고 성난 목소리로 외친다)
어미야, 어디 있냐!

무대, 조명이 바뀐다. 오래 되어 노랗게 바랜 사진 같은 과거의 분위
기가 느껴진다. 할미가 무대 가운데로 나온다. 할미는 성난 표정으로
외친다.

할 미   어미야, 어미야, 어디 있냐!

장 남   할머니의 목소리가 찌렁찌렁 울려 퍼지면, 일곱 산들이 겁을
먹고 얼른 어머니를 찾으려 따라 외쳤지.

자식들   (산울림 흉내를 내며) 어어미미야야, 어어미미야야, 어어디디 있
있냐냐!

할 미   어미야, 어디 있어!

자식들   어어미미야야, 어어디디 있있어어!

간난이, 손가락으로 귀를 막는 시늉을 하며 나온다.

간난이   귀가 먹먹하네. 엄마는 왜 자꾸 불러?

할 미   네 어민 어디 갔냐? 마당에 널어 놓은 좁쌀 한 되, 새떼가 쪼아
먹고 한 웅큼도 안 남았다.

간난이   (쥐고 있는 막대기를 휘두르며) 워어여, 이놈 새야, 저리가라! 엄
마가 나더러 새 쫓으라 했는데…….

할 미   넌 뭘 하다가 이제 오냐?

간난이   뒷간에서 오줌 눴지.

할 미   어미야! 어미야!

자식들	어어미미야야! 어어미미야야!
간난이	엄마는 산에 갔어.
할 미	미쳤구나! 산엔 뭘 하러 가?
간난이	도토리 주우러 갔지. 겨울에 굶어 죽지 않으려면 도토리를 모아야 한다구 동네 아줌마들이랑 함께 갔어. 휘어여, 후여 - 하루종일 새 쫓는 건 심심해. 쫓아도 배고픈지 자꾸만 다시 오는 걸. (막대기를 할미에게 내밀며) 할머니가 새 쫓아, 난 산에 갈게.
할 미	산에 가면 죽는다!
간난이	죽기는 왜 죽어?
할 미	(혀를 차며) 쯧쯧, 세상이 온통 미쳤지! 태석이네 외삼촌도 산에 가서 죽었구, 언년이네 큰아들도 산에 가서 죽었다!
간난이	우리 아버진 살았을까, 죽었을까…….
할 미	네 애비도 환장했지!
간난이	아버지는 어디 갔을까? 빨갱이 되려면 산으로 올라가구, 군인 되려면 들로 내려간다는데…….
할 미	이런 난리 때는 집 안에만 틀어박혀 있는 것이 상책이다. 쯧쯧, 핏줄 이을 자식 하나 못 둔 놈이 어디 가서 죽어봐라, 조상님을 무슨 낯짝으로 볼 것이냐!
간난이	휘어여, 후여 - 우리 엄만 애 못 낳는 병신이래.
할 미	그런 소릴 누가 하던?
간난이	휘어여, 후여 - 동네 사람들이 다 아는 걸.
할 미	방정맞다. 입 닥쳐라!
간난이	아버지는 밤중에 술 먹고 쑥고개를 넘어오다가 날 주웠대. 아버지가 날 데려오니깐 할머니가 야단쳤다며? 사내 자식도 아닌 걸 왜 주워 오냐, 저런 계집앤 길러 봐야 소용없다…… (슬픈 표정으로) 엄마는 나를 친자식처럼 잘해 주지만, 할머니는 내 마음을 슬프게 해.

할 미   어린 것이 못하는 소리가 없다! (간난이에게서 막대기를 뺏어 들고 때릴 듯이 노려보며) 당장 입 닥치지 못하겠냐?

간난이   (몸을 움츠리며) 할머니, 그 막대기 줘…… 입 다물구 새만 쫓을게.

할 미   다시 그런 소릴 해봐라, 혼내 줄 테다! (막대기를 던져 준다) 정신차려 새나 쫓아! 난리 났다구 새떼마저 극성이다.

간난이   (입 다물고 막대기를 휘두르다가 답답해서 못 참겠다는 듯 악을 쓴다) 훠어여, 훠여 – 난리 났다! 훠여, 훠여 – 도망가라!

갑자기 요란한 총소리가 울려퍼진다. 할머니와 간난이는 다급한 걸음으로 제자리에 돌아간다. 자식들, 불안한 표정으로 침묵한다. 조명이 바뀌며 면사무소가 된다. 총소리는 계속되고 있다.

장 남   (긴장된 모습으로) 면장님, 총소리가 요란하군요.

면 장   추수 때라서 새들이 극성이거든요. 허수아빌 세워 봐도 소용없구, 막대기를 휘두르며 소릴 질러도 소용없어요. 새떼가 극성인 건 칠산리 때문입니다. 이쪽 들판에서 쫓긴 새가 칠산리 산 속으로 날아가 숨었다간 다시 나오니까 약이 오른 사람들이 저렇게 총을 쏘아 새를 잡습니다.

장 남   하지만 불안하군. 저렇게 마구 쏘아대면 사고가 날 텐데…….

면 장   사실 그게 문제예요. 추수 때마다 사고가 생겨서…… 지난 해엔 유독 심했습니다. 마침 칠산리 사람이 들판을 지나가다가 새총을 맞고 눈이 멀었어요. 그러니깐 칠산리 사람들이 가만 있겠습니까…… 평지 쪽 사람이 칠산리 산으로 도토리를 따러 갔다가 실컷 두들겨 맞았는데…….

장 남   저도 지난 해 성묘 왔다가 그걸 들었습니다. 맞은 사람도 눈이 멀게 됐다면서요?

면 장	일부러 눈을 때려 그렇게 됐다구 평지 쪽 사람들이 흥분했지요. 눈에는 눈으로, 이에는 이로, 예전 난리 때 묵은 감정까지 되살아나서 양쪽 사람들이 크게 싸움을 벌였습니다. (걱정하는 표정이 되며) 올해는 아무리 새떼가 극성부려도 총은 쏘지 말라구 설득해 봅니다만…… 그게 잘 안 됩니다. (시계를 바라보며) 다섯시 반까지는 아직 시간이 많으니까, 난 일을 좀 봐야겠군요.
장 남	그러시지요, 면장님.
면 장	총소리 때문에 거정이 되어서…… 자전거를 타고 들판을 한 바퀴 둘러본 다음 오겠습니다.

면장, 무대 왼쪽으로 집무용 책상을 밀며 이동한다.

차 남	(창 밖을 바라보며) 면장님이, 자전거를 타고 가는군. 그런데, 어디로, 가는 것일까?
자식들	그런데, 어디로, 가는 것일까?
차 남	오, 그렇지! 총 쏘는 곳으로, 간다구 했어.
자식들	오, 그렇지! 총 쏘는 곳으로, 간다구 했어.
차 남	새들은, 벌써 도망쳤겠군!
자식들	새들은, 벌써 도망쳤겠군!
차 남	칠산리, 산 속에, 숨어 있겠지!
자식들	칠산리, 산 속에, 숨어 있겠지!
장 남	(미소를 짓고) 옛날 버릇들은 여전하군. 누군가 한 사람이 말을 하면, 우린 모두 그 말을 재미있게 흉내내곤 했었지.
자식들	옛날 버릇들은 여전하군. 누군가 한 사람이 말을 하면, 우린 모두 그 말을 재미있게 흉내내곤 했었지.
장 남	(손을 내저으며) 그만, 그만해. (자식들을 둘러본다) 그래, 다들 어

떻게 시냈어? 그동안 별 일들은 없었나?

자식들 (손을 내젓는 동작까지 흉내낸다) 그만, 그만해. 그래, 다들 어떻게 지냈어? 그동안 별 일들은 없었나?

차 남 (커다란 목소리로) 살, 기, 힘, 들, 어! 살, 기, 힘, 들, 어, 죽, 겠, 단, 말, 이, 야!

자식들 (커다란 목소리를 흉내낸다) 살, 기, 힘, 들, 어! 살, 기, 힘, 들, 어, 죽, 겠, 단, 말, 이, 야!

장 남 (차남의 어깨 위에 손을 얹으며) 오랜만이야. 지난 추석에 성묘하러 올 줄 알았더니…… 무슨 일이 있었나?

차 남 골치 아픈 일이 있었지.

장 남 그게 뭔데?

차 남 형사가 날 쫓아다녀서…… 아주 혼이 났었어.

장 남 무슨 나쁜 짓을 했었나?

차 남 아냐, 막내가 큰일을 저지른 모양이야. 막내 있는 곳을 말해 달라구 날 못살게 졸라대더군.

장 남 막내가 어떤 큰일을……?

차 남 글쎄, 빨갱이의 자식들이 하는 짓은 뭐든지 나쁘게만 보일 테지!

장 남 (장녀에게) 어때 요즈음? 포목가게는 잘 되구 있나?

장 녀 요즘은 파리만 날려! 아무래도 집어 치울까봐.

장 남 (삼남에게) 제수씨는 어때? 아이들은 잘 있구?

삼 남 (고개를 저으며) 난 몰라…….

장 남 모르다니, 무슨 소리야?

삼 남 마누라가 아이들을 데리고 집을 나갔거든.

장 남 저런…… 아직도 술만 마시고 있나?

삼 남 술 때문은 아냐, 일자리가 없어서 그런 거지!

장 남 (차녀에게) 여전히 방직공장엔 다니고 있겠지?

차 녀 그럼, 난 일복이 터졌어. 일주일은 낮 근무, 일주일은 밤 근무,

열두 시간씩 교대로 일하고 있거든.

장 남 병나지 않게 몸 조심해. (삼녀에게) 혈색이 나쁘군. 어디가 아파?

삼 녀 자꾸만 온몸이 아파…….

장 남 병원엔 가봤었나?

사 남 거긴 갈 필요없어. 난 여기저기, 시골 장터를 다니면서 만병통치약을 팔고 있지! (조그만 약병을 꺼내 들고 자식들에게) 누가 만성두통을 앓고 있나? 늘 피곤하고, 각종 염증에 시달리고, 사타구니며 팔뚝, 어깨죽지라든가 등짝에 종기가 돋아나 곪고, 먹어도 체하기만 하고, 속이 메슥메슥 거북스럽고, 위장이 묵지근하게 불쾌하고, 설사와 변비에 시달리고 있나?

자식들 우리가 만성두통을 앓고 있지. 우리는 늘 피곤하고, 각종 염증에 시달리고, 사타구니며 팔뚝, 어깨죽지라든가 등짝에 종기가 돋아나 곪지. 먹어도 체하기만 사고, 속이 메슥메슥 거북스럽고, 위장이 묵지근하게 불쾌하고, 설사와 변비에 시달리고 있지!

사 남 다 그거는 숙변 때문이야. 숙변하면 유식하게 말한 거라서 모르는 사람도 있겠군. 숙변이란 쉽게 말하자면 창자 속의 똥이야. 큰 창자, 작은 창자에 딱 엉겨 붙은 굳은 똥, 오래된 똥이다 그 말이지. 매일 똥을 누는 사람도 평상시에 이 굳은 똥이 너댓 근 씩은 창자 속에 있기 마련인데, 변비가 있는 사람은 그 양이 굉장히 많고, 먹는 음식에 비해서 눈 똥이 충분하지 못한 사람일수록 그 양이 더 많아. 아무튼 이 숙변이라는 것이 과다하게 축적되면 몸 속에는 온통 노폐물로 독소가 가득하구, 그래서 체력이 뚝 떨어져. 숙변의 양이 자꾸만 쌓일수록 아무리 좋은 보약과 좋은 음식을 먹어도 체내 흡수가 안 되니깐, 체내 저항력이 약해지면서 점점 많은 질병에 걸리게 되는 거라구. 창자가 깨끗하지 못하면 혈액도 탁해지고, 오래된 똥을 누어 버리지 않는 한 어떤 질병도 치료될 수가 없어!

자식들 창자가 깨끗하지 못하면 혈액도 탁해지고, 오래된 똥을 누어 버리지 않는 한 어떤 질병도 치료될 수가 없어!

사 남 (손에 들고 있는 약병에서 알약을 꺼내 장남에게 준다) 바로 이거야! 하루 세 끼 밥 먹는 양을 줄이고, 이 약을 세 번씩 나눠 먹어 봐! 당장 효험이 생겨! 이 약은 창자 속을 유리창마냥 말끔하게 닦아 주는 것인데, 이 약을 먹으면 체내에 쌓인 노폐물이 깨끗하게 배설되어서, 창자의 활동과 모든 대사기능이 왕성하게 활발해져. (자식들에게 알약을 나눠 준다) 온몸의 여러 곳에 심한 고통을 느끼지만 병원이며 약국을 가봐도 그 원인을 알 수 없고, 또 온갖 치료를 해봐도 낫지 않을 때, 이 약을 먹으면 즉효야, 즉효!

자식들 온간 치료를 해봐도 낫지 않을 때, 이 약을 먹으면 즉효야, 즉효!

장 남 그런데 이 약을 무엇으로 만들었지?

사 남 그걸 알려 주면 난 약장사 다하게! 절대 비밀이야, 비밀!

장 남 그래도 뭘로 만들었는지는 알아야 맘 놓고 먹을 수 있지!

자식들 그래도 뭘로 만들었는지는 알아야 맘 놓고 먹을 수 있지!

사 남 좋아, 우리끼리니깐 알려 주지. 칠산리 산 속에서 자라는 약초로 만든 거야.

장 남 칠산리 산 속의 약초?

사 남 음, 그 이름은 몰라. 이파리가 손바닥만 하구, 빨간 꽃이 핀 다음에 새까만 열매가 열려. 어쨌든, 어렸을 때 난 배가 고파서 그 풀을 뜯어 먹곤 했었지. 그랬더니 방귀가 나오고, 뱃속이 부글부글 끓으면서, 창자 속에 든 것이 몽땅 쏟아졌어. 그 풀로 만든 게 바로 이 약이라구!

장 남 (어처구니 없다는 듯이 웃으려다가 슬픈 표정으로 변하면서) 나도, 그 풀을, 뜯어 먹곤, 했었지.

자식들 나도, 그 풀을, 뜯어 먹곤, 했었지.

장 남 칠산리, 산 속에서, 몹시, 배가 고팠지.

자식들 칠산리, 산 속에서, 몹시, 배가, 고팠지.

장 남 (손바닥 위에 놓여 있는 알약을 삼키면서) 숙변에 좋다는 이 약을 삼키니깐 기억나는 게 있군. 어렸을 때 나만 보면 괴롭히는 아이들이 있었어. 그 아이들은 나에게 이런 욕을 했었지. '넌 똥 같은 놈이다!' 그레, 모든 문제는 똥을 못 누는 데서 생겨. 십 년이구, 이십 년이구, 그 똥이 쌓이고 쌓여서 온 나라에 독이 퍼진 거지. 그래서 그 오랜 똥을 누어 버리면, 다시 온 나라가 깨끗하고 건강해질 텐데…… 사람들은, 우리를, 그렇게 똥으로 생각하고 있지!

자식들 (알약을 각자 삼키면서) 우리를, 똥으로, 여기는, 사람들이, 있지. 그래서, 그 오랜 똥을, 누어버리면, 다시, 온 나라가, 깨끗하고, 건강해질 텐데…… 사람들은 그렇게, 생각하고 있지!

조명, 검붉은 빛깔로 바뀐다. 무대 천정으로부터 나무들이 내려온다. 가을의 산 속, 어미와 아낙네들이 도토리를 줍고 있다. 어미는 커다란 망태기를 등에 짊어졌고, 아낙네들보다 더 많은 도토리를 주워 모아서 그 망태기는 무거워 보인다. 새떼가 요란하게 울부짖는다.

다복네 여기 좀 봐! 사람 똥이야! 산 속에 분명히 누가 있어!

어 미 부지런히 주워, 한눈 팔지 말구.

아낙네들 간난어민…… 무섭지도 않아?

어 미 나도 무섭지.

움집네 무섭다면서 도토리는 잘 줍네!

어 미	어서들 수워 모아. 곧 겨울 될 텐데, 도토리 없으면 굶어 죽어.
다복네	난…… 손발이 떨려서…… 못 줍겠어.
뒷골네	산이 왜 이리 무서울까……?
다복네	나무만 봐도 섬뜩해. 검붉은…… 단풍들이…… 꼭 피흘리는 것 같구…….
움집네	어디쯤이더라…… 태석이네 외삼촌 죽은 곳이…….
다복네	바로 저 산이야. 두 손을 꼭꼭 묶인 채 죽창으로 온몸이 찔려서…….
아낙네들	아이구, 무서워라!
어 미	이 산은 아냐. 저기 다음 산이지.
다복네	저 다음 산은 언년이네 큰아들이 죽었는걸. 시체가 푹푹 썩어서 얼굴도 못 알아보구…… 쌍덧니 난 이빨로 겨우 언년이네 큰아들인 줄 알았지.
아낙네들	무서워…… 무섭다니깐…….
다복네	그래도 누군지나 알면 좋게. 일곱 산 골짜기마다 누군지도 알 수 없는 시체들이 가득한걸.
어 미	왜 자꾸만 그런 소릴 해, 쓸데없이. (아낙네들에게 다가가서 도토리 주운 것을 들여다보며) 겨우 이걸 모았어? 가을은 짧아. 이제 곧 날 추워지고 눈 내리면 어쩔 거야? 그땐 꼼짝없이 굶어 죽게 돼!
움집네	우리 이러다가…… 산에 있는…… 빨갱이들한테 붙잡히면 어떻게 해?
어 미	설마 우리를 죽이지는 못하겠지. 겨울 동안 살겠다구 도토리를 줍는데, 그런 우리를 붙잡아서 죽일 수는 없을 거야. (무서워하는 아낙네들을 달래며) 무섭더라도 참아. 꼭 참고 어서들 부지런히 줍자구!

아낙네들, 마지못해 도토리를 줍는다. 어미는 손놀림이 빨라서 다른
아낙네들보다 앞서 나간다.

다복네   (옆에 있는 아낙네들에게, 낮은 목소리로) 토벌대가 왔다는데 그
          소문 들었어?

움집네   나도 그 소문 들었어. 군청있는 읍내까지 토벌대가 왔다면서?

다복네   칠산리는 빨갱이 소굴이라 다 잡아 죽이겠다고 벼르고 있대.

뒷골네   아, 그래서 득실대던 산사람들이 요즈음엔 조용하군…….

움집네   진짜 빨갱이는 왜 무서운지 알아? 자기 목숨 같은 건 아끼지
          않고 싸워. 토벌대가 오면 굉장한 싸움이 벌어질 거야.

뒷골네   그럼 생사람도 많이 죽겠네?

다복네   칠산리 사람들은 다 죽게 될 거야! 다 죽고 말아!

아낙네들   (겁에 질려서 부르짖는다) 그래, 다 죽는다니깐!

어 미   왜 또 그런 소릴 해?

아낙네들   토벌대가 오면 우린 다 죽어!

어 미   다 죽게 될지는 그때 가봐야 알지. 아직은 살아 있구, 살아 있
          으면 먹고 지낼 준비는 해둬야지.

다복네   간난어민 식구도 몇 안 되는데 열심히네. 남편은 집 나가 없
          구, 늙은 시어미와 주워 온 간난이. 세 식구뿐이잖아?

어 미   부탁이야. 간난이를 주워 왔단 말 하지마.

아낙네들   간난이도 아는걸?

어 미   어린 것이 얼마나 맘 상할까…….

다복네   정말 맘 상하는 건 간난어미 아냐? 자기 뱃속으로 아기 하나
          못 낳구 남편이 주워 온 아이를 길러야 하니깐.

아낙네들   (놀리듯이) 간난어민 좋겠네. 애도 주워 오구, 도토리도 주워
          오구.

어 미   (묵묵히 도토리를 줍는다)

아낙네들 화났어?

어 미 화나기는…….

다복네 비위 건드린 말 듣고도 화가 안 나?

어 미 괜찮아, 나는.

다복네 간난어민 오장육부를 빼놓구 사나 보지?

어 미 뭐 빼놓을 것도 없어. 처음부터 내 뱃속에 든 것이 없었으니깐…… (웃으며) 든 것이 있었으면 낳았을 거야. 그게 뭐든지…… 하지만 내 뱃속은 텅 빈 허공이야. 어찌나 텅 비었는지, 칠산리 산 일곱을 다 집어 넣어도 끄덕없을 걸.

다복네 (눈을 흘기며) 무슨 배가 그렇지? 칠산리 산 일곱을 다 집어 넣으면 도토리나무들도 그 속에 있겠네?

어 미 그렇구 말구!

다복네 골짜기의 시체들도?

어 미 그럼 내 뱃속에 다 있지!

다복네 흉해라! 우리도 그 속에 들어 있겠네?

어 미 어서들 도토리나 주워. 해 저물고 어두워지면, 내 뱃속도 캄캄해져.

자식들 어머니, 어머니, 우리 어머니
　　　　 오장육부 다 빠진 우리 어머니
　　　　 어머니 뱃속은 하도 넓어서
　　　　 칠산리 산 일곱이 그 속에 있고
　　　　 올망졸망 자식들이 그 속에 있네.
　　　　 해야, 해야, 지지 마라!
　　　　 우리 어머니 뱃속이 캄캄해진다.
　　　　 해야, 해야, 지지 마라!
　　　　 칠산리 산 속이 무서워진다.
　　　　 해야, 해야, 지지 마라!

산 속의 자식들이 두려워 운다.

무대, 서서히 어두워진다.

장 녀 난리 때 우리는 산 속에 숨어 있었지. 그때 일을 지금도 기억
하구 있나?

자식들 그럼 기억하고 있지.

장 녀 해가 지면 캄캄했어.

자식들 캄캄히면 무서웠어.

장 녀 무서워서 몸이 떨렸지.

자식들 무섭기도 하구 춥기도 했지.

삼 녀 그래, 춥고, 배가 고팠어.

자식들 배 고파도 먹을 게 없었어.

삼 녀 난 집에 가고 싶어!

장 녀 가봐야 소용없다! 집은 불 탔다! 엄마! 엄마! 어디 있어?

자식들 엄마, 엄마, 불러 봐야 소용없다. 엄마는 도망갔다!

삼 녀 아빠는 지금 뭘 해? 왜 보이질 않지?

장 녀 아빠는 우리를 버렸다. 토벌대가 온다니깐 싸우다가 죽을 작
정이다. 그래서 너 같은 어린 자식들을 버렸다.

삼 녀 그럼 난 어떻게 하지?

장 녀 꼭꼭 숨어라! 머리카락 보인다!

삼 녀 머리카락 보이면……?

자식들 머리카락 보이면 잡혀 죽는다! (모두 각자의 자리로 되돌아간다)
꼭꼭 숨어라, 이 빨갱이의 자식들아!

따르릉 따르릉, 자전거 종이 울린다. 무대, 밝아진다. 면장이 자전거
를 타고 나온다. 길가에 두 명의 형사가 서 있다. 형사들은 지도를

펼쳐 들고 지형을 둘러본다.

젊은 형사 (면장에게) 저어, 실례합니다.

면　장 (자전거를 멈춘다) 네, 무슨 일이죠?

젊은 형사 길 좀 여쭤 보려구요.

늙은 형사 여긴 처음 오는 곳이어서 지도를 펴봤습니다만, 뭐가 잘못된 건지 칠산리 가는 길이 표시되어 있질 않군요.

면　장 아, 그건 잘못된 게 아닙니다. 칠산리엔 길이 없어요.

형사들 길이 없다니요?

면　장 하지만 이제 곧 자동차 길을 냅니다. (손가락으로 먼 곳을 가리키며) 어쨌든 저기 솟아 있는 산 일곱이 바라보이죠? 칠산리는 저기에 있습니다.

늙은 형사 (곤혹스런 표정으로) 무턱대고 저 산을 향해 가면 됩니까?

면　장 가만 있자, 전화선을 따라가시죠. 칠산리엔 이장 댁하고 초등학교 분교, 그 두 군데에 전화선이 들어갑니다.

형사들 (암기하듯이) 전화선을 따라가라…….

면　장 (자전거 페달을 밟으며) 그럼 조심해서 다녀들 가시지요.

형사들 고맙습니다, 면장님.

면　장 (자전거를 멈춰 세우고 뒤돌아본다) 그런데 이상하군요. 이곳은 처음이라면서 내가 면장인 건 어떻게 아십니까?

젊은 형사 아까 면사무소엘 갔었거든요. 저희가 찾는 사람이 왔는가 해서…….

늙은 형사 인사가 늦었습니다, 면장님. (젊은 형사에게) 면장님께 우리 신분증을 보여드리지. 그놈을 잡으려면 아무래도 면장님 도움이 필요할 것 같군.

젊은 형사 (면장에게 다가가서 수첩을 꺼내 신분증을 보여 준다) 저희는 형사입니다.

면　장　(얼굴이 굳어지면서) 그런데…… 내가 뭘 도와드려야죠?

젊은 형사　우리가 찾고 있는 놈은, 쉽게 말해서 빨갱이죠!

늙은 형사　너무 노골적인 표현이군. 면장님, 저희는 사상이 위험한 자를 찾고 있습니다. 그 자는 세상을 시끄럽게 만들기에 혈안이 되어 있죠. 자동차 공장 파업, 조선소 파업 등 굵직한 파업에는 꼭 그놈이 끼어 있어요. 그래서 우리는 그놈을 붙잡아 조용히 이 사회로부터 격리시켜 놓지 않으면 안 됩니다. 그런데 저희는 오늘 그 자가 자기 어머니 분묘 이장 때문에 칠산리에 올 것이라는 정보를 입수했거든요.

젊은 형사　(수첩에서 사진을 꺼내 면장에게 내민다) 이렇게 생긴 놈입니다. 별명은 막내구요. 본 적이 있으십니까?

면　장　(사진을 받아 들고 바라보며) 막내라…… 본 기억이 없는데요.

늙은 형사　저희는 두 가지 가능성이 있다구 봅니다. 그놈이 면사무소에 나타나든가, 아니면 칠산리 무덤에 나타나든가…… 그래서 칠산리 길을 여쭤 봤던 겁니다.

젊은 형사　면장님이 그 사진을 갖고 계시죠. 그랬다가 면사무소에 나타나거든 저희에게 알려 주세요.

면　장　그야 도와는 드려야겠지만…… 난 면사무소에만 붙어 있는 게 아닙니다. 지금도 보시듯이, 여기저기 돌아다녀야 하거든요.

늙은 형사　무슨 일 때문에 그렇게 다니십니까?

면　장　요즈음엔 새총 때문에 사고가 많이 납니다. 그래서 함부로 총을 쏘지 않도록 사람들을 설득하러 다니는데…….

젊은 형사　아, 그런 일이라면 설득하러 다니실 필요없습니다.

늙은 형사　저희는 총 가진 사람들 심리를 잘 알아요. 총이란 쏘지 않고서는 못 배기는 물건인데, 더구나 난리를 치렀던 곳에 사는 사람들의 함부로 총 쏘는 버릇은 고칠 수가 없습니다. 바로 여기가 그런 곳이죠. 우린 처음 왔지만 땅 생김새가 심상치 않다는 걸 알았습니다. (면장에게 다가와서 지도를 펼친다. 그리고 실제의 지형과 대조해 가리키며) 보십시오, 면장님. 저쪽 그러니까 칠산리 쪽은 높은 산들이 있습니다. 그 반대인 이쪽은 평지인데, 지도를 보니깐 이쪽으로 갈수록 땅은 편편해지고 사람 사는 마을도 많습니다. 지세가 이렇게 생기면 어떤 일이 벌어지곤 하는지 아십니까? 난리는 이쪽 평지에서 일어나는데, 싸우다가 지는 놈들은 모두 산 쪽으로 도망갑니다. 그럼 이기는 놈들은 뒤쫓아가서 산을 에워싸고는 토끼 사냥하듯이 몰아 잡거나, 아니면 아예 산에 불을 질러 버립니다.

면 장 잘 보셨습니다. 이곳에서도 그런 일이 있었죠.

늙은 형사 하지만 그런 난리 속에서도 살아남는 놈들이 있습니다. 빨갱이의 자식들이죠. 그들은 어렸을 땐 얌전히 있다가, 어른만 되면 애비를 닮아 위험한 사상을 갖곤 합니다.

면 장 지금 칠산리엔 양순한 주민들만 남아 있습니다. 그런데도 빨갱이 소굴이었다면서 칠산리 출신이라면 혼사길이 막히고, 출세길이 막히고, 살 길마저 막힙니다. 실제로 취직을 하려고 해도 신원조회에 걸려 안 되거든요. 사실은 난리를 일으킨 건 칠산리 사람들이 아닌데, 온갖 피해는 그들이 당하고 있는 셈이죠.

늙은 형사 칠산리를 좋게만 말씀하시는군요?

면 장 나는 사실 그대로를 말씀드린 겁니다.

젊은 형사 면장님, 저희가 잡으려고 하는 놈은 칠산리 출신입니다.

늙은 형사 지금 면사무소에 와 있는 자들도 그렇죠. 빨갱이의 자식들이란, 모두 위험하다구 봐야 합니다.

면 장 칠산리 주민들은 그런 빨갱이의 자식들을 싫어합니다. 그들 때문에 피해만 입고 있기 때문이죠. 칠산리 골짜기엔 그들 어머니의 무덤이 있어서 찾아오곤 하는데, 주민들은 그들이 오는 것마저 꺼려 해요. 그래서 다시는 오지 못하도록, 이번엔 자동차 길을 내는 기회에 그 무덤을 옮겨 달라는 것이 주민들의 의견입니다.

젊은 형사 그게 쉽게 될까요? 그 막내라는 놈은 그 분묘 이장을 반대하러 옵니다.

늙은 형사 면장님도 조심하시는 게 좋을 겁니다. 그놈들은 반드시 말썽을 일으킬 테니까요.

젊은 형사 (늙은 형사에게) 어떻게 생각되십니까? 막내란 놈이 면사무소에 나타날까요? 아니면 칠산리에 나타날 것 같습니까?

늙은 형사 우리가 둘로 나누지. 난 여기 면사무소 쪽을 지키고 있을 테니깐, 자네는 칠산리로 가보게.

젊은 형사 그러죠. (암기한 것을 반복하며) 칠산리를 가려면…… 전화선을 따라가라…….

늙은 형사 면장님께도 부탁합니다. 쓸데없이 돌아다니시지 말구 오늘은 면사무소나 잘 지키십쇼. 그랬다가 그놈이 나타나거든 저에게 알려 주세요. (재촉하듯이) 그럼 어서 가십시오, 면장님!

젊은 형사 (칠산리 쪽으로 걸어가며, 약간 비아냥거리는 태도로 손을 흔든다) 또 만나십시다, 면장님!

면장, 머뭇거리다가 자전거의 페달을 밟는다. 그는 무대를 한바퀴 돌아서 자기 자리로 돌아간다. 무대 전체를 밝히던 조명이 어두워지고 중앙에만 둥그렇게 불빛이 비춘다. 할미와 간난이가 해진 겨울옷들을 꺼내놓고 바느질을 하고 있다.

할 미 (바늘과 실을 간난이에게 내밀며) 눈이 안 보인다. 바늘에 실 좀 꿰어다구.

간난이 할머니 눈은 이상해. 먼 것은 잘 보이는데, 왜 가까운 건 못 보지?

할 미	늙어서 그런다.
간난이	(바늘에 실을 꿰어 주며) 할머니 귀는 어떤데? 먼 소리는 잘 듣고 가까운 소린 못 듣나?
할 미	늙었다고 날 놀리는 거냐?
간난이	잘 들어 봐, 할머니. 지금 저 산 속에서 무슨 소리가 들리는 지…….
할 미	(잠시 귀기울이다가 고개를 내젓는다) 아무 소리도 들리는 게 없다.
간난이	내 귀엔 들려…… 정말이야. 두런두런 속삭이는 아이들 목소리 같기두 하구…… 슬프게 우는 소리 같기두 해…….
할 미	엉뚱한 생각 그만 해라! 하루종일 산에 놀러 갈 생각뿐이더니…… (역정을 내며) 해 저물어 가는데 네 어민 왜 안오는 거냐?
간난이	엄마는 도토리를 많이 주웠나봐. 짐이 무거우면 쉬고 또 쉬었다가 오느라구 늦어져. (할미에게 애교를 부리며) 할머니, 나 내일은 산에 가게 해줘. 내가 엄마 짐을 나눠 들면, 그럼 빨리 오게 되지.
할 미	(엄하게) 산에 가면 안 된다!
간난이	(울먹일 듯한 표정으로) 왜…… 안 돼?
할 미	몇 번이나 말해야 알아듣겠냐? 장승 같은 남정네도 산에 가면 죽었다! 그런데 너 같은 어린 계집애가 가봐라! 살아서 되돌아 오지 못한다.

어미가 등장한다. 부엌에 무겁게 짊어졌던 망태기를 내려놓고, 옷에 묻은 나뭇잎들을 털어낸다.

할 미	어미냐?
어 미	늦어서…… 죄송해요.

할 미	(혀를 차며) 쯧쯧, 산에 가서 죽은 줄 알았다.
어 미	산엔 아무 일도 없었는 걸요. 어머니, 토벌대가 온다는 소문이 정말인가 봅니다. 동네 아낙네들이 똑같은 말을 하던데요.
할 미	소문 같은 건 믿지 말아라! 난리 속에 무슨 흉계들을 꾸미는지 알게 뭐냐? (바느질을 계속하며) 거기 부뚜막에 옥수수 삶아놨다. 시장할 텐데 먹어라.
어 미	어머님은요?
할 미	우린 벌써 먹었다.
간난이	(어미에게 다가오며) 엄마, 나 조금만 줘.
어 미	그래, (부뚜막 솥뚜껑을 열고 옥수수를 꺼내 준다) 먹어라.
할 미	어미 저녁 먹는 것을 또 뺏느냐?
간난이	하나만 얻어먹는걸! (옥수수를 먹으며) 할머니는 종일 나한테만 야단쳐.
어 미	(옥수수를 먹는다) 네가 잘못하니깐 그러시겠지.
간난이	아냐, 난 잘못한 것 없어. 무턱대고 야단치는걸. 아까도 그랬지. 저 산에서 아이들 소리가 들린다구 했더니, 할머니는 나더러 엉뚱한 생각만 한다구 막 야단치셨어. (옥수수를 먹다 말고 귀를 기울이며) 지금도 내 귀엔 들려. 아이들 소리야. 엄마, 들어봐. 아이들이 겁 먹은 목소리로 수근거려.
어 미	(잠시 귀기울인다) 바람소리구나. 숲속에 바람이 불면 낙엽이 떨어지면서 저런 소리가 나지.
간난이	그럼 저 흐느끼는 소린 뭐야?
어 미	무슨 소린데?
간난이	아이들이 슬프게 울고 있잖아!
어 미	글쎄…… 골짜기에서 물 흐르는 소리 같구나.
간난이	엄마는 정말 병신인가봐. 애 못 낳는 병신이니깐 아이들 소리도 못 알아듣지!

할 미	그년 버릇없다! 한 내 내려줘라!
어 미	할머니 노여워하신다, 그런 말 하면.
간난이	(토라진 표정으로) 할머닌 날 미워해. 주워 온 아이라구 그래서 미워하는 거지.
어 미	그렇지 않아, 할머니가 널 얼마나 이뻐하는데.
간난이	할머니는 엄마도 미워해. 엄마가 애 못 낳는다구 동네사람들한테 흉을 보던걸. 엄마, 이쁨 받고 싶거든 사내애를 낳아. 고추 달린 사내애를 낳으면 엄마는 당장 이쁨 받게 돼.
어 미	옥수수나 먹으렴.
간난이	내 말대로 하라니깐, 엄마.
어 미	(웃음을 짓고) 나도 낳고는 싶다. 하나 아니라 열, 열 아니라 스물, 서른이라도…… 하지만 자식은 하늘이 주는 거란다. 사람 마음대로 안 되는 거지.
간난이	할머니는 새벽마다 물 떠놓고 빌어. (손을 비벼대고 머리를 조아리는 흉내를 내며) 하늘님, 자식 좀 주시오, 하늘님, 자식 좀 주시오…….
할 미	어미야, 다 먹었냐?
어 미	네, 먹었어요.
할 미	다 먹었으면 자거라. 밤에 깨어 있으면 배만 고파진다.
어 미	곧 잘게요. (할미를 향하여 허리 숙이며) 평안히 주무세요, 어머님.
할 미	오냐, 나도 곧 잘란다.
어 미	(간난이에게) 너도 인사드려야지.
간난이	(할미를 향하여 절하며) 할머니, 잘 주무세요.
할 미	너나 푹 자거라. 종알종알 지껄이지 말구.

자식들, 무대 가운데로 나온다.

자식들	어머니, 어머니, 우리 어머니
	애 못 낳는 병신인 우리 어머니

자식들 어머니, 어머니, 우리 어머니
애 못 낳는 병신인 우리 어머니
할미한테는 미움받고
동네사람한테는 놀림받고
주워 온 딸한테는
애 당장 낳아라 졸림받고
억울, 억울, 억울해라!
답답, 답답, 답답해라!
가을밤 어둠은 길기도 하구나!
어둠 속에 바람이 불고
어둠 속에 아이들은 수근거리고
어둠 속에 새들은 울부짖고
어둠 속에 아이들은 흐느껴 울고
어머니는 자식 없어 애를 태우고
억울해라, 어머니와 자식들!
서러워라, 어머니와 자식들!
답답해라, 어머니와 자식들!

무대의 할미, 어미, 간난이는 각자의 자리로 되돌아간다. 면장, 면사무소에 되돌아온다.

면 장 (언짢은 표정으로) 날씨가 심상치 않아요. 자꾸만 흐려지는 것이…… 이러다간 눈이 내릴 것 같습니다.

장 남 (하늘을 바라보며) 그렇군요.

면 장 갑자기 기온도 뚝 떨어지고…….

장 남 하긴 가을도 끝났으니깐 눈 내릴 때도 됐죠.

자식들 (나즈막한 목소리로 걱정스럽게 수근거린다) 첫눈이 내릴 모양이야. 어머니 무덤은 어떻게 하시?

장　남 면장님, 나가셨던 일은 잘 안 되던가요? 지금도 들판에서 새 잡는 총소리가 멈추질 않으니…….

면　장 네, 몇 군데 다녀봤지만 허사였습니다. 그런데 길을 가다가 어떤 사람들을 만났어요. 그들이 나에게 하는 말이, 여기처럼 호된 난리를 치렀던 곳에서는 주민들이 함부로 총을 쏠 수밖에 없다면서, 그걸 고칠 생각은 말라는 거였어요. 그 말을 들으니깐 맥이 풀리면서…… 내 전임 면장도 같은 말을 했었죠. 몇 년 전입니다. 내가 처음 면장이 되어 이곳에 부임해 왔을 때, 사무 인계를 하면서 전임 면장이 이런 말을 하더군요. 조심하게. 이곳 주민들은 과거의 사람일세. 난 그게 무슨 뜻인지 몰랐었죠. 그러나 차츰 시간이 지날수록, 이곳 사람들은 현재를 사는 것이 아니라 과거 난리 속을 살고 있다는 느낌이 들어군요. 솔직히, 난 그것이 싫습니다. 내가 산 사람들의 면장이 아닌, 유령들의 면장 노릇을 하고 있는 것 같아서 기분이 나쁩니다.

장　남 (우울한 표정이 되며) 사실은, 과거 속에 사는 사람들도 기분 좋을 리 없죠. 특히 우리들은요. 아무리 현재로 빠져 나오려구 애를 써도…… 과거는 우리를 꽉 붙잡고 놓아주질 않는군요.

면　장 그 반대인 것 같은데요? 오히려 당신들이 과거를 붙잡고 놓지를 않는 겁니다. 자, 지금이라도 놓아 버리세요! 칠산리의 그 무덤 옮기는 것부터가 새로운 시작입니다!

장　남 우린 아직 다 모이지 않았습니다.

면　장 현재 모여 있는 당신들로서 충분해요!

장　남 면장님, 우린 다 모여서 의논해 봐야 합니다.

면　장 (시계를 가리킨다) 이걸 봐요, 이제 세시 사십분입니다! 면사무소 문 닫는 시각은 다섯시 반, 그때까진 기다려 봤자 겨우 두 시간 정돕니다! 더 기다릴 것도 없어요! 지금 당장 옮겨 버려요!

장 남　(실망하듯이) 면장님…… 우린 면장님이 다른 공무원들하곤 같지 않기를 바랬습니다. 그런데 역시 같은 분이로군요.

면 장　그건 무슨 소립니까?

장 남　우리는 수많은 공무원들을 겪었었죠. 그들은 한결같이 우리에게 명령만 내렸습니다. 우리의 생각을 묻지도 않았고, 우리의 행동은 아예 금지했지요. 우리를 그냥 과거 속에 살도록 틀어 막은 겁니다. 제발 우리를 도와 주십시오. 면장님. 우리를 과거로부터 빠져나올 수 있게 도와 주신다면 정말 고맙겠습니다.

면 장　난 당신들을 도와 주려구 애씁니다. 그건 아실 텐데요?

장 남　(고개를 가로 젓는다) 그 정도로는 부족합니다. 근본적으로, 우리를 달리 대해 주셔야지요.

면 장　(역정을 내며) 근본적이라뇨? 내가 뭘 어떻게 해주기를 바라는 거죠? 오히려 문제는 당신들한테 있어요. 아침부터 이 면사무소에 와서, 지금 이 시간까지 뭔가 기다릴 뿐 당신들은 달라진 게 없습니다! (따져 묻듯이) 도대체 뭘 기다리죠? (호주머니에서 사진을 꺼내 장남에게 보여준다) 혹시, 이 사람이 오기만을 기다리는 것 아닙니까?

장 남　(사진을 들여다본다)

면 장　누구예요? 이 사람은?

장 남　우리 막냅니다.

면 장　여기에 꼭 올 거라는데, 그렇습니까?

장 남　네, 올 겁니다. 그런데 면장님이 어떻게 이 사진을 갖고 계시죠?

면 장　(더욱 의심을 내며) 왜 올 겁니까? 그가 꼭 와야 할 이유가 뭐냐구요?

장 남　막내는 어머니의 귀여움을 가장 많이 받았었지요.

면 장　단순히 그 때문인가요? 솔직히 말하자면, 그는 칠산리 그 무덤 옮기는 걸 반대하기 위해서 오는 것이죠?

장 남 글쎄요…….

면 장 누가 나에게 이 사진을 보여 주며 말했습니다. "이 사람은 위험한 사상을 갖고 있다." 그게 사실인가요?

장 남 누가 나에게도 같은 말을 했습니다. "너는 위험한 사상을 갖고 있다." 그런데 그게 사실입니까?

자식들 누가 우리에게도 똑같은 말을 했어요. "너희는 위험한 사상을 갖고 있다." 그런데 그게 사실입니까?

면 장 사실이냐구 나에게 물으면 어떡합니까? 여러분 자신들이 대답할 문제죠!

장 남 글쎄요…… 우리들 사상이 위험하다는 혐의를 받는 건…… 우리가 경험한 기억들 때문이겠지요. 우린 어린 시절 칠산리 산 속에 있었는데, 그 산 속에서의 기억들은…… 춥고, 어둡고, 무섭고, 배가 고픈, 그런 고통뿐이었습니다. 하지만 처음엔 우리가 왜 그런 고통을 당해야 하는지 몰랐었죠. 뭔가 엄청난 일이 생겨서 우리는 칠산리 산 속으로 쫓겨갔는데…… 도대체 무엇 때문에 그런 일이 생긴 것인지…… 그 일과 우리하곤 무슨 상관이 있는 것인지…… 알 수가 없더군요. 그런데도 우리는 고통을 겪는 동안 차츰차츰 생각이 달라졌습니다.

면 장 그게 어떤 생각인데요?

장 남 (자식들에게 다가가서) 면장님이 우리 생각을 듣고 싶으시다는군. 먼저 내 생각부터 말할까…… (솔직하게 고백하는 태도로써) 나는 나쁜 놈이다. 나는 나쁜 놈이기 때문에 산 속으로 쫓겨났다. 나 같은 놈은 무섭고 추운 곳에서 고통을 받아야 한다…….

차 남 (분개하는 표정으로 일어선다) 아니야! 나는 나 자신이 나쁘다고 생각해 본 적이 없어! 오히려 난 아무 잘못도 없으며, 그런 내가 혹독한 고통을 받아야 한다는 건 부당하다구 생각했었어.

장 남　음, 그런 생각도 할 수 있겠지. 하지만 칠산리 산 속에서의 나날들이 길어지고, 추위와 배고픔이 심해질수록…… 난 나쁜놈이라는 생각을 자꾸만 했지. 물론 지금도 그래. 이 세상 어딜 가든지 칠산리와 똑같구, 고통 역시 다를 게 없어. 그런데 만약 내가 아무 잘못도 없이, 그 혹독한 고통을 당해야 한다면…… (고개를 가로 저으며) 그럼 나는 단 하루도 그 고통을 견뎌내지 못했을 거야.

차 남　이 세상 어디든지 칠산리와 똑같은 고통이리는 긴 동감이야. 하지만 괴로우면 괴로울수록 아무 잘못도 없다는 생각으로 버텨야 해!

장 녀　(차남의 말을 지지하며 일어선다) 그 말이 옳아! (면장에게) 우리가 고통을 당하는 건 세상이 잘못된 거지 우리 잘못은 아녜요. 그런데도 부당하게 고통과 박해를 받고 있어요!

삼 남　하지만 그건 위험한 생각이야.

장 녀　(노여워하며) 위험하다니, 도대체 무슨 뜻이지?

삼 남　우리 현실이 그렇잖아? 절대로 나쁘지 않다는 고집을 부려봐. 괜히 오해만 더 생겨서 피할 수도 있는 고통을 당하게 되어 있다구.

장 녀　넌 어리석구나! 그럼 너는 우리가 나쁘다는 생각을 하면 모든 고통을 피할 수 있다는 거냐?

차 남　(자식들을 둘러보며) 잘 알아 둬! 우리가 나쁘다는 생각, 그게 진짜 위험한 거야. 우리가 그런 생각을 버리지 못하면, 사람들은 언제나 우리를 나쁜 놈 취급만 할 거라구!

차 녀　(회의적인 태도로써) 하지만 난 납득이 안 돼. 우리가 어떤 생각을 하든 그게 무슨 의미가 있지? 중요한 건 우리 생각이 아니라 사람들 생각이야. 사람들이 우리를 어떻게 생각하느냐에 따라서, 우리는 나쁘기도 하구 나쁘지 않기도 해.

사 남 (동의하며) 맞아, 바로 그거야. 예를 들어서, 우리가 아무 생각을 안 해도, 그들이 우리를 나쁘다고 생각하면 나쁜놈이 되는 거야.

차 녀 (자조적으로 웃는다) 그런데 정말 우스워! 사람들은 우리를 이렇게 생각했다간 저렇게 생각하고, 저렇게 생각했다간 또 이렇게 생각하니깐, 우리는 언제 무슨 일을 당할지 몰라 불안하기만 하지!

삼 녀 (두려움에 질린 태도로) 그래, 사람들 생각이 위험해! 차라리 그들 눈에 뜨이지 않도록 칠산리 산 속에서처럼 꼭꼭 숨어 있자구!

장 남 (면장에게) 이제 아실 겁니다. 우리 생각이 어떤 것인지.

면 장 (갖고 있는 사진을 가리키며) 내가 정말 알고 싶은 건 이 사람입니다. 자, 솔직히 말해 보세요! 이 사람은 지금 무슨 위험한 생각을 하고 있습니까?

장 남 (자식들에게 묻는다) 막내는 지금 무슨 생각을 하고 있지?

자식들 우리는 모르지. 막내가 지금 무슨 생각을 하고 있는지.

장 남 우린 현재 막내가 무슨 생각을 하고 있는지 모릅니다. 하지만 과거의 어린 시절, 그가 했던 생각은 알고 있죠.

자식들 우리도 그건 알지. 막내의 생각은 우리하고 같았어. 우리가 칠산리 산 속에 숨어 있던 때, 막내와 우린 똑같은 생각을 했지.

장 남 (마치 옛날 일이 눈앞에 보이는 것처럼) 그랬지, 막내와 우리는 똑같이 살고 싶다는 생각을 했어. 그래서 우리는 다함께 칠산리 마을을 향하여 목이 터져라 외쳐댔었지. (두 손을 입에 모으고 외친다) "우린 살고 싶어요!"

자식들 그러자 칠산리의 일곱 산이 따라 외쳤지. (손에 입을 모으고 메아리 흉내를 낸다) "우우린린 살살고고 싶싶어어 요요!"

장 남 일곱 산이 쩌렁쩌렁 따라 외쳤지. "제제발발 좀좀 살살려려주

주세세요요."

무대, 암전한다. 어둠 속에서 자식들의 외침이 계속된다. 측면 조명
이 비춰진다. 아낙네들과 어미가 당황한 모습으로 서성거린다.

아낙네들	한밤중에 무슨 소리지?
뒷골네	어린아이들 목소리야. 난 저 소리 때문에 잠을 깼어.
다복네	동네사람들이 다 깼는걸!
움집네	도대체 알 수기 없네! 어디에서 들려오는 소릴까?
어 미	저 산 속에서 들려. 우리 간난이가 말했어. 산 속에 어린 아이들이 있다구.
다복네	간난이가 그런 말을? 언제 산에 가봤었나?
움집네	산에 갔던 건 우리였지. 하지만 우리는 아이들을 못 보았었는데?
뒷골네	산 속이 무서워서…… 난 정신없이 떨기만 했는걸.
움집네	나도 바들바들 떨기만 했어.
다복네	나도 그랬지. 하지만 간난어민 무서워 떨지도 않았으면서 왜 아이들을 못 보았어?
어 미	(후회하는 표정으로) 도토리 줍기에만 정신 팔렸지, 나는…….
아낙네들	(흉을 보듯이) 간난어민 도토리 줍기에만 정신 쓰느라 다른 건 보질 못했대! 아이들보다 도토리가 더 소중했던 모양이지?
다복네	난 뭔가 이상했어. 나무 사이로 조그만 것들이 힐끗힐끗 보이는 것 같기도 하구…… 맞아, 지금 생각해 보니깐 아이들이야! 난 아이들을 봤어!
뒷골네	나도 말은 안 했지만, 산 속에 아이들이 있다는 건 짐작했어. 바위 밑에서 아주 작은 발자욱들을 봤거든!
다복네	간난어민 그 발자욱이 뭔지 모를걸?

아낙네들	물론이지! 도토리 줍기에만 바빠서 산돼지 발자욱인지 어린아이 발자욱인지 분간도 안 했을 거야.
움집네	난 산 속에서 무슨 소릴 들었어. 자꾸만 그게 아이들 소린 것 같았지. 그래서 어찌나 마음이 쓰이던지…… 도토리 따위는 줍고 싶지 않더라구.
아낙네들	역시 자식을 낳아 본 엄마들은 달라! 내 자식 귀한 줄 아니깐 남의 자식 귀한 줄도 알아서 자꾸만 마음이 아이들에게 쏠렸던 거지.
다복네	가엾은 어린 것들. 캄캄한 산 속에 얼마나 무서울까!
뒷골네	다 죽게 될 거야. 토벌대가 와서 싸움이 벌어지면!

아낙네들은 자기들끼리 떠든다. 어미, 아낙네들에게 끼여들지 못하고 몇 걸음 떨어져 있다.

자식들	우우리리를 살살려려주주세세요요!
아낙네들	(발을 동동 구르며) 살려달라는 거야. 저 불쌍한 것들이!
다복네	우리가 저 아이들을 살려 줘야지! (뒷골네에게) 저 애들을 데려다 길러 줘. 뒷골네는 자식이 몇 안 되잖아?
뒷골네	(움칠하며) 무슨 소리야. 지금? 우리 집은 가랭이가 찢어지게 가난해. 자식은 몇 안 되도 제대로 키울 수나 있을지 걱정인걸. (한숨을 쉰다) 가난이 원수지. 먹이고 입힐 수만 있다면 저 애들을 데려와 기를 텐데…… (움집네에게) 우리 집보다는 그 집 형편이 나을 거야. 자식들 먹이는 건 걱정 없잖아?
움집네	글쎄, 가난하긴 마찬가진 걸! 더구나 우리 집 자식들은 성질이 거칠어서 형제끼리 잘 싸워. 그런데 남의 아이들을 데려와 함께 살아 봐…… 치고 패고 싸울 건 뻔한 일이구, 그럼 형제도 아닌 그 아이들이 어떻게 될까? (생각해 볼수록 자신감이 없어지

며) 편안한 날 없이 다투기만 하겠지…… (머리를 흔들며, 다복네에게) 하지만, 다복네 아이들은 순하잖아? 싸움이라는 건 할 줄도 모르구, 저 애들을 데려와도 오손도손 정답게 지낼 거야!

다복네 그야 아이들끼리는 잘 지내겠지! 그러나 우리 집은 남편 때문에 안 돼. 더구나 빨갱이의 자식들을 데려온다면, 당장 그 자리에서 때려 죽일걸! (뒷골네에게) 그러지 말구, 뒷골네가 다시한번 생각해 봐.

뒷골네 안 돼. 난 내 자식 기르기에도 힘들어.

다복네 침, 매정하네!

뒷골네 매정해서가 아냐. (눈물을 두 손으로 번갈아 닦으며 뒷걸음질친다) 내 마음도 아파. 저 애들 불쌍해서 눈물이 흐르는걸.

움집네 아이구 저 여우, 우는 시늉하는 꼴 좀 봐!

다복네 그럼 움집네가 데려오지? 움집네 남편은 빨갱이들 편이었으니깐 아이들을 데려와도 괜찮을 텐데?

움집네 괜찮을 거라구? (화를 내며) 우리 남편이 그 사람들 편든 거는 본심이 아니었지! 그런데 저 애들을 데려와 봐, 진짜 빨갱인 줄 알 게 아냐! (몸을 휘돌려 가 버린다)

다복네 쯧쯧, 요즘엔 모두 자기 살 궁리만 한다니깐.

어 미 저어…… 어떨까, 내가 데려오면?

다복네 (어미가 있었다는 것마저 잊은 듯이, 무시하는 태도로) 방금 뭐랬지?

어 미 내가 저 아이들을 데려오고 싶은데…….

다복네 솔직히 말해 줄까? 간난어민 절대로 안 돼! 사람들이 간난어미, 간난어미, 어미 소릴 붙여 주니깐 뭔가 욕심을 내는 모양인데, 내심으론 아무도 간난밀 어미라고 여기는 사람이 없어. 잘 알아 둬! 자식은 아무나 기르는 게 아냐. 자기 뱃속에 열 달이나 아길 뱄다가 낳아본 사람만이, 그걸 자식이라구 기르게 되지. 움집네와 뒷골네, 그리고 난 진짜 어미지! 그래서 아이들을 데려다 길러 보라고 서로 권했던 거야. 하지만 간난 어미한테는 말도 안 했지. 그러니 아예 아이들을 데려올 생각도 하지마. 그건 진짜 어미들도 감히 감당 못할 일인데, 어미도 아닌 사람한테는 어림없는 짓일 테니깐! 알겠지, 내 말을? 어미노릇은 아무나 하는 게 아니라구! (몸을 움츠리고 떨며) 밤바람이 차가워 죽겠네! 난 집에 들어갈 테야. (몇 걸음 걷다가 뒤돌아보며) 왜 안 가구 있지? 내 말 때문에 속상한 거야?

어 미   아냐, 다 맞는 말인걸.

다복네   혼자 있고 싶으면 마음대로 해. 하지만 될 일을 생각해야지, 밤새워 궁리해 본들 무슨 소용있겠어!

다복네, 무대의 자기 자리로 되돌아간다.

어 미   그래, 난 정말 어미가 되고 싶다! 자기 뱃속으로 자식을 낳아야만 어미가 되는 거라면, 그까짓 거 못할 것도 없지! (저고리를 훌훌 벗어서 땅바닥에 펼쳐 놓고, 손가락으로 흙을 파서 담는다) 어느 정도 크기일까? 뱃속 아기는? 무겁기는 또 얼마만큼일까? (흙을 가늠하여 담은 저고리를 둘둘 말아 치마 속의 복부에 묶는다) 하지만 아가야, 난 기쁘구나! 이렇게 열 달을 참아야 어미가 된다면, 난 기쁘고 기쁜 마음으로 견딜 수 있겠다. 아가야, 내 뱃속의 아가야, 너를 낳는 날 난 칠산리가 떠나가게 소리지를 테다! 보아라, 나도 어미가 됐다! 마침내 나도 어미가 됐어!

어둠 속에서 간난이가 등장한다.

간난이   여기서 뭘 해?

어 미	(얼핏 제정신이 들면서) 누구야?
간난이	나야, 간난이. 밤중에 어딜 가고 없어서 찾아다녔지. (어미 모습을 이상하게 느끼며) 그 뱃속에 감춘 게 뭐야?
어 미	(배를 보이지 않으려고 몸을 돌린다) 아무것도 아냐…….
간난이	(어미의 앞쪽을 보려고 함께 돌면서) 뱃속에 뭘 감췄어?
어 미	감춘 것 없다니까…….
간난이	나한테 보여 줘! (날쌘 동작으로 어미의 배 앞쪽으로 온다. 눈이 휘둥그레지며) 아기가 뱃속에 있는 거야?
어 미	아니…….
간난이	그럼 왜 배가 잔뜩 불러?
어 미	그냥…… 어미가 되고 싶어서…… 흉내만 낸 거란다.
간난이	(깔깔거리고 웃으며) 엄마는 병신이야. 흉내만 낸다고 되나!
어 미	(따라 웃으며) 네 말이 맞다! (치마를 걷어 올리고 복부에 묶었던 저고리를 풀어낸다) 병신이 뱃속에 흙을 품고 열 달을 지낸들 무슨 소용있겠냐? (저고리에 담았던 흙을 쏟는다) 이 흙에서 살이 생기냐? 뼈가 생기냐? 억지로 자식 만들기를 바랬던 내가 부끄럽구나!
간난이	부끄러운 짓 했으면 울어야지, 왜 웃어?
어 미	글쎄, 너무 기가 막혀 울지 못하구 웃나 보다. 어쨌든 고맙구나! 네가 오길 참 잘했어. 네가 여기에 오질 않았다면, 난 미련하게도 흙을 품고 밤새껏 이 자리를 맴돌았을 거야.
간난이	엄마는 미련해. 저 산 속에서 무슨 소리가 들리는지 알아?
어 미	이젠 알지. 아이들 목소리야.
간난이	맞았어. 저녁때 엄마는 저게 바람소리랬지. 내가 자꾸만 아이들 소리라구 말해도, 엄마는 새소리 물소리라구 엉뚱한 대답만 했어.
어 미	산 속에 아이들이 있다는 걸 넌 어떻게 알았지?

간난이	할머니 몰래 산으로 놀러 갔었거든. 온종일 집에만 있기 심심하니깐…… 산에는 아이들이 많아. 나 같은 조그만 앤 무섭지 않다구 다들 나와서 함께 놀았지. 산 속 아이들은 불쌍해. 엄마가 저 애들을 데려와. 저 아이들의 엄마가 되어 보라구.
어 미	난 못해.
간난이	왜 못해? 엄마는 정말 병신이야!
어 미	(슬픈 표정으로) 나를 좀 봐라. 지금은 그런 소릴 들어도 웃지 않겠다.
간난이	아냐, 웃어야 해! 엄마는 거꾸로 하구 있어! 아까 흙으로 자식을 만들려구 했을 땐 울어야 했구, 지금 저 애들의 엄마가 되라구 할 땐 웃어야지! 난 저 아이들한테 엄마 이야길 해줬어. (아이들에게 했던 말 그대로를 다시 반복하며) "내 엄마는 날 낳지 않았단다. 하지만 나한테는 이 세상에서 가장 좋은 엄마가 되어 주었지." 그랬더니 아이들이 뭐라구 했는지 알아? "네 엄마를 우리 엄마삼고 싶다. 그럼 우리들한테도 좋은 엄마가 되어 주겠지."
어 미	(간난이를 껴안으며) 그 말을 들으니깐 정말 고맙구나! 그렇지만 난…… 자신이 없다. 산 속에서 도토리만 많이 주우려구, 아이들 있는 줄도 몰랐었는데…… 어미 노릇은…… 아무나 하는 게…… 아니란다…….
간난이	엄마는 그것도 몰라? 도토리를 많이 주워야만 엄마 노릇을 할 수 있지!
어 미	그럼 엄마는 도토리만 더 열심히 주워 모아야 하겠구나.
간난이	아이들을 데려와. 그럼 우리도 함께 주워 모을게!
어 미	그러자. 산이 일곱이나 되는데 설마 굶기야 하겠냐! 아침에 날이 새거든 네가 산에 가서 아이들을 데려오렴!
간난이	엄마, 그 저고리를 빌려줘. 장대에 매달아 깃발처럼 휘날리며

아이들을 데려올게!

어 미　정말 어림없는 짓일까? 난 어미가 되고 싶어. 칠산리 산 일곱이라도 뱃속에 넣고서 해마다 하나씩, 어느 해엔 쌍둥이로 둘씩, 온몸에 더운 땀을 흘리며, 붉은 피를 쏟으며, 바락바락 악을 쓰며, 천지가 무너져라 발버둥치며 낳아서는, 가슴에 부둥켜 안고 내 자식으로 키워야지!

무대 조명, 아침햇살처럼 밝아진다. 산으로부터 자식들이 줄을 지어 내려온다. 행렬의 선두에 간난이가 어미의 저고리를 높이 매단 장대를 들고 있다. 그들의 동작은 춤으로 변화한다. 어미는 자식들을 맞이한다. 한 명씩 어미는 껴안는다.

자식들　어머니, 어머니, 우리 어머니
세상에서 제일 좋은 우리 어머니
휘날려라, 어머니의 저고리야!
휘날려라, 우리의 깃발아!
어둠은 물러가고 빛은 오너라!
밝은 햇살 쏟아지는 산길을
우리는 어머니를 향해서 행진해 간다.
어머니, 어머니, 우리 어머니
눈부시게 빛나는 아침에
두 팔 벌려 힘껏 안아 주는 우리 어머니
세상에서 제일 좋은 우리 어머니.

어미가 껴안아 준 자식들은 한 명씩 무대의 자기 자리로 되돌아가 앉는다. 마지막 자식을 안아 주면, 곧 이어서 면사무소 장면으로 바뀌어진다. 면장의 책상 위에 놓인 전화기가 요란하게 울린다. 면장이 수화기를 들고 책상을 밀면서 무대의 오른쪽으로 이동한다.

면 장   월평면 면사무소입니다. 아, 칠산리 이장이시군요? 네……
네…… 막내라는 사람이…… (긴장된 표정으로) 칠산리 주민들
이 흥분해서 삽과 곡괭이를 준비했다…… (언성을 높이며) 여보
세요, 이장님! 주민들을 진정시키세요! 면장인 내가 책임지고
오늘을 넘기지 않게 할 테니, 제발 좀 진정하라구 그러세요!
(수화기를 내려놓는다) 일을 골치 아프게 만들어 놓는군!

장 남   (자기 자리에서 일어나 면장에게 다가오며) 무슨 일이 생겼습니까?

면 장   칠산리 주민들이…… (말해 봤자 더욱 골치만 아플 뿐이라는 듯 고
개를 젓는다)

장 남   주민들이, 뭐죠? 왠지 불길한 느낌이 듭니다.

면 장   자기네가 직접 무덤을 파헤쳐 버리겠다는군요.

장 남   그들이 직접 파헤친다뇨?

면 장   막내라는 사람이 칠산리에 나타났다는 겁니다. 그리고는 어머
니의 무덤은 절대로 옮기지 않겠다는 말을 하고 다녀서, 주민
들이 모두 흥분한 모양입니다. (심각한 표정을 짓고) 막내라는
그 사람, 자꾸만 생각할수록 의심스러워요. 여기 면사무소에
들리지도 않구 먼저 칠산리로 가다니…… 더구나 고의적이랄
까, 주민들을 자극시키고 다닙니다. "우리는 어머니의 무덤을
그대로 두겠다. 옮기고 싶거든 너희들이 파헤쳐라!" 도대체,
왜 그런 소릴 하구 다닐까요? 그 의도가 무엇인지, 짐작되는
게 있거든 말씀해 보세요.

장 남   글쎄요…… 제가 짐작하는 건…… 칠산리 사람들은 막내가 나
타나기 전부터 흥분해 있었을 것 같군요. 삽과 곡괭이도 오늘
아침 일찍부터 준비해 놨을 테구, 우리가 그대로 두면 직접 파
헤칠 생각도 미리 했을 겁니다.

면 장 물론 칠산리는 그런 분위기입니다. 그걸 잘 알 것 같은 막내라는 사람이, 일부러 그곳에 갔다는 건 심상치가 않아요. 뭐랄까, 그것은 칠산리 사람들 모두를 자극시켜서 일을 시끄럽게 만들려는 의도가 분명합니다. (짜증스런 어조로) 이제야 알겠습니다. 당신들은 막연하게 기다린 건 아닙니다! 바로 이런 사태가 일어날 것을 미리 알고 기다린 거죠?

장 남 그건 오해입니다, 면장님.

면 장 (더욱 목소리를 높이며) 오해라구요? 당신들은 원래 말썽 일으키는 건 좋아하는 사람들 아닙니까? 주민들을 격분시키고, 그래서 무덤을 파헤쳐 놓으면, 얼씨구나 하고 당신들은 길 내는 공사를 가로막기 위해 농성을 하겠지요!

장 남 너무 지나치신 말씀이군요. 우리는 어머니의 무덤을 옮기라는 공고가 붙었다는 소식을 듣고, 당황한 마음으로 여기에 온 것뿐입니다.

면 장 (시계를 바라보며) 지금은 네 시가 넘었습니다. 이쯤이면 당신들은 스스로 그 무덤을 옮기겠다는 결정을 했어야 합니다.

장 남 다섯 시 반까지 기다려 주십시오. 그때까지 우리가 다 모이면 의논해 보겠습니다.

면 장 겨우 그때 가서 의논이라…… 역시 내 짐작이 맞는군요!

장 남 면장님 입장이 어떻다는 건 우리도 잘 압니다. 칠산리에 길을 내야 하구, 그러려면 무덤을 옮겨야 하는데, 이 기회에 아예 다른 곳으로 옮겨 가기를 바라고 있는 것이죠. 그리고 그건 면장님 개인적인 의견이라기보다 칠산리 주민들 모두의 희망인데, 그것은 칠산리로부터 우리들 흔적을 깨끗하게 제거하겠다는 뜻이 담겨져 있습니다.

면 장 (태도가 누그러지며) 나는…… 부당한 것을 강요한 건 아닙니다. 칠산리 사람들이 그토록 싫어하구, 또 어차피 옮길 수밖에 없

장 남 는 거라면, 자식들 스스로 옮겨가는 것이 좋다구 생각한 거죠.
칠산리 사람들은 처음부터 우리를 싫어했습니다. 특히 칠산리 이장은, 유난히도 우리를 미워했지요. (무대 주변으로 가서 앉아 있는 자식들에게) 칠산리 이장을 처음 봤던 날을 기억하고 있나?

자식들 (모두 일어선다) 그럼, 기억하구 있지!

삼 녀 (불안한 표정으로) 그때는 참 무서웠어. 수많은 군인들이 몰려와 산을 에워싸고 총을 쏘았지. 어머니는 토벌대가 왔다면서, 우리더러 마루 밑에 들어가 엎드려 있으랬어. (삼녀가 말하는 동안 자식들은 엎드린다. 고개만을 바짝 쳐들고 밖을 응시하는 그 모습들이 공포에 질려 있다) 며칠 동안 콩 볶듯이 요란하던 총소리가…… 그날은, 갑자기, 뚝, 그쳤지. (잠시 침묵) 칠산리 전체가 고요했어. 하지만 우린 어찌나 겁이 났더니 마루 밑에서 나오려구 하질 않았어. 몸을 마냥 엎드린 채, 숨마저 쉬지 않구 가만히 있었는데…… 삐거덕…… 삐거덕…… 삐거덕…… 삐걱 점점 가까이 다가오는 소리…… (자식들, 사이로 파고들어가 엎드린다) 삐거덕…… 삐걱…….

자식들 (더욱 공포가 커진다. 낮은 목소리로) 삐거덕…… 삐걱…….

삼 녀 칠산리의 일곱 산들도 숨을 죽인 채 그 소릴 듣고 있었어. 삐거덕…… 삐걱…….

자식들 삐거덕…… 삐걱…….

칠산리 이장, 나뭇가지로 엮어 만든 목발을 어깨 밑에 짚고 나온다. 그의 왼쪽 다리는 심하게 다친 듯이 헝겊을 찢어 여러 번 묶었다. 이장의 뒤에서, 육군 특무상사가 천천히 보조를 맞춰 따라나온다. 특무상사 역은 젊은 형사를 맡았던 배우가, 이장은 늙은 형사를 맡았던 배우가 해도 된다.

이 장 빌어먹을! 삐거덕, 삐걱, 삐거덕, 삐걱…… 걸을 때마다 기분 나쁜 소리가 나거든! (목발을 들어 보이며) 이것 때문인가? 엉성하게 나뭇가지를 엮어 만들었더니, 가지끼리 어긋나며 삐거덕 소릴 내나……?

상 사 (기분이 언짢은 듯 반말로) 어서 걷기나 해.

이 장 (다친 다리를 어루만지며) 아니면 이 다친 다리에서, 부러진 뼈들끼리 부딪쳐서 소리를 내나? (걷는다) 삐거덕, 삐걱, 삐거덕, 삐걱, 들을수록 기분이 나빠져요.

상 사 뭘 하다가 다친 거야?

이 장 토벌대를 돕느라고 다친 거죠, 상사님.

상 사 그런 것 같지 않은데? 혹시 빨갱이를 돕다가 다친 거 아냐?

이 장 (걸음을 멈추고 완강하게 부인한다) 천만의 말씀입니다! 토벌대를 위해 산길 안내를 하다가 가파른 곳에서 넘어진 거예요!

상 사 칠산리 이장을 믿을 순 없지. 이리 붙었다가 저리 붙었다가…… 유리해진 쪽으로 붙곤 하니깐. 자, 어서 걷기나 하라구!

이 장 (걸음을 걷는다) 이제 조금만 가면 됩니다. 빨갱이의 자식들을 열두 명이나 숨겨 둔 집이죠. 그 집에 가거든 간난어미, 간난어미, 부르세요. 그럼 임자 없는 마누라가 나올 겁니다.

상 사 임자 없는 마누라…… 말하는 게 이상한데? 당신, 혹시 그 여자에게 흑심을 품고 있는 건 아냐?

이 장 왜 자꾸만 나를 못마땅하게 보십니까? (걸음을 멈추고) 난 가지 않겠습니다.

상 사 (등을 밀며) 꾸물대지 말구 어서 가!

이 장 그 여자 남편은 전사했습니다. 이 난리통에 군인이 됐다는 말도 있구, 빨치산이 됐다는 말도 있었는데, 결국 군인인 걸로 판명된 거죠. (호주머니에서 구겨진 종이를 꺼낸다) 이게 바로 그 전사 통지서입니다. 며칠 전 군청에서, 그동안 행정마비 때문에 빌려 있던 섯이라면서 이걸 보내 왔더군요.

상 사 그럼 빨리 전해 줄 것이지 왜 그냥 갖고 있었나?

이 장 기쁜 소식도 아닌데 빨리 전할 필요가 뭡니까? (걸음을 멈춘다) 다 왔습니다. 상사님. 여기, 이 집에 이왕 이렇게 오게 됐으니 난 이거나 전해 줘야겠군. (큰소리로 부른다) 간난어미, 간난어미!

상 사 그건 내 일이 끝난 다음에 전해.

이 장 그러죠. (전사통지서를 호주머니에 집어 넣는다) 슬픈 소식은 늦을수록 좋을 테니깐.

어미, 무대의 자기 자리에서 나온다. 간난이는 제자리에서 일어선 채 안절부절하지 못한다. 어미, 침착하려고 애쓴다.

어 미 이장님이…… 이 저녁에…… 웬일이세요?

이 장 토벌대에서 나오셨어. 육군 특무상사, 장교는 아니지만 실제 싸움 경력은 장교보다도 많으시지!

상 사 허튼소릴 하는군. (어미에게) 어디 얼굴 좀 봅시다. 당신이 빨갱이의 자식을 감춰 뒀다는데, 사실이오?

어 미 네, 상사님.

상 사 어디에 감춰 놨소?

어 미 (솔직하게) 저희집에요.

상 사 다들 나오도록 해!

간난이 엄마, 나오게 하면 안 돼…….

이 장 (재촉한다) 뭘 해? 어서 끌어내지 않구!

어 미 상사님, 그 아이들을 어떻게 하실 건가요?

이 장 다들 죽여야지! 괜히 살려 뒀다간 화근만 되거든!

상 사 우린 함부로 사람을 죽이지 않소. (어미의 주위를 한 바퀴 돌며 몸매를 살펴본다. 괜찮게 생겼다는 듯이 만족한 표정, 너그러운 태도

가 된다)

어 미	고맙습니다. 그럼 어떻게⋯⋯?
상 사	모두 데려갈 작정이오.
이 장	암, 그래야지! 그놈들은 감옥으로 데려가야 해!
상 사	입 좀 닥쳐! 감옥이 아니라 수용소로 데려가야 해!
이 장	감옥이나 수용소나 마찬가지라구! 빨갱이의 자식들은 몽땅 그런 곳에 쓸어 넣어야 해!
간난이	엄마⋯⋯ 엄마⋯⋯ 감옥이래⋯⋯.
어 미	~~수용소는~~⋯⋯ 어떤 곳인가요?
상 사	당신은 염려할 것 없소. 수용소에서는 잘 먹여 주고 잘 입혀 줄 거요.
이 장	(항의하듯이) 상사님, 그놈들을 잘 먹여서는 안 됩니다. 빨갱이 자식들은 벌거벗겨서 굶겨야 한다구요!
어 미	저는 상사님을 믿습니다. 그 아이들을 데려가도 잘 해주시겠지요. 지금 그 아이들에게 필요한 건 밥과 옷이에요. 그러나 저희집엔 아무것도 없습니다. (엎드려 있는 자식들을 향하여) 내 자식들아, 모두들 이리 나오렴! 너희들을 좋은 곳으로 데려가려구 상사님이 오셨단다!

자식들, 울먹일 듯한 슬픈 표정으로 일어서서 나온다. 그들은 가지 않겠다는 표시로 고개를 가로젓는다.

어 미	왜 안 가겠다는 거냐? 나는, 너희에게⋯⋯ 해줄 것이 없어⋯⋯.
자식들	(더욱 세차게 고개를 흔든다)
상 사	(자식들을 바라보더니 실망했다는 듯이) 모두 어린 놈들뿐이로군⋯⋯ (어미에게) 이런 놈들뿐이오? 더 큰 놈들은 없느냐 이

말이오!

어 미 여기 있는 아이들이 전부예요.

이 장 (성난 표정으로, 목발을 휘두르며) 이 빨갱이의 자식들아, 뛰어갓! 상사님을 따라 어서들 가라니깐!

어 미 상사님, 제가 이 아이들과 함께 가겠습니다. 수용소에 함께 가서 아이들의 밥도 짓고, 옷도 만들게 해주세요. 그럼 아이들은 즐겁게 상사님을 따라갈 거예요.

간난이 (달음박질로 나와서 자식들 곁에 선다) 엄마, 나도 함께 갈 거야!

이 장 뭐, 다들 함께 가겠다구? 미쳤군!

상 사 (어미에게) 당신은 안 되겠소.

자식들 (고개를 가로젓는다)

어 미 (자식들에게) 그럼 할 수 없구나. 너희들이 가지 않겠다면 나도 안 가겠다. 내가 가지 않으면 너희들도 안 갈 테구…… 우리 모두 여기에 있기로 하자!

이 장 (상사에게 대들 듯이) 도대체 뭘 망설이는 거예요? 저놈들을 어서 끌어가지 않구서!

상 사 저놈들은 여기 놔둬도 굶어 죽고 말 거야. 괜히 데려가는 수고를 할 필요는 없지. 돌아가서 상관에게 보고하겠어. 얼빠진 여자가 빨갱이의 자식들을 데리고 있는데, 결국은 올겨울에 다 굶어 죽을 거라고 말야. (어미를 가리키며) 당신만 날 따라오시오! 조사할 게 있으니깐 함께 갑시다.

어미, 끌려간다. 간난이가 그 앞을 가로 막아서자 상사는 간난이를 밀쳐서 넘어뜨린다. 간난이, 울음을 터뜨린다.

간난이 (어미가 끌려간 쪽을 바라보며) 엄마! 엄마!

할미, 빈 바가지를 들고 무대 가운데로 나온다.

할 미   간난아, 너 왜 우냐?

간난이   엄마가 끌려갔어!

할 미   뭐 어떻게 됐다구?

간난이   (울면서) 엄마가 군인한테 끌려갔다니까!

이 장   간난할멈, 어딜 갔다 이제 옵니까?

할 미   옴집네한테 된장 얻으러 갔었지. (빈 바가지를 엎어 보이며, 섭섭하다는 듯이) 그 여편네, 인심 사납네! 국 끓어먹게 된장 한 숟가락만 달랬더니 없다구 잡아떼는군! (이장의 다친 다리에 시선이 가며) 아이구, 아직도 그 다린 안 나으셨나?

이 장   내 걱정은 말구 할멈 걱정이나 하시죠! 할멈은 빨갱이의 자식들이 집 안에 가득한 걸 모르셨수?

할 미   알고 있었지. 그건 왜?

이 장   당장 내쫓아버려요!

할 미   글쎄, 자식삼아 데리고 있는데…….

이 장   할멈, 정신 차려요! (자식들을 가리키며) 저놈들은 빨갱이가 버린 자식이지, 할멈 아들의 친자식은 아닙니다!

할 미   그건 이장 말이 맞아. 내 아들의 친자식은 아냐. 하지만 양자가 될 순 있잖아?

이 장   아뇨, 저놈들은 양자가 될 수 없어요!

할 미   내 아들이 돌아오면 물어 봐야지.

이 장   할멈 아들은 돌아오지 못해요. (호주머니에서 사망 통지서를 꺼내 읽는다) 사망 통지서, 계급 이등병, 군번 52611048, 성명 박순동, 조국을 위하여 산화하신 고인의 가족에게 삼가 조의를 표하며…… (할미에게 다가가서 사망 통지서를 내민다) 자, 이거 받으세요.

할 미   (사망 통지서를 받으며) 이게 무슨 소리야?

이 장   간난애비가…… 죽었다 그겁니다.

할 미   (믿어지지 않는다는 듯이) 간난애비가 죽을 리 없어! 그동안 아무 소식이 없었다구, 죽은 사람 만들지는 말어. 여보시오, 이장. 내가 천치바보라구 날 속이려는 거지!

이 장   빌어먹을! 이번 난리는 어느 쪽이든 완전히 박살나야 뒤탈이 없어. 없애 버릴 건 그 종자마저 없애고, 뽑아 버릴 건 그 뿌리마저 뽑아내야 해. 그러지 않구 어설프게 놔둬봐, 세상만 시끄러워져! (할미를 향하여) 간난할미, 내가 칠산리 이장을 하면서 배운 게 뭔지 아쇼? 난 빨갱이 편도 들었구, 파랭이 편도 들었지! 어느 쪽이 옳아서 편든 건 아냐. 난리라는 건 옳고 그름을 분명히 가리려구 일어나는 건데, 양쪽이 서로 싸우다 보니깐 둘 다 똑같은 놈이 되더라구. 정말 빌어먹지! 이제 어느 쪽이 옳은 건지 구별될 수도 없구, 또 그건 중요하지도 않아. 다만 어서 난리가 끝나기를 바랄 뿐인데, 그러려면 어느 한쪽은 이겨야 하고 어느 한쪽은 져야 해. (자식들에게) 이 빨갱이의 자식들아! 난 너희에게 개인적인 악감정은 없어! 그러나 이긴 쪽이 옳고 진 쪽이 그른 것으로 완전하게 결판이 나야 세상은 조용해져. 그런 세상의 눈으로 너희를 볼 때, 너희는 져야 할 놈들이고, 뿌리째 뽑아버려야 할 나쁜 놈들이다! (할미에게 다가서서) 할멈, 아들이 죽어서 참 안됐수. 나하고는 어렸을 때부터 친구였었는데…… 마음이 너무 착했지. 그게 탈이오. 난리가 나면 그런 착한 사람부터 먼저 죽거든. 할멈 소원이 손자를 보는 건데 이젠 그럴 수가 없게 됐구려. (자식들을 가리키며) 저놈들 애비 때문에 아들이 죽은 거요! 저놈들을 이 집 안에 두지 마시오! 저 나쁜 놈들은 종자가 달라서 절대로 할멈 아들의 뒤를 잇는 양자가 될 수 없어! 어서 당장 쫓아내요! 빌어먹을! 할멈, 어서 빨갱이의 자식들을 내쫓아 버려요!

할 미 (털썩 주저앉아 가지로 땅바닥을 치며, 울부짖듯이) 이놈들아, 나가라! 나가! 이 나쁜 놈들아, 어서 나가거라!

장 남 (나직한 어조로) 나가라, 나가…… 침묵하던 칠산리의 일곱 산들이…… 따라 외쳤지…….

자식들 (슬픈 목소리로 메아리 흉내를 낸다) 이이놈놈들들아아, 나나가가라라! 나나가가! 이이나나쁜쁜놈놈들들아아, 어어서서 나나가가거거라라!

이 장 (무대의 자기 자리로 되돌이기며) 빌어먹을! 삐기덕, 삐긱, 삐거덕, 삐걱 기분 나쁜 소리가 멈추질 않는군!

무대, 조명이 바뀌면서 면장이 이장과 스치듯이 엇갈리며 나온다. 그가 다 말하는 동안, 할미와 자식들 각자의 자리에 되돌아간다.

면 장 당신들의 기억은 틀렸거나 과장된 것 같군요, 삐거덕, 삐걱, 칠산리 이장한테서 기분 나쁜 소리가 들렸다는데, 그건 사실이라기보다 왜곡된 기억일 겁니다. 더구나 칠산리 이장이 기회주의자마냥 빨갱이 편도 들었었다는 건 믿어지질 않는군요. 그는 분명한 소신을 갖고, 헌신적으로 일해 온 사람으로 알려져 있습니다.

장 남 기억이 다 정확하다고는 할 수 없겠지요. 시간이 흘러가면 기억은 퇴색하거나 변질하니까요. 하지만 처음 받는 강한 인상은, 오히려 나중에 본질을 드러나게 만듭니다. 칠산리 이장의 본질은 아주 명확합니다. 그는, 한 세상에 양쪽이 함께 살 수는 없다는 거죠. 그래서 어느 한쪽은 절대로 이겨야 하고, 어느 한쪽은 절대로 져야 한다는 겁니다. 그가 이기는 쪽에 가담해서 지는 쪽을 뿌리뽑는 일에 헌신했던 것은 그 때문이죠. 만

약 칠산리 산 속의 소위 빨갱이들이 이길 것 같았다면, 그는 서
슴없이 그 쪽을 택했겠지요.

면 장 칠산리 이장이 들으면 펄쩍 뛸 소리군요.

장 남 어쨌든 우리가 가진 기억은 그렇습니다.

면 장 당신들의 아버지에 대한 기억은 어떻습니까? 당신들은 아버지
에 대해서는 한마디 말도 안 했습니다.

장 남 아버지에 대해서는······.

면 장 또 입을 다무시는군요. 기억이 없는가요?

장 남 아뇨······.

면 장 기억은 있지만 사실대로 말하기가 싫은 겁니까?

장 남 말하기 싫은 것도 아닙니다. 다만 뭐랄까······ 우리 아버지들,
참 이상해요. 칠산리의 모든 기억들은 과거의 어느 순간에 멈
춰 있는데, 우리 아버지들만은 예외입니다. 목숨은 끝났어도
기억은 살아 있다고나 해야 할지······ 이를테면, 우리 아버지
들이 왜 빨갱이가 되었겠느냐 하는 것은 과거의 순간만 가지
고는 해석되질 않아요. 그냥 그 과거의 순간대로라면, 우리 아
버지들은 살인과 방화를 일삼다가 토벌대에게 죽음을 당한 흉
악한 집단에 지나지 않거든요. 하지만 이제 오늘의 시각으로
해석해 본다면, 우리 아버지들의 모습은 상당히 달라요.

면 장 어떤 모습인데요?

장 남 우리 아버지들은 대부분 감정적인 이상주의자들로 보여집니다.

면 장 이상주의자들이라니, 당치 않은 말입니다! 그들은 잔인하게
사람들을 죽였어요. 내 친척 중에도 여럿이나 있습니다. 공무
원이나 경찰가족, 그리고 좀 잘사는 지주들은 그들이 잡아다
가 죽였거든요. 당신들의 아버지들은 변명의 여지가 없습니
다. 철저하게 사상 무장을 한 냉혈적인 집단이었죠.

장 남 물론 우리 아버지들의 살인행위를 부정하려는 건 아닙니다.

하지만 우리 아버지들도 잔혹하게 죽었습니다. 생각해 보세요, 면장님. 우리 아버지들이 칠산리 산 속으로 도망친 이유가 뭐겠습니까? 우선은 살기 위해서입니다. 살인은 양쪽에서 저질 렀고, 그것을 어느 한쪽만의 책임이라곤 할 수 없지요. 면장님, 우리는 그 누구보다 우리 아버지들에 대해서 사실을 알고 싶어 합니다. 그래서 아버지들이 남긴 흔적은 무엇이든지 모으려 애를 쓰고, 심지어는 칠산리 산 속에 토벌대로 왔었던 사람들을 찾아다니며 아버지의 최후 모습을 듣기까지 했습니다. 결국 우리가 판단한 아버지들은 철저하게 사상 무장을 한 집단은 아니었어요. 오히려 아버지들의 체취에서는 다분히 감상적인 이상주의자들의 냄새가 납니다. 이쪽의 모리배와 악질들이 판을 치는 현실에 거부감을 느끼고, 부자도 가난한 자도 없이 평등하게 살 수 있다는 저쪽의 이념에 현혹된 사람들이었습니다. 그러나 우리 아버지들이 토벌대에게 죽음을 당할 때에 최후로 외쳤던 말은 저쪽의 만세가 아니라 어머니였다고 합니다. 그것만 봐도 우리 아버지들은, 죽을 때엔 저쪽의 이념에도 동조하질 못했습니다.

면 장 그렇다면 뭡니까, 당신들의 아버지들은 이쪽도 버리고 저쪽도 버렸다는 것입니까?

장 남 네, 우리 아버지들은 바로 그런 사람들이었습니다.

무대 왼쪽에서 어미와 자식들이 모두 일어선다.

자식들 (장남을 향하여) 뭘 하구 있지? 어머니가 아까서부터 찾고 있어.

장 남 나를 왜 찾아?

자식들 면사무소에 함께 가려구.

장 남 면사무소에? 거긴 뭐하러 가?

자식들	칠산리 산 속에서 죽은 우리 아버지들을 면사무소 앞마낭에 늘어놨대.
어 미	가자, 아이들아!

장남, 자식들의 행렬에 끼어든다. 토벌대 병사들이 사살된 시체들을 면사무소 앞마당에 늘어놓는다. 그 시체들은 검붉은 헝겊으로 너덜너덜 만들었으며, 병사들은 특무상사와 이장역을 맡았던 배우들이 한다.

병사들	시체는 오늘 하루만 공시한다! 신원이 확인된 시체는 가족에게 양도하며, 신원불명의 시체는 한꺼번에 매장한다!
어 미	(자식들에게) 각자 아버지를 찾아보렴.
자식들	(고개를 돌린 채, 시체에 다가가지 못한다)
병사들	어째서 망설이느냐, 이 빨갱이의 자식들아!
어 미	아버지를 찾으려거든 얼굴을 보아라! 얼굴을 봐도 모르겠거든 손과 발의 모양을 살펴보구, 그래도 모르겠거든 낯익은 물건이 있는지 살펴보아라!

어미, 자식들을 데리고 시체 사이를 다니며 하나씩 확인시킨다. 아버지를 찾아내는 자식들이 있다. 장남, 형체가 대부분 손상된 시체를 살펴보더니, 무릎을 꿇고 엎드려서 냄새를 맡는다. 그리고 마침내 찾았다는 듯 그 시체를 부둥켜 안는다.

병사들	너의 애비냐?
장 남	네.
병사들	그런데 어떻게 네 애빈 줄 알았지?
장 남	냄새로요.
병사들	냄새로 알았다구? 이놈아, 지금 여기가 장난을 할 곳이냐?

장 남 (시체를 움켜잡고, 울부짖듯이) 장난이 아닙니다! 장난이 아니라구요!

병사들 비켜라! 비켜! 너희들의 애비라는 증거가 없으므로, 시체는 모두 신원불명으로 처리한다!

어미와 자식들 (쫓겨가듯 자기 자리로 돌아간다)

무대, 매섭고 차가운 겨울바람이 분다. 눈이 내린다. 어미와 자식들이 무대 가운데로 와서 웅크리고 앉는다.

자식들 어머니, 어머니, 우리 어머니
빨갱이의 자식 둔 우리 어머니
쫓아라, 쫓아내라, 쫓아내라
으흐흐, 호통치고
으흐흐, 벼락쳐도
품 안에서 놓지 않던 우리 어머니
어머니와 함께 보낸 그 해 겨울은
하얗게, 새하얗게, 눈이 내렸네
빨강색을 지우고
파랑색을 지우고
노랑색을 지우고
이 세상의 온갖 색을 모두 지우고
하얗게, 새하얗게, 눈이 내렸네.

어 미 고개를 들고 산을 바라보렴! 칠산리 일곱 산이 새하얗게 되니깐 보기 좋구나! 하얀 눈이 내리는 하늘은 고요하구, 하얗게 눈이 덮히는 땅은 아늑하구나!

간난이 하지만 엄마…… 눈을 먹으면 배가 부를까?

자식들 배가 고파…… 배…… 고파…….

어　미　그래, 너희들은 배가 고파서…… 눈이라도 배부르게 먹고 싶겠지. (사이) 그러나, 가만히 들어 봐. 이건 너희가 풀어야 할 수수께끼야. 지금 너희들 앞에 도토리묵이 한 그릇 있다. 그런데 그 묵을 오늘 먹으면 내일은 먹을 게 없구. 내일 먹으면 모레는 먹을 게 없지. 그럼 너희들은 언제 그 묵을 먹는 게 좋을까?

간난이　엄마, 오늘 먹을 테야!

자식들　오늘 당장 먹어야지!

어　미　(자식들을 달래며) 아니다, 아냐. 그 묵은 모레 먹어야 해. 그래야만 너희는 오늘도 살고, 내일도 살고, 모레도 살 수가 있어.

　　　　무대 왼쪽에서 아낙네들이 음식 담은 쟁반을 들고 나온다. 아낙네들은 어미만을 조심스럽게 손짓해서 불러낸다.

다복네　아이들 때문에 고생이 심한가 봐! 앙상하게 뼈만 남았네!

움집네　먹을 건 아이들 주고 간난어민 굶는다면서!

뒷골네　쓸데없는 짓이야. 죽도록 고생해 봤자 그놈들이 알아나 주겠어?

어　미　난 알아 주길 바라지 않아. 그저 나는…… 어미 노릇을 해보구 싶은 것뿐이야.

뒷골네　(쟁반을 내밀며) 여기 우리가 팥죽 한 그릇 가져왔어.

어　미　고마워. (쟁반을 받아 덮여 있는 보자기를 젖힌다) 모락모락 김이 나는…… 먹고 싶네…….

다복네　간난어미 생각해서 가져온 거니깐, 아이들 주지 말구 혼자서만 먹어.

어　미　(웃음을 짓고) 알았어.

움집네　간난할미는 벌써 잡수셨지. 이집 저집 부엌을 기웃거리며 맛있는 건 용케 찾아내시거든.

뒷골네	우리가 지켜 볼 거야.
어 미	뭘 볼 건데?
뒷골네	간난어미 꼭 혼자 먹는지 볼 거라구.
어 미	걱정 말구 돌아가. (어서 가라는 듯이 손을 내저으며) 정말 잘 먹겠어…… 이 팥죽 한 그릇…….

아낙네들, 서로 얼굴을 마주본다. "그러면 그렇지……"라는 의미를 담은 미소를 짓고 무대 왼쪽으로 되돌아간다. 어미, 팥죽이 든 쟁반을 들고 자식들에게 가서 차례대로 한 숟가락씩 입에 떠넣어 준다. 그리고 빈 그릇이 되자 어미는 자식들 곁에 웅크리고 앉는다.

간난이	(어미 옆으로 오려고 일어서며) 엄마…… 엄마는 왜 아무것도 안 먹지?
어 미	가만히 앉아 있으렴. 움직이지 말구. 그래야 힘을 아껴 겨울을 살 수 있어.
간난이	(일어선 채 울음을 터뜨린다) 엄마는 굶어 죽을 거야!
자식들	(울먹이며) 굶어 죽을 거야. 굶어 죽고 말 거야…….
어 미	난 생각해 봤다. 우리 집에 남아 있는 도토리로 묵을 만들면 얼마나 살 수 있을까…… 종자로 남겼던 메밀, 옥수수, 감자를 보태면 이 겨울을 살 수 있을까…… (고개를 가로젓는다) 그것으론 너무 모자라…… 다른 것을 더 보태야만 너희들은 살 수 있는데…… 봄이 되면 저 일곱 산엔 먹을 게 많지. 쑥, 냉이, 원추리, 취나물, 칡뿌리, 고사리, 모두들 나를 따라 말해 보렴…….
자식들	쑥, 냉이, 원추리, 취나물, 칡뿌리, 고사리.
어 미	(목소리를 높이며) 칼나물, 잔댓잎, 씀바귀, 산달래, 보재기나물, 장대나물, 햇순과 여린 잎은 다 먹을 수 있다!

자식들　(점점 높아지는 목소리로) 칼나물, 잔댓잎, 씀바귀, 산달래, 보새 기나물, 장대나물, 햇순과 여린 잎은 다 먹을 수 있다!

어　미　여름엔 버섯들이 많지! 달걀버섯, 송이버섯, 무데기버섯, 싸리 버섯.

자식들　달걀버섯, 송이버섯, 무데기버섯, 싸리버섯.

어　미　저고리버섯, 들사리버섯, 갓버섯, 목이버섯, 느타리버섯, 먹을 게 참 많구나!

자식들　저고리버섯, 들사리버섯, 갓버섯, 목이버섯, 느타리버섯, 먹을 게 참 많구나!

어　미　가을엔 일곱 산에 먹을 게 더 많지! (한 마디씩 힘을 주며) 밤! 고 염! 감! 배! 머루! 산오디! 도토리! 잣! 나, 무, 에, 열, 린, 건, 다, 먹, 는, 다!

자식들　밤! 고염! 감! 배! 머루! 산오디! 도토리! 잣! 나, 무, 에, 열, 린, 건, 다, 먹, 는, 다!

어　미　얼마나 먹을 게 많으냐! 이 겨울을 참고 견디면, 봄부터는 저 일곱 산이 너희들을 먹여 줄 거야! 울지 말구 가만히들 있어. 겨울 동안만이라도…… 나는 너희들의…… 어머니가 되고 싶 었는데…… 하지만 봄부터는 저 일곱 산이 너희들의 어머니 다. 저 일곱 산이 어머니가 되어…… 너희들이 다 자랄 때까지 키워 줄 거다…… 내 자식들아…… 가엾은 내 자식들아…… 너희는…… 일곱 산을 어머니삼아…… 행복하여라. 너희가 행 복하면…… 난 죽어서도…… 기쁘겠다…….

무대 조명이 어두워진다. 간난이, 죽은 어머니를 등에 업고 무대 밖 으로 퇴장한다. 자식들이 흐느끼며 따라간다. 면장이 책상을 밀며 무 대 가운데로 나온다. 그는 책상 위에 놓여 있는 서류들을 챙겨서 서 랍 속에 넣는다.

면 장	이제 면사무소 문 닫을 시간이 됐습니다. 칠산리 어머니의 무덤을 어떻게 할 건지 결정하시죠!

자식들, 침울한 표정으로 면장 주위에 모여든다.

면 장	당신들의 심정은 알겠습니다. 당신들을 위해서 굶어 죽은 어머니, 그 어머니에 대한 애착이 대단하겠지요.
장 남	다른 사람들은 모를 겁니다. 우리들의 심정을요.
면 장	어쨌든 그 어머니가 묻힌 무덤은 옮겨야 합니다. (하늘을 쳐다보며) 저런, 하늘을 보시죠! 예상했던 대로 눈이 내립니다! (자식들에게 재촉한다) 어서들 결정하세요! 눈이 쌓이면 무덤 옮기는 작업만 힘들어집니다.
장 남	(자식들을 둘러보며) 우리는 열두 명 모두가 모이기를 기다렸지. 하지만 아직 오지 않은 사람들이 있군.
장 녀	막내는 칠산리에 있다니깐 여기 면사무소에도 꼭 올 것 같은데?
면 장	아뇨, 그는 오지 못합니다.
장 녀	오지 못한다니요?
면 장	그럴 일이 있습니다. 형사가 그를 잡으러 칠산리에 갔거든요.
장 녀	(면장에게 항의하며) 무슨 짓을 했다구 막내를 붙잡아요?
면 장	난 모릅니다, 자세히는…… 하지만 지금쯤은 붙잡혔겠지요.
장 녀	그러실 테죠! 빨갱이의 자식이란 붙잡혀 가도 그 이유를 자세히 알 필요가 없죠! 면장님, 우린 어머니의 무덤을 옮기지 않겠어요! (자식들에게) 우리도 단단히 각오해야겠어. 항의의 표시로 이 면사무소에서 끝까지 버티자구!
면 장	(난감한 표정으로) 그럼 유감스럽지만…… 칠산리 주민들이 당신들 어머니의 무덤을 파헤칠 겁니다.

장 녀 (더욱 강경한 어조로) 그렇게 할 테면 하라죠! 그러나 면장님, 이걸 알아 두세요. 그 무덤 옮기는 걸 반대하는 건 여기 있는 우리만이 아니에요. 오늘 여기에 오지 못한 사람들, 오고 싶어도 막내처럼 올 수 없는 사람들 그 모두가 반대하는 거라구요!

차 녀 (회의적인 태도로 고개를 흔든다) 난 여기에 온 걸 후회해. 솔직히, 우리 손으로 어머닐 옮겨드리고, 그만 빨리 돌아갔으면 좋겠어.

장 녀 어머니를 옮길 곳이 어디야? 그리고 자식들인 우리가 돌아갈 곳은 어디구?

차 녀 우린 각자 살고 있는 곳이 있잖아?

장 녀 도대체 그게 무슨 소리냐! 결국 우리가 돌아갈 곳은 칠산리뿐이야!

차 남 (장녀에게 동조하며) 옳은 말이야. 지금 우리가 살고 있는 곳은 임시로 머물러 있는 곳에 지나지 않아. 사람은 마지막 돌아갈 곳이 있어야 해. 우리에겐 그곳이 칠산리구, 어머니 무덤은 바로 그곳에 있어야지!

삼 남 칠산리라면 지긋지긋해. 그곳은 우릴 반겨 주지도 않잖아? 우리가 칠산리를 아예 잊어버리는 것두 나쁜 건 아니라구. 오히려 냉정히 생각해 보면, 잊고 사는 것이 더 좋을 수도 있어.

차 녀 그래, 오늘 여기에 오지 않은 사람들은 칠산리를 잊은 거야. 그들은 오고 싶어도 못 오는 게 아냐. 칠산리를 잊어 버리려구, 그들은 일부러 오지 않았어.

장 녀 (꾸짖는다) 너희들, 많이 변했구나! 너희들은 이제 어머니의 자식들이 아냐!

삼 남 (대항하듯이) 왜? 나도 어머니의 자식이야. 칠산리를 인생의 전부인 양 붙잡고 있는 것만이 자식들이 할 일이라구 생각하지 말어.

장 녀 (분노해서 삼남의 뺨을 친다) 누구야? 또 누구지? 우리들 중에서 칠산리를 부정하는 사람이 있으면 나와 봐! 정말 그냥 안 둘 테야!

차 녀 난 이런 분위기 싫어! 솔직한 심정을 말하면 자식도 아니라니…… 그럼 누가 마음을 털어놓고 말할 수 있겠어?

삼 녀 (두 손에 얼굴을 파묻으며 흐느낀다) 싸우지마…… 무서워…… 우리끼리 서로 싸우는 건 무섭다니깐…….

장 남 (삼녀의 어깨를 감싸 안으며) 무서워할 것 없어. 우린 모두 어머니의 자식들이야. 오늘 여기에 온 사람, 무슨 이유에서든지 여기에 오지 않은 사람, 그 모두가 어머니에겐 똑같은 자식이라구. (자식들에게) 다들 마음을 진정하구 생각해 봐. 아까 우린 이런 말을 했지? 이 세상 어딜 가든지 칠산리와 똑같구, 우리가 겪는 고통도 다를 게 없더라구…… 우리가 모두 어머니의 자식이듯이, 어머니가 계시는 곳은 세상 어디든지 그곳이 칠산리야. 우리가 어머니를 동쪽으로 옮겨드리면 그곳이 칠산리, 서쪽으로 옮겨 모시면 그곳이 칠산리, 남쪽으로 옮겨도 그것이 칠산리라구. 그래서 우리 어머니를 화장해서, 각자 나눠 갖고, 동서남북으로 흩어지면, 그곳이 모두 칠산리가 되는 것이지. (흐느끼는 삼녀를 데리고 무대 밖으로 퇴장하며) 우리는 칠산리로 가겠어. 어머니를 모셔갈 사람들은 다함께 칠산리로 가자구.

자식들, 하나둘씩 장남의 뒤를 따라 무대 밖으로 퇴장한다. 무대는 면장만이 남는다. 그는 책상 위에 놓인 전화기의 수화기를 들고 다이얼을 돌린다.

면 장 군청입니까? 여기는 월평면 면사무소입니다. 군수님, 이제 끝났습니다. 언고자들이 방금 칠산리를 향해서 떠났어요. 자기들 손으로 어머니의 무덤을 옮기겠답니다. 네…… 네…… 저도 뒤따라 칠산리에 갈 겁니다. 아무 말썽 없이, 그들의 어머니를 옮겨 갈 수 있도록 도와 줄 생각입니다. (수화기를 내려놓고 잠시 하늘을 바라본다) 눈이 점점 더 쏟아지는군. 어머니가 세상을 뒤덮듯이…… 세상이 온통 새하얗게 되는군.

막.

물거품

· 등장인물

  나

  그

  그녀

  유모

  늙은 음악선생

  한 처녀

  다른 처녀

  음악담당 기자

  사진기자

  판사

  검사

  아이들

  여섯 명의 남자들

· 무대

막이 오른다. 어둠. 무대 한가운데 의자 두 개가 멀지 않은 거리를 두고 마주 놓여 있다. 수직 조명이 그 의자들을 비춘다. 사이. 물방울들이 허공으로부터 떨어져서 수면에 부딪칠 때의 소리가 미약하게 들린다. 사이. 내가 들어와 의자에 앉는다. 매우 늙고 쇠약한 노인이다. 내가 입은 옷은 낡고 바래서 원래의 형태와 색깔이 변해 있다. 마치 그 옷은 내 인생과 함께 오랜 풍상을 겪어온 듯한 인상을 준다. 나는 갓 피어난 백색의 작은 연꽃 한 송이를 들고 있다. 나를 둘러싼 낡고 퇴색한 분위기 속에서 그 연꽃만이 놀랍게도 신선하다

    그가 들어온다. 그를 간병하는 여섯 명의 남자들이 조심스럽게 부축해서 데려온다. 한 걸음 한 걸음을 몹시 힘들게 걸으며, 가끔씩 걸음을 멈추고 가쁘게 숨을 쉰다. 그는 의자에 와서 앉는다기보다는 앉혀진다. 그의 얼굴은 불안한 표정이며, 손은 수전증 때문인지 잠시도 쉬지 않고 떨린다. 그는 화사한 색깔의 옷을 입고

있다. 그 옷은 그를 매우 부유한 사람으로 보이게 하고 있으나, 아울러 그를 더욱 늙고 황폐하게 드러내는 역효과를 나타낸다. 그를 데려온 여섯 명의 남자들은 조용하게 뒷걸음으로 물러난다. 그와 나는 잠시 동안 서로를 바라본다. 그를 향한 나의 시선은 온화하게 안정되어 있는데, 그의 시선은 불안정하게 자주 달라진다.

무대 후면, 그녀가 등장한다. 그녀는 젊은 시절의 아름다운 모습 그대로이다. 그와 내가 마주앉아 있는 동안 그녀는 천천히, 매우 느린 걸음으로, 왼쪽에서 오른쪽으로 걸어간다. 마치 과거의 기억처럼, 지금은 존재하지 않는 사람처럼 지나간다.

그   자네가…… 왔군.

나   (의자에서 일어나 그에게 다가가려 하며) 오랜만일세.

그   앉아! 앉아 있으라구!

나   (앉지도 서지도 못하는 엉거주춤한 자세로 그를 의아롭게 바라본다)

그   난 서 있는 사람이 싫어. 늙었어도 여전히 설 수 있다구 뽐내는 건 질색이거든!

나   (의자에 다시 앉는다) 난 늙었네.

그   어떻게 알았지, 내가 이 요양원에 있다는 걸?

나   자네가 사람을 보냈잖는가?

그   내가 사람을 보냈다구?

나   그래. 나를 꼭 만나 보고 싶으니 와 달라구. 아까 그 사람들…… (어둠 속을 가리킨다) 그 사람들이 나를 데려왔네.

그   …… 난 자네를 잊었어.

나   나를 ……?

그   그렇다니까! 완전히, 자넬 잊었다구.

나	(미소를 지으며) 완전히 잊었다면서, 자넨 나를 알아보는군!
그	그건 내 기억이 아니라 자네 기억 때문이겠지.
나	어쨌든 반갑네. 우린 삼십 년 만에 다시 만난 거야.

그는 나처럼 반갑다는 감정을 나타내려고 한다. 하지만 그는 내가 자기보다 건강해 보이는 것 때문에 반가움보다는 당혹감이 더 앞서는 것 같다.

그	자넨 아직도 젊군.
나	설마 그럴 리가 있겠나…….
그	난 이제 얼마 못 살아. (떨리는 손을 내저어 쫓는 시늉을 하며) 벌써 죽음이야. 썩는 생선에 파리떼가 몰려오듯이, 죽음이 윙윙거리며 맴돌고 있어.
나	(일어서며) 자네한테 주려구 이걸 가져왔네!
그	앉으라니깐! 일어서지 말아!
나	그래, 그래…… (앉아서, 그에게 손을 뻗쳐 연꽃을 준다)
그	(손이 떨려서 여러 번 시도 끝에 연꽃을 잡는다) 이건 연꽃 아닌가?
나	맞아, 연꽃이야. 내가 직접 그 연못에서 꺾어 왔네.
그	그럼 자네는…… 아직도 그 연못엘 가는 모양이군?
나	(고개를 끄덕이며) 지금도 자주 가네.
그	미쳤군! 난 그 연못을 잊었는데!
나	(정색을 하고 그를 바라본다) 여보게, 잊었다구 시치미 뗄 것 없네. 인간이란 누구나 각자의 연못이 있는 걸세. 나는 평생 동안 그 연못을 바라보려고 애를 썼구, 자넨 평생 동안 그 연못을 보지 않으려고 애를 썼네.
그	그러나 우린 뭐가 다른가? 결국에 그 연못 속에서 잠시 떠올랐

다가 사라지는 물거품이 아닌가! (물거품이란 말을 강조하며 웃음을 터뜨린다) 하하, 하하하! 물거품이라…… 하하하!

나 　이젠 그만 웃게나. 지금은 조용히 자네의 연못을 바라보게.

그 　이 세상엔 있는 것만 있을 뿐 없는 것은 없는 거야! 세상만이 아니라 우주 전체가 그래! 광활한 우주의 그 어디를 살펴보아도, 물거품처럼 사라지고 없는 것은 보이질 않아! 내가 자넬 오라고 했던 것은, 바로 그걸 우리가 확인하고 싶어서였네!

나 　그러나 지금은 없는 것을 기억하고, 없는 것을 말해야 하네. 그래야 자넨 편안한 마음으로 죽음을 맞이할 수 있어.

그 　난 없는 것을 기억하진 못해! 거울에 비춰졌던 사람이 사라지면 무엇이 남는가? 거울엔 아무런 흔적도 없네! 여보게, 난 편안히 죽고 싶어. 죽음 속엔 없는 것이 있어서는 안 되고, 죽음 속엔 사라진 것이 보여서는 안 되네. 알겠는가, 내 심정을?

나 　자넨 기억을 두려워하고 있군. 물거품은 사라지고 없는 것 같지만, 언제나 깊은 밑바닥에서 보글보글 떠오르지. (의자에서 일어선다) 사, 떠오르는 기억을 살펴보세. 자네와 부인이 물거품 때문에 다퉜던 날이 언제였지? 자넨 물거품이 사라지고 없는 것이라고 주장했었구, 자네 부인은 그 주장에 반대했었지. 그 다툼은 겉보기엔 사소한 것이었지만, 사실은 굉장히 중대한 싸움이었어. 그래서 자넨 나에게 자네 편을 들어 달라고 부탁했었네. (그가 앉은 의자를 붙잡고, 그를 바라보며) 그 부탁을 기억하고 있겠지? 자넨 그날 나에게 전화를 걸어서 몹시 불안한 목소리로 그 부탁을 했었어.

그 　아냐! 난 그런 전화한 적 없어!

나 　아, 제발 두려워 말게. 자네가 잊었다면 내 기억으로 살려내지. 물론 내가 잊은 건 자네 기억으로 살려 줘. (의자로 되돌아가 앉는다) 그럼 전화하던 때부터 시작하지. 수화기를 들고, 내 전화번호를 돌리게!

그 (역정을 내면서 전화 수화기를 들고 다이얼을 돌리는 동작을 한다) 변호사 선생, 잘 있었나?

나 (전화를 받는 동작을 한다) 어, 자네가 웬일이야?

그 골치 아픈 일이 생겼어. 자넬 급히 좀 만나야겠네.

나 무슨 일인데? 법률적인 문제인가?

그 중대한 문제야. 자세한 건 만나서 이야기하지. 그런데 자네, 변호사 사무실은 걷어 치우고 음악학원을 차렸나? 수화기 속에서 웬 실로폰 두드리는 소리가 나지?

나 그런 소리가 들릴 거야. 내 사무실 옆에 누가 음악학원을 차렸는데 타악기 전문인가 봐. 며칠째 계속해서 실로폰을 두드리고 있군.

조명, 무대 전면 왼쪽을 비춘다. 늙은 음악선생과 두 처녀들이 실로폰을 운반하며 등장한다. 음악선생의 지도에 따라 처녀들이 실로폰을 연주한다. 아직은 숙달되지 못한 연주 솜씨는 후두둑 후두둑 불규칙하게 떨어지는 소나기를 연상시킨다. 그와 나를 비추던 수직 조명이 서서히 꺼지면서, 어둠 속에서 목소리만이 들린다.

그 어때, 바쁜가? 지금 만났으면 하는데?

나 그럼 내 사무실로 오게나.

그 그 사무실보다는, 다른 곳에서 만나지.

나 어디에서?

그 여의도 광장이야.

나 자네 농담인가? 소낙비가 쏟아지는데 그런 곳에서 만나자니?

그 바로 그곳이 골치 아픈 문제와 관련된 장소여서 그래.

나 하지만 그 넓은 곳에서……

그	염려 말게. 내가 자넬 찾아낼 테니깐. 그럼 조금 후에 그곳에서 만나세.
나	여보게! 여보게! 이런…… 전화를 끊었군!

늙은 음악선생이 카랑카랑한 목소리로 두 처녀에게 주의를 준다.

음악선생	빠르게! 좀더 빠르게! 특히 3악장부터는 고음부에 신경을 쓰면서 빨리 쳐!
처녀들	(음악선생의 꾸지람에 겁을 먹은 표징으로 실로폰을 빠르게 두드린다)
음악선생	빠르게! 빠르게! 좀더 빠르게!

우산을 펼쳐 든 여섯 명의 남자들이 등장한다. 그들은 더욱 거세게 쏟아지는 비 때문에 다급히 걸음을 재촉한다. 사람들 속에 나도 섞여 있다. 그가 나를 발견하고 우산을 높이 들어 흔들면서 외친다. 그와 나는 사십대의 모습이다.

그	여기야! 여기!
나	(그를 알아본다) 이리 오게!
그	자네가 이쪽으로 와! 보여 줄게 있어.
나	(그가 있는 곳으로 뛰어간다) 뭔데?
그	물거품!
나	물…… 거품?
그	(주위를 가리킨다) 사방이 물거품이야!
나	(주위를 둘러보며) 그래, 물거품이 어떻다는 건가?
그	며칠 전이야. 그날도 지금처럼 소나기가 쏟아졌어. 나는 아내와 함께 여의도 회관에서의 정치집회에 가고 있었거든. 그런

데 바로 여기었어. 우리가 탔던 자동차가 바로 이 자리에서 멈추는 거야. 운전수는 캬브레터에 빗물이 들어간 모양이라면서 울상이고…… 참 어처구니없더군. 우리는 회관까지 걸어가려구 자동차에서 내렸지. 그러자 눈앞에 가득히 펼쳐진 광경은 물거품이야. 이 넓은 여의도 광장이 물로 뒤덮였는데, 그 수면 위에 소나기가 쏟아지면서 보글보글, 보글보글, 순식간에 생겼다가 사라지는 물거품들…… 난 그걸 보자 웃음이 터졌지! 하하, 하하하!

나　　(어이없다는 듯이) 웃었다니, 물거품을 보면서?

그　　내가 웃어대니깐 아내도 이상하다는 듯이 날 바라보더군.

무대 후면, 조명이 수직으로 비춘다. 그녀가 서 있다. 그녀는 의아스럽다는 표정을 짓고 그를 향하여 묻는다.

그 녀　　왜 웃죠?

그　　하하하! 하하!

그 녀　　(영문도 모르는 채, 따라 웃으며) 왜 웃는 거예요?

그　　하하! 저 물거품 좀 봐!

그 녀　　물거품이…… 뭐 그리 우스워요?

나　　궁금해, 말해 보게.

그　　난 대답하지 않고 망설였지. 물거품을 보고 웃는 까닭을 말해 주면 내 아내의 반응은 어떨까…… 하지만 사라지고 없는 것을 두려워해서는 안 된다고 생각했어. 난 결심하고 아내에게 말해 줬지. 저 물거품을 보라구! 당신의 전 남편은 저렇게 죽었거든! 무더운 여름날, 연못에 헤엄치러 갔다가 죽은 것으로 되어 있지만, 사실은 내가 죽였지. 그때 숨이 넘어가는 동안 보글보글, 보글보글, 저렇게 물거품이 수면 위로 생겨나더군.

그 녀	당신…… 그게 정말이에요?
나	설마, 자네가……?
그	정말이잖구! 그 무더운 날 연못으로 유혹했던 것도 나였고, 물 속에서 그 남자의 머리를 못 쳐들게 만든 것도 나였지. 어쨌든 물거품은 수면 위로 떠오르자마자 아무 흔적도 없이 순식간에 사라지는 거야! 하하, 하하하! 지금 저 물거품을 보니까 그때 일이 생각나는군!

무대 전면, 음악선생이 처녀들에게 신경질적으로 외쳐댄다.

음악선생	좀더 빠르게! 좀더 빨리 치라니깐!
처녀들	(빨리 치려고 애를 쓰지만 동작이 느려지며) 안 되겠어요, 선생님.
음악선생	왜 안 된다는 거야?
처녀들	팔에 힘이 없어요.
음악선생	뭐라고? 겨우 그걸 치고 팔에 힘이 없어!

처녀들의 실로폰 연주는 점점 느려진다. 실로폰 소리가 약해지면서 소나기가 잦아든다.

그	믿어지지 않는 모양이군, 내 말이…….
나	글쎄…… 자네 부인은 믿던가?
그	선뜻 믿을 수는 없었겠지. 하지만 충격은 컸던 모양이야. 우린 그날 저녁 집으로 돌아왔는데, 아내는 굉장히 심각한 표정이 었어.

그녀가 집 안의 의자에 앉아 깊은 생각에 잠겨 있다. 무대 전면의 조명은 서서히 어두워지고, 실로폰 소리도 멈춘다. 그가 내 옆에 서서

그녀에게 묻는다.

그　　도대체 뭘 그리 생각해?

그 녀　물거품을 생각해요.

그　　사라지고 없는 것은 없는 거야. 없는 것을 생각한다 해서 있는 것으로 되지는 않지.

그 녀　당신이 했던 말, 사실이에요?

그　　음, 사실이야.

그 녀　아, 제발…… 사실이 아니라고 말씀하세요.

그　　난 없는 것은 두렵지 않아. 아직도 믿어지지 않거든 한번 더 확실한 어조로 말해 줄까? (명확하게, 한 마디씩 끊어서) 나는, 당신의, 전남편을, 죽였어! 이 세상은 뭐랄까, 그 남자가 빠져 죽은 연못 같은 거야. 잠시 동안 떠올랐던 물거품은 사라졌구, 오직 지금은 있는 것만 있을 뿐이지. 당신은, 없는 것을 사랑하기보다는 있는 것을 사랑해야 해. 그게 이 세상의 법칙이거든!

나　　부인은 자넬 사랑하지 않았나?

그　　날 사랑하고 있지. 그러나 반절만의 사랑이야! 나머지 반절은 없는 것을 사랑하거든! 난 그게 불만이면서도 참아왔어. 언젠가는 아내의 태도가 달라지리라 기대하면서…… 하지만 참는다는 것도 한계가 있더군. 물거품을 보는 순간 그 한계가 터졌지. 그게 나의 웃음이야!

그 녀　(얼굴을 두 손에 파묻으면서, 고통스럽게) 저는 당신을 사랑해요.

그　　난 저런 꼴이 보기 싫네! 나를 사랑하는 게 괴롭다는 듯이 흐느껴 울잖는가?

나　　난 자네가 더 보기 싫군. 그래, 나에게 부탁하고 싶은 건 뭐지?

그　　자네를 저녁식사에 초대할 생각인데…… 전남편의 친척들이 우리집에 오기로 되어 있네.

나	전남편의 친척들······? 하필 그 속에 날 끼워 넣나?
그	자네가 친척들이 모인 곳에서 죽은 그의 이야길 꺼내 주게.
나	난 그를 몰라.
그	오히려 모르니깐 부탁하는 걸세. 아직도 그가 살아 있으면 좋았을 거라는 둥 바람을 잡게나. 그럼 나는 아내의 반응이 어떤지 살펴보겠어.
나	자네 정신 나갔군! 오직 부인의 반응만 신경 쓰이구, 전남편 친척들의 반응은 관심없다 그건가?
그	그들은 이미 죽은 그를 잊었어.

여섯 명의 남자들이 음식이 차려진 원형 식탁을 무대 가운데로 운반해 온다. 그리고 죽은 그의 친척들이 되어 식탁 둘레에 앉는다. 그와 나, 그녀, 전남편의 친척들, 침묵 속에 식사를 한다. 어딘가에서 빗방울이 뚝, 뚝, 뚝······ 떨어지는 소리가 들린다. 전남편의 친척들은 제각기 고개를 쳐들고 허공을 바라본다.

그	지붕에서 비가 새는 모양이야.
친척들	(허공을 바라보며) 그런 모양인데요······.
그	(식탁을 가리키며) 식사나 합시다.
친척들	(열심히 먹는 듯한 인상을 주려고 노력한다)
그	정말 신경 쓰이는군! 내일 당장 지붕을 고쳐야겠어!
친척들	(허공을 올려다본다)
그	(식탁을 소리나게 두드리며) 어서들 듭시다!
친척들	(다시 부지런히 식사한다)
그	오늘이 무슨 날인지 기억하고 계십니까?
친척들	글쎄요······ 무슨 날이죠?
그	바로 오늘은 저의 다정한 친구였고, 또 제 아내의 전남편이었

	으며, 그리고 여러분의 친척이었던 고인의 생일입니다.
친척들	저런…… 우린 까마득히 잊었는데요!
그	연못에서의 그 불행한 익사 사고만 아니었더라면, 오늘 이 식탁엔 그가 살아서 앉아 있을 테구, 흥겨운 생일잔치가 벌어졌겠지요. (나에게) 자넨 그와 단짝이었지. 학교도 함께 다녔구, 직장도 같았어. 그에 대한 기억을 들려주게.
나	그러니깐…… 뭐랄까…… (그녀를 바라본다. 그녀는 고개를 숙인 채 내 말에 귀를 기울이고 있다. 나는 당황해진다) 그는…… 친절했어.
그	그가 친절했다구? 무슨 자선사업이라도 했던가? (전남편의 친척들을 둘러보며) 어떠세요, 여러분의 기억은? 그가 정말 친절했던가요?
친척들	(어깨를 맞대고 수근거린다. 고개를 끄덕이는 사람, 고개를 흔드는 사람, 기억이 같지 않다)
나	(더욱 당황하며) 그는 그러니까…… 잘생긴 남자였어.
그	그가 잘생겼다구? (전남편의 친척들에게) 어떠십니까, 여러분의 기억은?
친척들	(어깨를 맞대고 수근거린다. 고개를 끄덕이는 사람, 흔드는 사람, 기억은 혼란하다)
나	어쨌든 그는 좋은 사람이었네!
그	그렇습니까, 여러분? 그는 좋은 사람이었던가요?
친척들 일부	그래요, 좋은 사람이었던 것 같아요.
다른 친척들	글쎄요, 그는 좋은 사람이 아니었던 것 같은데요.
그	어느 기억이 맞는 겁니까?
친척들	(서로들 수근거린다. 기억이 그 사이에 차이가 난 듯이 고개를 흔드는 사람이 있다)
그	(약간 언성을 높여서) 도대체 어느 기억이 확실하냐구요?

친척들	글쎄요…… 죽은 지 오래 되어서…….
그	(그녀에게) 여보, 그에 대한 무슨 특별한 기억이 있다면 말해 보구려.
그 녀	(식탁을 내려다볼 뿐 침묵한다)
그	특별한 기억이 없다면 사소한 기억이라도……?
그 녀	(침묵한다)
그	전혀 기억이 없군!

침묵 속에 뚝, 뚝…… 빗방울이 떨어지는 소리가 들린다. 사람들은 그 소리를 들으면서 식사를 계속한다. 그녀만이 부동자세로 있다. 그는 유쾌하다는 기분으로 식탁을 둘러보며 말한다.

그	여러분 만약에, 그가 살아 있다면 그의 얼굴을 알아보겠어요?
친척들	(고개를 끄덕이는 사람, 흔드는 사람이 있다)
그	(무대 후면을 가리킨다) 저길 보세요! 저 거울에 그가 비춰 보입니다!
친척들	(모두 얼굴을 돌려 바라본다)
그	(고개 숙인 그녀에게) 당신도 얼굴을 들고 저 거울을 보라구!
그 녀	(얼굴을 들어서 그가 가리키는 곳을 바라본다)
그	하하, 하하하! 사라지고 없는 것은 비춰 보이지도 않아! 오직 있는 것만이 거울에 보일 뿐이지!

그녀에게서 구토증세가 일어난다. 손으로 입을 막고 참으려 하지만 먹었던 음식물이 울컥울컥 치솟아 올라온다. 그녀는 식탁에서 일어나 방 밖으로 나가려 한다. 그러나 나가기 전까지 여러 차례 바닥에 음식물을 토해 놓는다. 내가 그녀를 도와 주려 일어서자 그가 제지한다.

그　　　　앉아! 앉아 있으라구! 오히려 토하는 게 괜찮아. 토하고 나면
　　　　　뱃속도 마음 속도 편해질 거야.

　　　　　무대 전면, 조명이 비춰지면서 음악선생과 두 처녀가 들어온다. 식탁
　　　　　을 비추던 조명은 서서히 어두워진다. 음악선생이 두 처녀에게 시범
　　　　　을 보여주듯이 실로폰을 두드린다.

음악선생　3악장까지는 빠른 곡이었지. 그러나 들어보라구. 4악장은 무
　　　　　겁고도 느려. 뭔가 불안하면서, 슬프지…… 이건 정말 어려운
　　　　　곡이야. 세심한 주의를 기울여서 충분히 연습을 해야 돼. (한
　　　　　처녀에게 타봉을 주면서) 자, 내가 했듯이 쳐 봐.
한 처녀　(긴장한 태도로 실로폰을 두드린다)
음악선생　틀렸어! 틀렸다구!
한 처녀　(얼굴이 붉어지며) 죄송해요, 선생님.
음악선생　바보들 같으니! 빠른 곡은 곧잘 치면서 느린 곡은 왜 못 쳐! (자
　　　　　리를 비키라는 손짓을 하고, 다른 처녀에게) 이리와서 쳐 봐!
다른 처녀　(울상을 짓고) 저도 쳐야 하나요?
음악선생　물론이지!
다른 처녀　악보가 어려워요…….
음악선생　어렵긴 뭐가 어려워? 내가 너희처럼 젊었을 때는 이런 곡은 슬
　　　　　쩍 보기만 해도 암기했었지. (악보를 보지 않고 실로폰을 두드리
　　　　　며) 들어봐! 전혀 틀리지 않잖아! (다른 처녀에게) 뭘 해? 어서 날
　　　　　따라 치지 않구?
다른 처녀　(틀리지 않으려고 긴장하면서 실로폰을 두드린다)
음악선생　무겁고 느리게! 좀더 무겁고, 좀더 느리게! 이젠 둘이서 쳐봐.

　　　　　두 처녀, 실로폰을 연주한다. 음악선생은 잠시 듣더니 아주 못마땅하

다는 표정으로 신경질을 부린다.

음악선생 틀렸다니깐! 너희는 불안도 없어? 너희는 슬픔도 없느냐구? 좀더 무겁고, 좀더 느리게 쳐!

무대 전면의 조명은 그대로인 채, 무대 가운데에 조명이 비춰진다. 그녀가 번민하는 모습으로 의자에 앉아 있고, 그녀의 등 뒤쪽에 세 명의 아이들이 겁을 먹은 듯이 그녀를 힐끗힐끗 바라보고 있다. 유모, 갓난아기가 눕혀진 유모차를 밀면서 들어온다. 유모는 겁먹은 아이들을 달랜다.

유 모 이리들 와요. 내가 재미있는 이야기를 들려 줄게요. 옛날에 지혜로운 임금님이 계셨답니다. 그 임금님은 아무리 어려운 재판에도 현명한 판결을 내리셨어요. 어느날 한 부인이 임금님에게 호소했어요. "임금님, 저의 전남편을 죽인 사람이 있습니다. 그 사람을 처벌해 주세요." 임금님은 그 부인에게 물었어요. "그 사람이 누구냐?" 부인은 대답했지요. "저의 지금 남편입니다." 그러자 임금님은 곰곰이 생각하시더니 이렇게 판결하셨어요. "사람을 죽인 자는 마땅히 엄벌을 받아야 한다. 그러나 지금 너의 남편을 사형에 처한다고 해서 죽은 전남편이 살아나겠느냐? 오히려 지금 남편마저 죽을 뿐이다. 그러니 없는 것을 위해 있는 것을 없애지는 못한다. 너는 돌아가 지금의 남편을 성심껏 섬겨라."

그 녀 (등 뒤쪽을 바라보며) 그래서 그 여자는 집으로 돌아갔나요?

유 모 네, 마님. 홀가분한 심정으로 돌아갔어요.

그 녀 그 이야긴 처음 듣는 것 같은데, 어느 동화책에 있는 거죠?

유 모 동화책엔 없어요. 제가 마님을 위해 만든 거예요. (아이들에게)

노련님, 아가씨, 이젠 밖에 나가 놀아요. 방에만 있으면 몸과 마음이 약해져요.

아이들은 마음 내키지 않는 걸음걸이로 무대 후면으로 걸어간다. 그곳에는 여섯 명의 남자들이 삼각 사다리 모양의 간이용 망대들을 세우고 있다. 남자들이 아이들을 망대 위로 올려 준다. 아이들은 금방 기분이 좋아져서 키득키득 웃는다. 남자들도 망대 위로 올라간다. 그들은 아이들에게 깨진 거울 조각들을 나눠 준다. 남자들과 아이들은 그 거울 조각으로 빛을 산란하게 반사시키는 장난을 한다. 처음에는 반사의 범위를 좁게, 그러다가 차츰차츰 그 범위가 넓어진다.

유 모 마님, 저는 모든 것을 알아요. 저는 돌아가신 주인 어른도 섬겨 봤구요. 지금의 주인 어른도 섬기고 있거든요. 두 분을 비교해 보면 지금 주인 어른이 훨씬 낫죠. 전주인은 아이들을 싫어했어요. 하지만 지금 주인은 달라요. 자기 피를 나눈 갓난아기는 물론, 전주인의 아이들마저 친자식처럼 따뜻하게 대해 주죠. 마님, 아이들에겐 지금의 주인어른이 필요해요!

음악선생 좀더 무겁게! 좀더 느리게!

그 녀 유모, 난 많이 생각해 봤어요. 이 세상엔 있는 것만 있으며 없는 것은 없다는 남편의 주장을요. 그리고 나 역시…… 그 주장을 받아들이고 싶어요. 그러면 산란해진 마음도 가라앉고 괴로움도 멈출 것 같아요. (의자에서 일어나 천천히 무대 앞쪽을 향하여 다가간다) 하지만 유모, 이 거울을 보세요. 오직 있는 것만 비춰 보이는 이 거울 앞에서 나 자신은 어떤 모습인가요? 비통한 얼굴로, 안절부절하지 못하고 서성이는 내 모습…… 마치 나 자신을 받아 주지 않는 세상 속에 억지로 들어가 있다는 모습이군요!

유 모	마님, 왜 그렇게 괴로워하시죠? 죽은 전주인 어른을 못 잊기 때문인가요?
그 녀	아뇨…… 그건 아니에요…….
유 모	그럼 뭣 때문이죠? 혹시 죽은 어른의 친척들이 마님더러 수절하지 못한 여자라구 욕하던가요?
음악선생	틀렸어! 틀렸다니깐! 좀더 무겁게! 좀더 느리게! 이건 아주 어려운 곡이야!
유 모	기쁨은 길어야 하구, 슬픔은 짧아야 해요. 전주인 어른이 돌아가셨을 때 저는 은근히 거정했었답니다. 마님의 기억이 오래 가서 슬픔만 길어질 것 같았거든요. 하지만 다행이었어요. 지금 주인 어른께서 마님을 자주 찾아와 위로해 주셨고, 참으로 자상한 마음으로 돌보아 주셨죠. 그래서 저는 지금의 주인 어른이 마님께 청혼했을 때 기뻤어요. 짓궂은 사람들이 저에게 묻더군요. 마님께서는 전남편과 현남편 두 분 중에 누구를 더 좋아하시냐구요. 그럼 저는 서슴없이 대답했었죠. 슬픔보다는 기쁨이 훨씬 좋다구요. (거울 앞의 그녀를 데려와 의자에 앉힌다) 마님, 슬퍼 마세요. 아무도 마님의 짧은 기억을 탓하지도 않고, 아무도 마님의 수절을 바라지도 않아요. 오히려 사람들은 마님이 전남편을 잊어버리고 행복해진 것을 좋아해요.
그 녀	그래요. 사람들의 심정을 나도 알아요…….
유 모	더구나 마님, 지금의 주인 어른을 고맙게 생각하세요. 그분은 마님을 진심으로 사랑하시죠. 그래서 물거품을 보고 웃으셨구, 그 웃는 이유를 감추지 않고 말씀하신 거예요. (유모차에 누워 있는 갓난아기를 살펴본다) 아이구, 이런! 아기 도련님이 잠을 깨셨네! (갓난아기를 유모차에서 옮겨 그녀 품안에 안겨 준다) 아기 도련님께 젖을 주세요. 그리구, 방긋방긋 웃는 얼굴을 바라보세요. 모든 것이 잘 되고 있다는 걸 아실 거예요.

음악선생 됐어. 아예 멈춘 듯하다가…….

처녀들 멈춘 듯하다가 다음엔요?

음악선생 다시 무겁게, 느리게, 반복되는 거야.

그녀, 가슴의 옷깃을 열고 아기에게 젖을 준다. 불안하던 그녀의 얼굴 표정이 아기를 보면서 안정된다. 무대 후면의 거울 장난은 비추는 범위가 넓어져서 그녀가 앉아 있는 곳까지 이른다. 실로폰 소리가 다시 들린다. 그녀를 비추는 거울의 반사광이 산란하다. 아기 눈에 반사광이 비춰지자 아기는 놀라서 자지러지게 울어댄다. 그녀가 의자에서 벌떡 일어선다.

그 녀 유모, 아기가 울어요!

유 모 놀랄 것 없어요. 누가 거울 장난을 하나 봐요.

그 녀 누구죠? 도대체 누가 거울을 비추는 거예요? (거울의 반사광 쪽을 바라본다. 그러자 두 눈에 반사광이 집중되면서 앞이 보이지 않는다) 눈이 안 보여요!

유 모 아기를 주세요, 마님! (그녀의 품에서 울어대는 아기를 데려와 유모차에 눕힌다) 어디 다른 곳으로 아기 도련님을 데려갈게요.

유모는 거울의 반사광을 피해서, 자지러지게 우는 아기가 눕혀진 유모차를 다급하게 밀고 나간다. 그녀, 혼자 남는다. 그러자 거울의 반사광이 더욱 집요하게 그녀를 향하여 덤벼든다. 그녀는 바닥에 엎드려 몸을 웅크린다.

그 녀 그만둬, 제발!

남자들 (아이들에게 대답을 일러 준다) 엄마에게 대답하렴. 우리는 거울이라구!

아이들	우리는 거울이야!
남자들	깨진 거울!
아이들	(남자들을 따라서 말한다) 깨진 거울!
남자들	조각 조각, 깨진 거울이지!
아이들	조각 조각, 깨진 거울이지!
그　녀	그 거울을 치워!

그녀는 날카롭게 비명을 지른다. 일순간, 조명이 급격하게 꺼진다. 침묵과 이동. 무대 한가운데 두 줄기의 수직조명이 비춘다. 그와 내가 마주앉아 있다.

그	아이들을 야단쳤네! 다시는 깨진 거울로 장난하지 말라구!
나	아이들보다는 자네 장난이 더 심했어.
그	내가 뭘 어쨌는데?
나	죽은 전남편의 친척들을 모아 놓고 자네가 거울을 가리키며 했던 짓 말야.
그	아냐, 그것 때문에 아내가 집을 나간 건 아니라구!
나	어쨌든 거울 장난은 마음을 산란하게 만들어. 그런데 자네 부인은 어디로 간 거지?
그	아내는 그 연못으로 갔을 거야.
나	그 연못……?
그	음…….
나	하필이면 그 연못인가?
그	글쎄, 옛날에 쓰던 별장이 그곳에 있으니까…….
나	자넨 아주 태연한 체 말하는군. 하지만 자네 부인이 그 연못으로 갔다면 심각한 문제야. 최악의 경우, 부인은…….
그	나도 걱정은 하고 있지.

나	그런 걱정을 한다면 어서 부인을 찾아가 보게!
그	어때, 자네가 나 대신 연못에 가면?
나	나더러 가라구?
그	내 아내는 감정이 격앙된 상태일 테니 자네가 가줘. 최악의 경우가 생기지 않도록 잘 설득하게. (어둠 속을 향하여 유모를 부른다) 유모! 유모! 유모가 자네를 연못으로 데려가 줄 거네!

무대 한가운데가 밝아진다. 유모가 유모차를 밀면서 들어온다.

유 모	아이들은 울기만 해요. 마님과 떨어진 게 처음이거든요. (유모차에 허리를 구부리고) 제일 가엾은 건 갓난아기예요. 배 고프다 젖을 달라 보채는데, 우유를 주면 먹질 않아요. 마님은 아기에게 직접 모유를 먹였지 우유 같은 건 주질 않았거든요.
나	부인이 계신 연못은 여기에서 얼마나 됩니까?
유 모	상당히 먼 곳이죠. (연못까지는 가는 과정을 머리 속에 그려 보며) 교외선 열차를 타고…… 손가락으로 꼽아 일곱 번째 정거장인데, 그곳에 내리면 초생달처럼 가느다란 길이 휘어져 있고…… 그 길을 따라 올라가면 우거진 숲이 나오는데…… 그 숲속에 연못이 있죠. 가보시면 감탄하시겠지만 그 연못은 정말 경치가 아름다워요.
나	지금 떠나면 언제 그곳에 도착할까요?
유 모	서둘러 떠나면…… 해지기 전에는 도착하겠군요.
나	오늘 안으로 되돌아왔으면 좋겠는데…….
유 모	제 기억엔 밤에 막차가 있는 것 같아요.

유모, 갓난아기가 누워 있는 유모차를 밀며 나가려고 한다. 그러자 그가 불쑥 유모차 앞을 가로막는다.

그	유모, 그 아이는 놓고 가. 데려가면 빼앗길 거야. (나에게) 자넨 어서 다녀오게.
나	그래, 다녀오지. 하지만 솔직히 말해서…….
그	솔직히 말해서 뭔가?
나	그 연못에 가야 할 사람은 내가 아니라 자네 같군.
그	(벌컥 화를 내며) 난 다시는 그 연못에 가지 않아!
나	왜……?
그	난 그 연못으로 가는 길을 잊었어! 내 아내를 만나거든 이 말을 꼭 진해 주게! 난 아내를 사랑해! 진심이야! 제발 집으로 돌아오기를 간절히 바라고 있더라구 전해 줘!
나	자네 말을 전해 주지!
그	그래도 집으로 돌아올 것 같지 않거든 자네가 강제로 데려오게!

무대, 암전한다. 어둠 속에서 무대 바닥에 푸른색 조명이 비춘다. 연못 한가운데에서 생긴 파문이 점점 연못가로 퍼져 나가듯이, 그 푸른색 조명은 넓어진다. 물방울이 수면 위로 떨어지는 효과음이 사용된다. 그녀, 무대 왼쪽에서 등장한다. 반쯤 뒤돌아서 그녀는 앞가슴의 옷깃을 풀어헤치고, 젖으로 부풀어올라 통증을 일으키는 유방에서 젖을 짜내 그릇에 담는다. 사이. 무대 오른쪽에서 유모와 내가 등장한다. 원형의 조명 둘레를 따라 왼쪽으로 걸어간다. 유모, 그녀를 보자 급히 달려간다. 나는 몇 걸음 뒤를 따른다.

유 모	마님, 제가 왔어요!
그 녀	오, 유모! 젖이 아파서 짜내고 있어요.
유 모	(동정과 연민으로) 불쌍한 마님…… 갓난도련님께 젖을 먹였으면 안 아팠겠지요.

그 녀	아이들은요?
유 모	마님이 계시지 않으니까 울기만 해요. 마님, 집으로 돌아가세요. 마님을 모셔 가려고 주인님의 친구분이 오셨답니다.
그 녀	(얼른 가슴을 여미고 젖을 받던 그릇을 유모에게 준다)
나	저어…… 실례합니다…….
그 녀	선생님이 함께 오신 줄은 몰랐어요. 미안하지만, 손님이 오셨으니 차를 끓여 줘요.
유 모	네, 마님. (나에게 낮은 목소리로) 마님께 잘 말씀드려요. 집에 돌아가시도록요.

유모, 차를 끓이러 나간다. 그러나 완전히 나가지 않고 구석진 곳에 숨어서 그녀와 나의 말들을 엿듣는다.

나	대강 이야기를 들었습니다. 아이들의 거울 장난이었다는군요.
그 녀	(고통스런 표정으로 침묵한다)
나	모두들 부인을 걱정하고 있습니다.
그 녀	죄송해요, 걱정을 끼쳐드려서…….
나	부인, 제 친구를 두둔하고 싶진 않습니다. 그러나 그가 부인의 전남편을 죽였다는 건 믿을 것이 못 됩니다. 이미 그것은 단순한 익사 사고로 처리되었고, 전남편의 친척들도 그렇게 믿고 있습니다. 부인, 저는 오랫동안 변호사 생활을 해왔어요. 그런 경험으로 말씀드립니다만, 법적인 증거도 없는 그것 때문에 괴로워하실 필요가 없습니다. 이젠 물거품은 잊어버리십시오.
그 녀	선생님 말씀은 고맙습니다. (천천히, 신중하게 생각하면서 말한다) 저도 괴로워하고 싶진 않아요. 더구나 제가 괴로워할수록 오해만 커지고 있죠. 지금의 남편은 제가 사라지고 없는 남편을 잊지 못해 이 연못으로 왔다고 생각할 거예요. 하지만 선생님,

어떻게 설명해야 좋을까요…… 저는 죽은 남편에게 정절을 지
킨다거나 평생을 잊지 못하는 그런 훌륭한 여자가 아니에요.

나 그렇다면 집으로 돌아가십시오. 애타게 어머니를 찾는 아이
들, 그리고 부인을 사랑하는 남편이 기다립니다. 부인은 이 연
못보다 그곳에 계셔야 합니다.

그 녀 저는 연못에 머물러 있고 싶어요. 한밤중에도 잠을 이루지 못
해 연못으로 나와 어두운 물 속을 바라보고 있노라면, 산란한
마음이 차츰차츰 가라앉아요. 선생님, 제 남편에게 저의 부탁
을 전해 주세요. 저를 이 연못에 있게 해달라구요. 남편도 제
심정을 이해해 주겠죠.

유모, 빠른 걸음으로 등장한다.

유 모 마님, 차를 끊이지 않았어요.

그 녀 왜요?

유 모 차 마실 시간이 없거든요. 제가 이미 막차표를 끊어 놨어요.
(호들갑스럽게 기차표를 꺼내 펼쳐 보인다) 이걸 보셔요! 마님 것,
선생님 것, 제 것, 석 장이잖아요!

그 녀 (슬픈 표정으로 고개를 흔들며) 오, 유모…… 난 이곳에 있어야
해요. 유모, 집에 가거든 우리 아이들을 보살펴 줘요.

유 모 안돼요, 마님! 함께 가셔야 해요!

그 녀 (잘 가라는 손짓을 하고 뒤돌아선다) 어서 가요. 기차 시간에 늦지
않게…… 선생님도 안녕히 가셔요.

유 모 마님! 마님! 함께 가셔요!

나 부인은 지금 가실 것 같지 않습니다. 아쉽지만, 우리만 떠납
시다.

무대의 연못이 서서히 축소되면서 사라진다. 어둠. 달리는 기차의 굉음이 들린다. 무대 천정으로부터 대형 텔레비전 수상기가 내려온다. 화면에는 정거장에 기차가 도착하는 장면이 비춰진다. 기차에서 내리는 한 인물이 클로즈업된다. 정거장 앞 광장에는 군중들이 운집해 있고, 열광적인 환호성을 지른다. 한 인물은 연단 위에 올라서서 군중들에게 연설을 시작한다. 수직 조명이 텔레비전 수상기 앞을 비춘다. 그가 의자에 깊숙이 앉아서 한 인물의 연설 장면을 바라보고 있다.

한 인물 (확성기로 증폭된 소리가 광장을 압도한다) 국민 여러분, 우리는 새로운 혁명을 시작했습니다! 오늘날 우리 사회의 가장 큰 문제는 완전범죄자들입니다! 그들은 모든 것을 갖기 위해 태연히 범죄를 저질렀으며, 그 모든 것을 유지하기 위해 범죄 사실마저 교묘하게 감췄습니다. 우리는 그러한 완전범죄자들과 싸워야 합니다! (군중들의 환호가 더욱 높아진다) 하지만 놀랍게도 그들은 강력한 힘과 막대한 영향력을 갖고 있습니다. 그러므로 지금은 혁명이 필요합니다! 도덕적 방법이나 윤리적 설득은 그들에겐 아무 소용이 없습니다. 오직 정치적인 혁명만이 그들을 굴복시킬 수가 있습니다! 여러분, 혁명을 위하여, 완전범죄자들을 타도하기 위하여, 우리의 힘과 지혜를 모읍시다!

텔레비전 화면의 군중들, 환성을 지르며 열광한다. 그가 뒤늦게, 내가 들어와 있음을 알아차린다.

그 자네, 언제 왔나?
나 아까 왔네.
그 그럼 나를 부르지 않구?
나 자네가 하도 심각하게 보고 있어서…… (텔레비전 화면의 인물을

	가리키며) 저 사람, 자네의 라이벌 아닌가?
그	그래, 라이벌이지!
나	굉장히 선동적인 연설을 하는군.
그	별명이 늙은 여우야. 음흉하고 교활한 놈이지. 그런데 내 아내는 어찌 됐나?
나	글쎄…….
그	글쎄라니? 그 연못에 없던가?
나	부인이 자네에게 부탁을 전해 달라더군. 연못에 혼자 있게 해 달라구.
그	도대체 무슨 소리야?
나	자네가 그 연못으로 가보게. 직접 가서 마음을 툭 터놓고 말하게나.
그	(고개를 가로저으며) 아냐, 난 모든 걸 이미 그 여자에게 말했어. 분명하게, 사실 그대로 말했지! 그 여자는 모든 것을 들었고, 모든 것을 알았어! 그런데 문제는 그 여자가 그 모든 것으로부터 도망갔다는 거야!
나	내가 자네 입장이라면…… 부인의 부탁을 들어 주겠네. 마음을 진정할 시간, 부인에겐 그런 시간이 필요해. 내가 보기엔 결국은 자네에게 돌아올 거네. 특별히 전남편에게 집착하는 것 같진 않아.
그	그건 그래. 전남편과 나를 비교해 봤겠지. 솔직히 말해서, 그는 볼품없게 생겼어. 학력이나 재능이 뛰어난 것도 아니었고, 뭐랄까 하는 짓마저 신통한 게 없었다구. 다만 그가 운이 좋았던 건 나보다 먼저 그 여자를 만나 결혼했었다는 것, 그것뿐이야. 당장 돌아가서 내 아내를 데려와! 자네 같은 나약한 변호사보다는 힘깨나 쓰는 깡패를 보냈어야 했어! 그랬더라면 내 아내를 붙잡아 왔을 거야!

나	(모욕감을 느끼며) 이봐, 이선 너무 심하잖나?
그	뭐가 심해? 자네의 은행구좌를 확인해 봐. 나는 자네를 믿었고, 또 수고하는 대가를 치뤘어!
나	난 돈 때문에 연못에 갔던 건 아닐세. 자네가 맹목적일 만큼 부인을 사랑하는 것에 감동되어 그랬던 거라구. 돈은 다시 돌려주겠네!
그	이런 앞뒤가 꽉 막혔군! 내가 화를 내는 진짜 이유는 그 돈이 아니라 자네의 무능이야. 자네가 유능하다면, 있는 것을 눈에 보이도록 해줘야지! (텔레비전의 화면을 바라보며) 저걸 봐! 우리 시대의 거울인 저걸 보라구! 저 거울이 보여 주는 광경이 무엇인가? 사람들 눈에 보이는 자가 이기도록 되어 있고, 눈에 안 보이는 자는 지도록 되어 있어. 더구나 눈에 보이지 않는 것은 없는 것과 마찬가지야. 만약 내 아내가 사람들 눈을 피하여 그 연못에만 머물러 있겠다면, 그 여자는 없는 것이라구! 세상 사람들 모두가 바라보는 저 거울에 나와 아내가 다정하게 웃는 얼굴로 비춰지지 않는다면, 저 여우는 나를 날카로운 이빨로 물어뜯을 걸세!
한 인물	여러분, 희망을 갖고 저를 지켜봐 주십시오! 저는 완전 범죄자들의 약점을 알고 있습니다. 저는 그들을 가장 치명적인 방법으로 공격할 것입니다! 그들을 완전히 궁지에 몰아넣고 패배시킴으로써, 나는 여러분에게 정치적 혁명의 위대함을 입증하겠습니다!

군중들, 환성이 오랫동안 계속된다.

그	빌어먹을, 저 악랄한 여우 같으니! 저 여우는 틀림없이 과거의 익사 사건을 들춰낼 거야. 나를 살인죄로 고발하여 재판을 받

게 만들 거라구! 그럼 나는 어떻게 되지? 교수형을 받고, 보글보글 거품을 뿜어내며 죽게 생겼군!

나 그건 너무 지나친 염려 같군.

그 지나친 염려라구?

나 재판을 두려워할 것 없네. 자네가 죽었다는 확실한 증거가 있지도 않는데…….

그 (나의 말을 앞질러서) 내 아내가 있잖나! 재판의 증인으로 나오면 나는 끝장이야!

나 부인은 결코 자네에게 불리한 증언을 하지 않을 걸세.

그 그건 왜?

나 아까도 말했었지. 부인은 죽은 전남편보다는 자네를 더 사랑하고 있다구.

그 (웃음을 터뜨리며) 하하, 하하하! 없는 것과 있는 것 둘 중에 하나를 선택하라면 결국은 나를 택하겠지! (나의 어깨를 두드리며) 역시 자넨 머리가 좋아! 난 자네를 내 변호사로 선임하였네. 재판에서 내가 이기도록 수고해 주게!

나 하지만 여보게, 재판이 벌어진 건 아니잖아?

그 자네 말을 듣고 나니깐 나한테도 좋은 방법이 떠올랐어. 늙은 여우가 덤비기 전에 먼저 이쪽에서 선수를 치는 거야.

나 먼저 선수를 치다니……?

그 내가 나를 고발하는 거지!

나 그게 무슨 소리야?

그 어쨌든 나에게는 재판이 필요해. 사람들의 관심이 이 재판에 집중될 테구, 저 여우는 내 숨통을 끊고자 온갖 비방을 다 하겠지. 하지만 재판의 결과를 보라구. 그것을 완전히 뒤집고 내가 승리할 거야. 여우의 못된 소행은 사람들의 비난을 받을 것이며, 나에 대한 동정이 튼튼한 보호벽을 쌓아줄 걸세. 자네 정말 수고스럽지만 다시 연못으로 가주게! 내 아내에게 그 연못에서 나와서, 나를 위해 유리한 증언이나 하라구 일러 줘!

무대, 그와 나를 비추던 조명이 환하게 밝아졌다가 꺼진다. 무대 전면의 조명이 들어오면서, 늙은 음악선생과 두 처녀의 모습이 드러난다. 음악선생은 꼼꼼하고 신경질적인 목소리로 처녀들을 꾸짖는다.

음악선생 좀더 빠르게! 5악장부터는 다시 빠르게 치라니까! 이 따위로 쳤다간 연주회날 청중들이 지루해서 잠이 들고 말겠군!
처녀들 (동작이 빨라진다)
음악선생 틀렸잖아! 빠르게 치라구 해서 악보를 틀려도 된다는 건 아냐!

무대, 내가 등장한다. 우산과 서류가방을 들고 있다. 잠시 동안 멈춰서서 실로폰 소리를 듣더니 연주자들에게 다가간다.

나 실례합니다만…….
음악선생 누구시죠?
나 저는 바로 옆 사무실의 변호사입니다.
음악선생 (손을 내밀어 악수를 청한다) 아, 그래요! 난 음악 개인 교수를 하고 있습니다. (두 처녀를 소개하며) 내 제자들이구요.
처녀들 안녕하세요, 선생님.
한 처녀 저흰 선생님을 여러 번 뵈었죠.
나 어디에서요?
한 처녀 (소리내어 웃으면서) 계단을 올라오면서요.
다른 처녀 (역시 따라 웃으며) 계단을 내려갈 때도 뵀었구요!
나 네, 그랬었군요…….
음악선생 나는 선생님이 찾아오실 줄 알았습니다. 시끄러우니까 조용히 해달라. 그런 부탁이겠죠?

나 사실은 그 말씀을 드리려구 온 겁니다.

음악선생 어느 정도 시끄러운가요? 도저히 참을 수 없을 정도인지, 아니면 약간은 참을 만한 정도인지……?

나 도저히 참을 수 없는 정도는 아닙니다만…….

음악선생 그렇다면 참고 계십시오. 몇 주일 후에 내 제자들의 연주회가 있습니다. 지금 연습을 중단하면 그 연주회는 망쳐버립니다.

나 지금은 조용히 할 수 없습니까?

음악선생 글쎄요, 주의는 해보겠습니다만…… 어쨌든 나는 이 건물 주인과 전세 계약을 맺었고, 정당하게 사용할 권리가 있습니다. 법률엔 전문가이시니까 잘 아시겠죠?

나 법률 전문가보다는 차라리 음악 전문가였더라면 좋겠습니다. 난 요즈음 아주 난처한 문제를 맡았는데 제 마음이 괴롭고 착잡합니다.

음악선생 (타봉으로 실로폰 건반을 긋는다) 마음이 괴롭고 착잡하더라도 참을 수밖에 없습니다. 여기 있는 나를 보십시오! 그리고 또 나의 제자들도! 인간이란 누구나 다 난처한 문제를 안고 있습니다! (실로폰을 두드린다) 이제 그만 나가 주십시오! 우리는 연습을 하지 않으면 안 됩니다! (두 처녀들에게 명령한다) 빨리 쳐! 빠르게! 빠르게! 좀더 빠르게!

처녀들, 다급하게 실로폰을 두드린다. 나는 그곳을 떠난다. 비가 쏟아진다. 나는 우산을 펼쳐 들고 종종걸음으로 뛰어 퇴장한다. 무대 바닥에는 푸른색의 원형 조명이 비춰진다. 빗방울들이 수없이 동그라미를 그린다. 연못가에서 그녀가 우산을 들고 요동하는 수면을 바라보고 있다. 나는 연못가를 따라 걸어온다. 그녀 옆을 지나쳐 갔다가 멈춘다.

나	오, 이런…… 하마터면 어긋날 뻔했군요. (그녀가 서 있는 곳으로 되돌아오면서) 뭘 하고 계십니까?
그 녀	물거품소리를 듣고 있어요. 오늘은 연못이 고통으로 가득차 있다면서, 물거품들이 중얼거려요.
나	(연못에 몸을 숙이고 귀를 기울인다) 그런 것 같군요…… 사람들처럼…….
그 녀	여기에 다시 오신 건 무슨 일 때문인가요?
나	좋지 못한 소식입니다. (가방에서 서류를 꺼내 그녀에게 주며) 스스로 재판을 바라고 있습니다. 이건 검찰청에 보낸 고발장의 사본인데, 형식상으로는 전남편의 친척들이 고발한 것으로 되어 있습니다.
그 녀	(괴로운 표정으로 서류를 목독한다) 저는 재판을 바라지 않아요!
나	하지만 이젠 피할 수가 없습니다. 부인은 증인으로 나오셔야 합니다.
그 녀	아, 세상 사람들이 모두 저를 보도록 만들었군요! 저 여자를 보아라! 저 여자의 입에서 무슨 말이 나올까 주목해 보아라! 남편은 미리 대답을 정해 놓고 저에게 강요하고 있어요. 있는 것과 없는 것, 둘 중에서 있는 것을 택하라는 거죠. 제가 그 강요를 피해서 이 연못으로 도망왔더니, 이젠 세상 사람들이 모두 보는 앞으로 저를 끌어내 대답을 들으려 하는 거예요!
나	그렇습니다, 부인. 제 마음 역시 착잡하고 괴롭습니다. 그러나 재판을 할 수밖에 없다면, 저는 제 친구를 돕고 싶고, 또한 부인을 돕고 싶습니다. 이제는 부인의 증언이 중요합니다. 부인의 말씀 한 마디가 남편을 사형받게 할 수도 있고, 또 무죄를 받게 할 수도 있습니다.
그 녀	선생님은 저에게 어떤 대답을 바라시나요?
나	내가 부인께 바라는 것은…… 남편에게 유리한 증언입니다.

물론 그 대답은 사실이 아닐 수도 있으며, 정의에도 어긋날 수 있습니다. 하지만 죽은 사람과 산 사람을 저울에 올려놓고 보면, 사실과 정의란 맹목적으로 지켜야 할 기준이 될 수는 없겠지요. 더구나 부인, 저는 부인의 죽은 전남편이 어떤 사람인지 알아봤습니다만, 지금 남편보다 월등히 나은 것이 없었고, 특별히 회복시켜 주어야 할 명예도 없었습니다. 그런데도 죽은 남편을 위해 산 남편을 죽여야 한다면 그건 지극히 어리석고 헛된 짓입니다.

그 녀 선생님은 지금의 제 남편과 똑같으시군요! 저를 설득시키려는 논리와 태도, 어쩌면 그 말투까지 제 남편 그대로예요! (연못의 수면을 가리키며) 저기 수면 위의 물거품을 보세요! 순간순간 생겼다가 사라지는 저 물거품을요! (뒤돌아서서 빠른 걸음으로 걸어가며) 남편에게 가서 전해 주세요. 저는 이 연못에서 사라지고 없는 것을 보고 있다구요!

그녀, 퇴장한다. 연못 조명이 꺼짐과 동시에 기차의 굉음이 어둠 속에서 진동한다. 사이. 무대 바닥에 철로를 연상시키는 조명이 대각선으로 비춰진다. 대각선의 뒤쪽에서 그가 들어온다. 여러 가지 술병과 유리잔, 얼음이 담긴 통 등을 잔뜩 실은 바퀴 달린 운반대를 밀면서 대각선 앞쪽의 나에게 다가온다. 그는 기분이 매우 유쾌해 보인다. 그런데 그는 걸음을 걷기가 힘들며, 숨이 가쁘고, 손이 떨린다. 많이 취했다.

그 칙칙폭폭, 칙칙폭폭, 칙칙폭폭 – 푸우 – 칙칙폭폭, 칙칙폭폭 – 푸우 – 푸우 – 내가 자네에게 재미있는 이야기를 해줄까? 옛날에 한 어리석은 여자가 있었다. 그 여자는 있는 것과 없는 것을 구별할 줄도 몰랐고, 죽은 것과 산 것을 분간할 줄도 몰랐다. 어느날 그 여자는 살아있는 남편과 자식들을 버리고 멀리 숲속의 연못으로 도망갔다. 남편은 임금님을 찾아가 호소했다. "임금님, 저의 어리석은 아내를 어떻게 하면 좋습니까?" 임금님이 대답했다. "너의 아내는 고집이 세구나! 어리석은 자일수록 자신이 옳다고만 생각한다. 내가 군대를 보내어 그 고집을 꺾고 너의 아내를 붙잡아 오도록 하마!" 임금님은 삼천 명의 용감한 병사를 뽑아 그 여자에게 보냈다. 칙칙폭폭, 칙칙폭폭, 달려라! 달려! 삼천 명의 병사 신고! 어서 달려라! (대각선 끝에 와서 멈춘다) 자네가 수고해 줘서 고맙네! (칵테일을 만들어 나에게 한 잔을 주고, 자신의 잔을 높이 든다) 건배하세! 재판의 승리를 위하여!

나	(술잔을 들고 바라볼 뿐 마시지 않는다)
그	(내 표정을 살핀다) 왜 그런가?
나	술잔 속에 거품이 있네.
그	거품이……?
나	자네 술잔 속에도 거품이 있구…….
그	(술잔 속을 들여다본다) 염려 말게. 곧 사라질 거야. (그는 다급하게 술을 마신다. 나 역시 그를 따라 마신다)
나	(빈 잔을 내밀며) 취하고 싶네. 독한 걸로 더 주게.
그	무슨 기분 나쁜 일이 있었나?
나	자네 부인을 만나고 왔네.
그	그래서?
나	부인이 나에게 말하더군. 자네와 내가 똑같다구.
그	(웃음을 터뜨리며) 하하, 자네와 내가 똑같다! 여보게, 기분 나쁠 것 없어! 그건 욕이 아니라 칭찬이야!
나	(쓴웃음을 짓고) 욕한 건 아닐지 모르지. 하지만 칭찬은 분명히 아니야.

그	(나에게 새 술을 따른 잔을 주고, 잔을 높이 들며) 건배하세! 우리의 동질성을 위하여!
나	(건배하지 않는다) 미안하네. 난 나 자신과 자네의 다른 점을 생각해 봐야겠어.
그	자네, 이상해졌군. 나하고는 다른 인간이 되겠다구? 도대체 자네가 나하구 똑같다 해서 나쁠게 뭐가 있나? 어차피 우린 지금 이 세상을 같은 법칙으로 살고 있는 사람들 아닌가? 자, 기분을 돌려! (즐겁게 술을 마시며) 오늘은 유쾌한 날이야. 오늘 어떤 일이 있었는지 아나? 드디어 검사를 만났네!
나	검사를 만나다니……?
그	검찰청으로 자진 출두했지. 난 지루한 건 싫어. 하루라도 빨리 재판을 벌이고 싶거든. 그러려면 검사가 나를 구속해서 기소해 줘야 하는데, 뭔가 석연치 않아 망설이는 모양이야. 연못에서의 그 죽음은 오래 되었구, 더구나 별다른 증거도 없으니 믿기지 않았던 게지. 하지만 오늘 검사를 만나 설득시켰어. 나를 기소해서 손해볼 건 없다구 말야. (약간 음성을 낮춰 마치 은밀한 내용이라도 말하는 것처럼) 오히려 나는 검사에게 상당한 이익을 보장해 줬네. 나의 변호사인 자네가 받는 정도만큼, 나의 검사인 그가 받는 건 당연하거든! (폭소를 터뜨리며) 하하, 그는 매우 영리하더군! 가급적 빨리 재판을 시작할 수 있도록 나를 구속하겠대!
나	(정색을 하고) 자네 지금 제정신인가? 구속당하는 걸 즐거워하다니!
그	즐겁잖구!
나	그렇게 즐거우면 평생 감옥에 있게나!
그	평생은 아냐. 재판이 끝나면 곧 나올 텐데!
나	난 정말 후회하고 있어. 이 재판을 못하도록 자넬 적극 말렸어

야 하는 건데…….

그　　아, 사형은 안될 테니까 걱정 말게. (손뼉을 쳐서 신호를 보낸다)
　　　다들 나와!

그의 손뼉 신호를 기다렸다는 듯이 여섯 명의 남자들이 어둠 속에서
나타난다. 그들은 대각선의 빛 안으로 들어와 나란히 도열한다.

그　　준비됐나?
남자들　넷!
그　　그럼 시작해!
남자들　(일제히 똑같은 어조로 발성한다) 나는, 당신의 전남편을 죽였어!
그　　(의기양양한 태도로써 나에게) 어떤가? 내 재판의 방청객들이야.
　　　만약 내가 불리해지면 방청객들이 모두 일어나 저런 짓을 할
　　　걸세. 순식간에 재판정은 웃음바다가 되겠지! (남자들에게 명령
　　　한다) 다시 한번 말해!
남자들　나는, 당신의, 전남편을, 죽였어!
그　　아무리 우직한 판사도 저런 말을 했다고 내 목을 교수대에 매
　　　달 수야 없겠지! (조명의 대각선 위쪽으로 칵테일 수레를 밀고 퇴장
　　　하며) 옛날에 한 기차가 있었지. 삼천 명의 병사를 싣고 신나게
　　　달려갔어. 칙칙폭폭, 푸우푸우 - 칙칙폭폭 - 푸우푸우 -

무대 전체가 어두워지고, 퇴장하는 그를 조명이 뒤따르듯이 비춘다.
그가 무대 밖으로 나간 지점에 유모가 유모차를 밀면서 등장한다. 유
모, 갓난아기를 보듬어 안고 우유가 든 젖병을 물린다. 여섯 명의 남
자들은 퇴장하고 나는 남아 있다. 수직 조명이 나를 강하게 비춘다.
어둠 속에서 유모의 대사가 들린다.

유 모 아기 도련님! 꿀꺽꿀꺽, 먹네요! 엄마젖이 아니라고 먹지를 않더니, 이제는 아무 젖이나 가리지 않고 잘만 마시네! (아이들의 동요처럼 노래한다. 이 노래는 반복된다) "엄마젖이 없다. 그럼 소젖을 다오. 소젖도 없다. 그럼 당나귀젖을 다오. 당나귀젖도 없다. 그럼 돼지젖을 다오. 돼지젖도 없다. 그럼 늑대젖을 다오. 늑대젖도 없다. 그럼 살쾡이젖을 다오. 굶어 죽긴 싫다. 아무 젖이나 다오."

무대, 어두워진다. 어둠 속에서 실로폰 소리가 들린다. 조명이 무대 전면을 비춘다. 음악선생이 조바심을 하며 재촉하듯이 실로폰을 한 손으로 툭툭 치고 있다. 두 처녀는 마주서서 손거울을 보며 부지런히 화장을 한다. 신문사의 음악담당 기자와 사진 기자가 화장이 끝나기를 기다린다.

음악선생 어떻게 된 거야? 아직도 안 됐나?

처녀들 잠깐만요!

음악선생 더 이상 기다리게 할 수는 없어.

기 자 그냥 화장을 하세요. (수첩과 만년필을 꺼내 들고) 몇 가지 물을 테니까 대답해 주시죠.

음악선생 이건 파격적인 인터뷰야! 잘들 해야 돼!

사진기자 (처녀들이 화장하는 모양을 바라보면서 고개를 갸우뚱한다) 저런 화장은 너무 평범해. 좀 독특한 사진을 찍어 봅시다.

기 자 독특한 사진이라뇨?

사진기자 한 사람은 얼굴을 하얗게, 다른 사람은 까맣게 하는 것이죠.

기 자 연극이라면 그게 좋겠죠. 하지만 이건 음악기사인데?

사진기자 음악에도 눈에 확 뜨일 사진이 필요해요. 더구나 이름없는 신인들의 연주회에는 그런 사진이 청중 동원에 큰 도움이 될 겁니다. (음악선생에게 동의를 구하며) 어떠세요, 내 생각이? 연주회장이 텅 비는 것보다는 청중들이 몰려오면 좋잖아요?

음악선생 청중들의 관심을 끄는 건 좋겠습니다만…… (망설이며) 얼굴을 어떻게 한다구요?

사진기자 (한 처녀에게 다가가서) 얼굴을 하얗게 칠하세요.

한 처녀 하얗게요?

사진기자 네. 낮처럼 하얗게요. (다른 처녀에게) 그리고 이쪽은 밤처럼 까맣게 칠하는 겁니다. 낮과 밤의 연주회, 뭔가 관심을 끌 만하잖아요?

기 자 (망설이는 음악선생에게) 그렇게 하세요. 인터뷰 기사에 사진을 뺄 수는 없죠.

사진기자 (처녀들에게) 어쨌든 아가씨들 나에게 고맙다구 할 겁니다. 두고 보세요. 음악가로 유명해지는 방법도 있지만 사진 모델로 유명해지는 방법도 있으니까요.

기 자 (필기할 자세를 취하고) 연주회 날짜는 언제죠?

처녀들 다음 주 수요일이에요.

기 자 얼마 남질 않았군요. 연주회 팜플렛은 나왔어요?

한 처녀 네, 드릴까요?

기 자 (한 처녀에게 팜플렛을 받아 뒤적이며) 이걸 보면 기사 쓰는 데 참조가 되겠군요. 그런데 음악을 하게 된 동기는 뭐죠? 먼저, 얼굴이 하얀 낮부터 말해 보세요.

한 처녀 (얼굴 전체를 하얗게 칠하면서) 특별한 동기는 없어요.

기 자 정말 없어요?

한 처녀 음악이 멋있는 것 같아 그냥 시작했거든요.

기 자 그럼 까만 얼굴의 밤은?

다른 처녀 (얼굴 전체를 까맣게 칠하면서) 음악은 제 적성에 맞는 것 같아요. 저는 늘 두렵고 불안하죠. 음악이 없으면 그 불안을 삭이지 못해 죽을 거예요!

한 처녀 거짓말! 음악이 없어도 나는 잘만 살겠다!

다른 처녀 넌 살 수 있지! 하지만 난 음악 아니면 못 살아!

사진기자 자, 그럼 사진을 찍습니다. (사진기의 셔터를 연속적으로 누르면서 여러 가지 포즈를 주문한다) 실로폰을 두드리면서 웃는 표정을 지으세요! 명랑한 체! 즐거운 체! 우는 표정을 하세요! 슬픈 체! 우울한 체! 좋습니다, 아주 좋아요! 낮과 밤이 떨어져서 얼굴을 외면하세요! 낮은 웃고 밤은 울어요! 아주 기막히게 좋군요! (사진 촬영을 끝내면서 처녀들에게) 수고했어요! 정말 수고했습니다!

음악선생 뭐…… 더 물어 보실 건 없습니까?

기　자 글쎄요, 궁금한 건 팜플렛을 보죠.

사진기자 다 됐으면 갑시다!

음악선생 (무엇인가 예상과는 다르게 빗나간 것을 느끼면서) 괜찮다면 우리 식사나 함께 하면서 좀더 이야기할까요? 이 근처에 훌륭한 식당이 있습니다.

　　음악선생, 기자들을 데리고 나간다. 얼굴 전체를 까맣게 화장한 처녀를 바라보면서, 하얗게 화장한 처녀가 웃음을 터뜨린다.

다른 처녀 왜 웃니?

한 처녀 네 새까만 얼굴을 보렴!

다른 처녀 (손거울로 자신의 얼굴을 비춰 본다) 난 울고 싶다. 그런데 넌 웃는구나!

한 처녀 미안해. 하지만 자꾸만 웃음이 나와.

다른 처녀 그럼 계속 웃으렴. 난 진짜 눈물을 줄줄 흘리며 울을 테니…….

한 처녀   정말 울면 안 돼. 너한테는 음악이 있잖니? 그러나 나는 음악이 싫어. 실로폰을 두드리면서도 아무 재미가 없어.

다른 처녀   싫으면 그만둬라.

한 처녀   싫다고 그만둘 수 있니, 너는? 싫은 음식을 먹어 보지도 않았어, 너는? 싫은 남자와 자보지도 않았느냐구, 너는?

다른 처녀   (깜짝 놀란 표정으로) 그럼, 넌 싫은 남자와 자봤어?

한 처녀   (우월감을 나타내며) 자봤지, 그것도 여러 번이나. 난 평생 동안 싫은 음악을 태연하게 할 수도 있어. 평생 동안 싫은 음식도 맛있게 먹을 수 있구, 평생 동안 싫은 남자와 즐겁게 잠자릴 함께 할 수도 있어.

다른 처녀   (감정이 상한다) 정신 차려! 선생님 오기 전에 그 얼굴이나 지워!

한 처녀   (장난하듯 도망가며) 난 그냥 둘 테야. 너도 그냥 두렴! 새까만 얼굴이 너한테는 잘 어울려!

다른 처녀   (붙잡으려 뒤쫓아간다) 뭐라구? 붙잡아서 네 얼굴도 새까맣게 칠할 테야!

한 처녀   넌 나를 못 잡아! 나는 낮이고 너는 밤인데, 어떻게 날 붙잡을 수 있겠니? (더욱 약을 올리며) 새까만 그 얼굴이 보기 좋구나! 평생 동안 너는 그 얼굴로 지내렴!

다른 처녀는 화가 나서 한 처녀를 뒤쫓는다. 그러나 붙잡지는 못한다. 하얀 얼굴의 처녀는 달아나 버리고, 검정 얼굴의 처녀만이 몹시 화가 난 채 무대 위에 혼자 남는다. 조명이 점점 그 처녀의 새까만 얼굴로 좁혀든다. 무대, 어두워진다. 무수한 별들이 허공에서 빛난다. 밤의 연못, 그녀는 홀로 연못가에 앉아 있다. 밤의 어둠은 하늘, 숲, 연못을 구분하지 않는다. 별들은 하늘에서 반짝이며, 연못에서도 반짝인다. 숲 위에 창백한 보름달이 떠 있다. 숲의 나무들 그림자는 연못에 드리워져 있고, 달처럼 둥근 흰색 연꽃이 수면 위에 피어 있다.

나는 밤의 연못을 찾아온다. 손에는 지난번 왔을 때처럼 서류가방을 들고 있다. 침묵을 깨기 두려운 듯이. 나는 몇 번이나 망설이다가 멀리서 낮은 음성으로 말한다.

나　부인을 다시 만나러 왔습니다만…….

그 녀　(고개를 돌려 나를 바라본다)

나　내가 처음 여기 왔을 때, 부인은 저에게 물으셨지요. 밤의 연못을 본 적이 있느냐구요. 저는 없다 했더니 그럼 언젠가는 꼭 보라 말씀하셨습니다.

그 녀　(자신의 옆을 가리키며) 여기, 가까이 오세요.

나　(그녀의 곁에 가서 앉는다) 오늘 저는 재판 때문에 온 것이 아닙니다. 오직 밤의 연못을 보러 왔습니다.

그 녀　그럼 빈 손으로 오셨어야지요. 그 가방 속엔 또 뭐가 들어 있죠?

나　(가방을 열고 빈 그릇을 꺼낸다)

그 녀　빈 그릇은……?

나는 손으로 빈 그릇을 든 채 침묵한다. 간절히 그녀에게 간청하고 싶으나 입이 떨어지지 않는다. 그녀는 나의 심중을 헤아려 보려고 애쓰면서, 내가 말하기를 기다린다.

나　저에게…… 젖을…… 주십시오.

그 녀　(전혀 뜻밖의 말을 들은 듯 긴장한다)

나　저에게 젖을 주십시오. 저는 오늘 새로 태어난 사람이고 싶습니다. 어제까지 저는 오직 있는 것만을 보았었습니다. 하지만 오늘부터는 없는 것도 보려고 합니다. (간절히 구하는 태도로 그녀에게 빈 그릇을 내민다) 갓 태어난 저에게 젖을 주십시오. 제가 그 젖을 먹고 눈을 떠서 이 연못을 바라보고 싶습니다.

그녀, 그릇을 받는다. 앞가슴의 옷깃을 열고 젖을 짜 그릇에 담는다. 사이. 그녀는 젖이 담긴 그릇을 나에게 준다. 나는 그릇을 들고 한 모금씩 한 모금씩 마신다. 사이. 젖을 다 마신 내가 그녀를 바라본다. 그녀의 시선이 나에게 머물러 있다. 물방울이 허공에서 수면으로 떨어질 때의 투명한 소리가 들린다.

나	여기 오기 전에 저는 거울을 바라보며 물었지요. 나는 누구냐? 당나귀구나, 돼지구나, 살쾡이구나! 이제 연못에 와서 저 자신을 다시 묻습니다. (연못을 향하여 입에 두 손을 모으고 묻는다) 나는 누구냐? (두 손을 양쪽 귓가에 대고 대답을 묻는다) 나는 물거품이다! 어둠으로 가득 찬 이 세상에, 지극히 짧은 순간 떠올랐다가, 사라지는 물거품이다!
그 녀	그냥 가만히 연못을 바라만 보세요. 그럼 연못 속에 하늘이 보이고, 반짝이는 별들이 보여요.
나	연못 밑바닥은 캄캄해요. 더럽고 추악한 것들이 저 밑바닥에 가득 차 있어요!
그 녀	하늘은 허공에 있지 않아요. 하늘은 깊고 어두운 저 밑바닥에 있어요. 별들은 맑고 깨끗한 곳에서 빛나지 않아요. 별들은 더럽고 추악한 곳에서 아름답게 빛을 내죠. 물거품들은 저 깊은 어둠 속에서 수면 위로 솟아나와 짧은 순간 사라지지만, 그러나 그건 하늘의 영원한 별들을 나타내요.
나	그렇다면 내가 잘못 보고 있는 것일까요? 물거품들은 저 어둡고 더러운 곳에서 아귀 다툼을 하면서 올라오고 있어요. 나의 부모, 나의 형제, 나의 이웃 그리고 내가 아는 모든 사람들이 보글보글 다투며 올라왔다가, 보글보글 허망하게 사라지고 있어요.

그 녀   선생님은 새로 태어난 눈으로 보세요. 물거품은 끊임없이 사라졌다가, 끊임없이 생겨나요. 저는 매일 밤 이 연못을 바라보았어요. 밤의 연못은 죽음만이 가득 고인 듯이 고요하구······ 그걸 살아 있게 흔드는 건 물거품이에요. 저 깊은 밑바닥에서 물거품들이 솟아올 때마다 수면 전체가 생기를 띠고 흔들리죠. 그래요, 끊임없이 생겨나고 사라지는 물거품에 의해서 연못 전체가 살아 있어요. (사이) 이젠 제 마음이 괴롭지 않아요. 거울을 보면서 산란했던 마음이 이 연못을 보면서 평온해졌죠. 거울에 비춰 보이는 모든 건 저를 받아 주지 않았어요. 들어가려고 하면 할수록, 거울에 보이는 모든 건 저를 밀쳐냈었죠. 하지만 이 연못은 저를 편안하게 받아 주어요. 손을 내밀면 손이 들어가고, 발을 담그면 발이 들어가요. 제 몸은 이 연못과 같아요. 연못은 저 자신이며 저는 연못이죠. 저는 이 연못에서 물거품처럼 사라지겠지만, 그러나 그 순간 저는 이 연못과 하나가 되는 거예요.

허공의 별들이 서서히 사라진다. 하늘과 연못과 숲도 사라진다. 달과 연꽃도 사라진다. 캄캄한 어둠 속, 물방울이 뚝, 뚝, 뚝····· 떨어지는 소리가 들린다. 수직 조명이 무대를 비춘다. 몹시 늙은 그가 손을 떨면서 의자에 앉아 있다.

그   자네 기억은 믿을 수 없군!
나   (어둠 속에서 늙은 목소리만 들린다) 왜 믿을 수가 없나?
그   도저히 납득이 안 돼! 그 연못에서 자네가 내 아내의 젖을 먹었다는 건 환상 같구, 한밤중에 연못을 바라보며 나눴다는 그 이야긴 현실이 아냐!
나   아니야, 현실 그대로인 걸.

그	자넨 노망 들었군! 전혀 현실과는 맞지도 않는 걸 우겨대다니!
나	그럼 자네의 기억을 말해 보게.
그	내 기억은 이렇지! 어느날 저녁인데, 어두컴컴한 감옥으로 자네가 나타났어. 그리고는 나더러 재판을 포기하라는 거야. 난 이유를 몰라 어리둥절했지. (전혀 받아들일 수 없다는 듯이 냉정한 태도로) 재판을 포기하라니, 도대체 그게 무슨 소린가?

조명이 바뀐다. 그를 비추던 조명이 꺼지고, 다른 수직 조명이 나를 비춘다. 나는 사십대 모습으로 서 있다. 매우 안타까운 표정을 짓고 그를 설득해 보고자 애쓴다. 목소리는 젊어진다.

나	여보게, 진심으로 하는 말일세. 이 재판은 자네 부인을 죽음으로 몰아넣고 있네.
그	(어둠 속에서 젊은 목소리가 날카롭게 들린다) 난 무슨 소리인지 모르겠어!
나	자네 역시 모를 리 없지! 부인을 증인으로 끌어낼 생각은 자네가 했으니까! (더욱 간절히 호소하면서) 제발, 부인을 살려 주게! 강제로 재판에 끌어낸다는 건 또 하나의 살인일세!
그	자네 뭔가 잘못 알고 있군. 이건 단순한 재판이 아니야. 있는 것이 이기느냐, 없는 것이 이기느냐의 중대한 싸움이라구. 이제 와서 그 싸움을 포기하라니…… 자네라면 그렇게 할 것 같은가?
나	난 차라리 부인을 살리고 내가 죽겠네!
그	왜? 솔직히, 그 이유를 말해 보게.
나	그 이유는…… 난 자네 부인을…… 사랑하네.
그	그랬었군. 나도 짐작은 했었지. (사이) 요즈음엔 그 여자를 볼 수 없으니까 더욱 미치도록 보고 싶군. 어떻던가. 자넨 자주

연못에 가는 모양인데, 내 아내의 어떤 점이 매력적으로 보이던가?

나   예민하고…… 섬세한…… 감정이 풍부하며…… 진지하면서도…… 부드러운…….

그   한마디로 그게 뭐야?

나   한마디로는…….

그   관능적이다, 그거지! (갑자기, 수직 조명이 어둠 속에 있는 그를 비춘다. 그는 사십대의 질투심에 가득 찬 남자가 되어 있다)

나   (뜻밖의 말에 놀라워하며) 관능적이라니?

그   놀랄 것 없어. 예민함, 섬세함, 풍부함, 부드러움, 그 모든 것들이 합쳐져서 관능적이 된다구. 내가 처음 그 여자를 봤을 때 그걸 느꼈어. 그래서 난 결심을 했었지. 무슨 방법으로든지 내 아내를 삼아야겠다구. 나는 결코 그 여자를 버릴 수 없어. 거칠고, 무디고, 딱딱한 다른 여자들한테서는 관능을 못 느껴. 오직 그 여자만이 나를 자극하지! (더욱 굳은 결심을 나타내면서) 난 마음이 급해! 하루라도 빨리 재판을 시작해서 그 여자를 연못으로부터 끌어내야겠어!

나   (침울한 표정으로) 재판이 시작하는 날 자네 부인은 죽을 거야. 이미 마음이 이 세상을 떠났어. 자네가 끌어내려고 애쓸수록, 부인은 그 연못 속으로 더욱 깊이 빠져 가고 있네.

그   쓸데없는 걱정은 말게! 연못 속에 빠지지 않게 막으면 될 것 아닌가! 감시하는 사람들을 그 연못에 보내 하루종일 그 여잘 지키게 하겠어. 그리고, 유모도 보내야겠군. 어린 아이들을 데리고 가면 그 여자는 죽고 싶다는 생각이 달라질 거야. 어때, 존경하는 변호사 선생? 그만하면 안심하라구! 자넨 오늘 나에게 고마운 충고를 했으니까, 나도 답례로서 자네에게 충고를 하지. 여보게, 명심해서 들어. 혹 내 아내에게 지나친 관심을 가졌다면 포기하게. 나는 어디까지나 자네를 친구로 삼고 싶지 적으로 삼고 싶지는 않아! 알겠나?

나　(침묵한다)

그　좋아. 자네의 침묵은 내 충고를 받아들인 뜻으로 알겠네. 이젠 사무적인 이야기 좀 하세. 내 담당 검사를 만나 보게. 재판 진행을 위해 변호사인 자네와 상의할 게 있다더군. (약간 언성을 높여서) 지금 당장 가게! 자네 오기를 기다리다가 눈이 빠졌을 거야!

무대 중앙, 여섯 명의 남자들이 의자를 들고 와서 연주회장의 객석을 만든다. 그와 나는 퇴장한다. 무대 천정에서 커튼이 내려와 객석 앞을 가린다. 음악선생과 두 처녀가 실로폰을 운반하면서 들어온다. 처녀들은 희고 검은 얼굴이 아닌 평소의 모습이다. 커튼 뒤로 청중들의 웅성거리는 소리가 들린다.

음악선생　긴장을 풀어. 초조할 것 없다구!

처녀들　시작할 시간이 됐잖아요?

음악선생　아직은 아냐. 객석이 시끄럽군. 도대체 음악감상하러 온 사람들 같지가 않아!

처녀들　(흥분된 표정으로 커튼을 살짝 들춰 보며) 사람들이 많이 왔어요!

음악선생　어중이 떠중이 몰려왔겠지.

처녀들　신문 때문이죠. 낮과 밤의 연주회, 우리들 사진을 보고 몰려온 거예요.

음악선생　그건 곡마단에나 어울리는 사진이었어!

처녀들　어쨌든 사람들이 많이 온 건 좋아요. (실로폰 앞에 가서 연주할 자세를 취하며) 선생님 시작할 시간이에요. 막을 올리세요!

음악선생　그래, 막을 올리자구. 마지막 주의를 주겠는데, 빠른 곡에서는 가볍게, 가볍게, 물거품처럼 쳐야 해!

처녀들   네, 주의하죠!

음악선생, 커튼에 달린 줄을 잡아당긴다. 커튼이 좌우로 열리고 객석에 앉아 있는 사람들이 정면으로 보인다. 뒷좌석에 꽃다발을 든 내가 앉아 있다. 실로폰 연주가 시작된다. 사람들은 잠잠해졌다가 다시 웅성거린다. 음악선생은 사람들의 태도에 화가 나 있다. 무대와 객석 사이의 커튼이 매달려 있는 곳에서 몹시 성난 표정으로 서성거린다. 처녀들의 연주는 서투르며 자주 틀린다. 그것이 음악선생에게는 기슬리지만 청중들에겐 흥미롭다. 빠른 곡조에서 한 처녀가 타봉을 놓친다. 그러자 기다렸다는 듯이 사람들의 박수가 쏟아진다. 한 처녀, 굴러간 타봉을 쫓아가서 집어 온다. 객석의 사람들이 일제히 환성을 지른다. 처녀들이 연주를 끝내고 인사를 하자 박수와 환성이 쏟아진다. 음악선생은 황급하게 줄을 잡아당겨 커튼을 닫아 버린다. 사람들은 발을 구르며 박수와 환성을 멈추지 않는다.

한 처녀   대성공이에요!

다른 처녀   선생님, 저 요란한 박수를 들어 봐요!

음악선생   사람들이 미쳤군!

처녀들   (서로 부둥켜 안고 뛰면서) 우린 성공했어!

나   (꽃다발을 들고 와서 처녀들에게 준다) 축하합니다.

처녀들   고마워요, 선생님!

한 처녀   (다른 처녀에게) 그 신문 네가 갖고 있지! 우리 사진이 실린 신문 말야. (나에게) 선생님 사진도 함께 났어요!

다른 처녀   (신문을 펼쳐 보이며) 이걸 보세요. 굉장한 재판이 벌어질 거래요!

음악선생   (신문을 보고 있는 나에게 다가서며) 사람들은 제정신이 아녜요. 완전히 미친 겁니다. 그들은 어디가 틀린지도 모르고 박수를 쳐대며 환성을 지릅니다. (커튼을 가리키며) 서 아우성소리를 들어 보십시오. 저 미치광이들은 음악에 관심이 없습니다.

처녀들 (서로의 얼굴을 마주보며) 선생님이 왜 화가 나셨지?

나 신문에 난 재판에도 저런 사람들이 몰려올 겁니다.

처녀들 저희들도 갈 거예요.

한 처녀 저는 선생님이 그렇게 유명해질 줄 몰랐어요.

다른 처녀 이 앤 선생님께 반했대요!

한 처녀 그래요, 반했어요! 재판하는 날 저도 구경갈 거예요.

다른 처녀 (한 처녀에게) 박수소리가 끊이지 않아. 우리더러 다시 나오라는 거야.

한 처녀 그래, 나가자!

처녀들, 커튼을 들어 올려 객석 앞으로 나간다. 요란한 박수와 환성이 쏟아진다.

음악선생 난 더 이상 저 애들을 가르치고 싶지 않습니다!

나 그럼 무얼 하실 겁니까?

음악선생 다른 애들을 찾아봐야지요. 설마, 내가 음악학원의 문을 닫기를 바라는 건 아니시겠죠?

나 문 닫기를 바라는 건 아닙니다만…….

음악선생 어쨌든 당분간은 조용할 겁니다. 그런데 선생님은 어떠십니까? 지금도 마음이 괴롭고 착잡한가요? 아, 꼭 대답할 필요는 없습니다. 어차피 사람이란 괴롭도록 되어 있으니까요! (나에게 작별의 악수를 청한다) 부디 참고 견디면서 안녕하시길 빕니다.

나 (음악선생의 손을 잡으며) 선생님도 안녕하시기를…….

음악선생과 나, 서로 반대 방향으로 퇴장한다. 무대 조명이 변화한다.

커튼이 천정 위로 올라간다. 객석이 재판정으로 바뀌어 있다. 사람들이 수군거리기 시작한다. 이 수근거림은 점점 커진다. 처녀들이 뒷좌석에 나란히 앉아 있다. 피고인인 그와 변호사인 나는 객석 앞자리에 앉아 있다. 여섯 명의 남자들, 전남편의 친척들이 되어 방청석 가운데에 앉아 있다. 유모도 방청석에 앉아 있다. 검사가 등장하고, 판사가 등장한다. 모든 사람들이 일어나 판사에게 경의를 표하고 다시 앉는다.

판 사 재판의 진행을 위하여 조용하십시오. 먼저 피고인의 인적 사항을 확인하겠습니다. 여기 기소장에 기재된 성명, 생년월일, 본적 및 현주소가 피고인과 동일합니까?

그 네, 틀림없습니다.

판 사 검사는 피고인의 혐의 내용을 말해 주십시오.

검 사 피고인은 살인죄를 범했습니다.

친척들 (방청석에서 벌떡 일어나 일제히 입을 모아 외친다) 살인자! 살인자!

판 사 조용히! 조용히들 하세요! (가족들의 외침이 잦아든다) 검사는 계속하십시오.

검 사 피고는 그의 친구를 연못으로 데려가 죽였습니다. 친척들이 그의 범죄를 고발했는데, 증거물로서 그 당시의 정황과 유품들이 있습니다.

판 사 그 당시의 정황을 설명하시오.

검 사 연못에서 죽은 때가 여름이 아니라 가을입니다. 가을엔 연못 물이 차가워서 아무도 수영을 하지 않을 텐데, 이상하게도 피고인과 그의 친구는 연못에서 수영을 했습니다. 더구나 이상한 것은, 친척들의 기억에 의하면, 죽은 그는 수영에 매우 능숙했었다고 합니다. 그러므로 가을날 연못에서의 익사는 우연한 사고가 아니라 고의적인 사고로서, 연못에 일부러 밀어 넣었거나 강제로 물 속에 끌어 넣은 것이 틀림없습니다.

판 사   그러한 정황을 뒷받침할 증거물이 있습니까?

검 사   네. 죽은 그의 수첩입니다. 수첩은 10월 중순까지 기록되어 있는데, 10월이라면 가을이며, 그는 그때까지 살아 있었던 것을 증명합니다.

나   이의 있습니다, 재판장님.

판 사   변호인은 말씀하시오.

나   가을의 어느날은 여름만큼이나 무더운 때가 있습니다. 심지어 어떤 사람들은 취미삼아 추운 겨울에도 얼어붙은 얼음을 깨뜨리고 수영을 합니다. 즉, 수영은 꼭 여름에만 하도록 되어 있는 것이 아닙니다. 따라서 가을의 수영을 고의적인 살인행위로 본다는 것은 옳지가 않습니다. 그리고 수첩은 연못에서 발견된 것이 아니라 친척들 손에서 나왔습니다. 그것이 꼭 죽은 사람의 수첩이라는 보장은 없으며, 또한 비록 그의 수첩이라 할지라도 변조됐을 가능성은 얼마든지 있습니다.

검 사   이 재판은 명망 있는 정치가가 피고인이라는 점에서 세상사람들의 관심이 집중되어 있습니다. 그런데 변호인은 모든 것을 믿을 수 없다는 식으로 덮어 버릴 모양입니다. 하지만 모든 정황과 유품을 객관적으로 입증해 줄 증인이 있습니다. 바로 피고인이 살해한 사람의 아내였으며, 지금은 피고인의 아내가 되어 있는 여자입니다. 저는 그 여자를 증인으로 이 법정에 불러올 것을 요청합니다.

친척들   살인자! 살인자! 살인자!

나   재판장님, 이의 있습니다!

판 사   말씀하세요.

나   이 재판은 과거의 익사 사고를 다루고 있습니다. 그 사건은 오래전에 끝났었고, 사람들의 기억에서 잊혀졌습니다. 그와 같은 사건이 이 세상 사람들의 관심이 된 것은 순전히 그 여자를 연못으로부터 끌어내기 위해서입니다.

판 사 연못이라면 그 사건이 있었던 곳 아닙니까?

나 네. 바로 그 연못입니다.

친척들 살인자! 살인자! 살인자!

판 사 조용히 하세요.

나 그 여자는 그곳에서 많은 것을 생각했습니다. 삶과 죽음을, 있는 것과 없는 것을, 보이는 것과 보이지 않는 것을, 거울과 연못을 생각해 봤습니다.

판 사 거울과 연못……?

나 그렇습니다, 재판장님. 그 여자는 거울에 비춰 보이는 모든 것들이 불안했습니다. 거울은 오직 있는 것들만을 비춰 보였는데, 없는 것은 단 하나도 보여 주지 않았기 때문입니다. 그러나 연못은 거울과 다릅니다. 연못은 그 여자를 받아들였고, 그 여자는 마음의 평안을 얻었습니다.

검 사 재판장님! 변호인은 지금 이 재판과 관계없는 말을 하고 있습니다.

판 사 변호인은 계속하시오.

나 존경하는 재판장님, 그 여자는 증언하러 이 세상에 나오느니 차라리 연못에서 죽기를 택할 것입니다. 우리가 그 여자의 죽음을 명백히 예측하면서도 그 여자를 끌어낸다는 것은 부당하고 어리석은 짓입니다. 그런데 지금 우리는 태연하게 그 짓을 하고 있습니다. 부디 재판장님의 현명한 판단으로 그 여자를 연못에 있도록 해주십시오. 우리는 결코 그 여자를 끌어내 죽여서는 안 됩니다.

검 사 재판장님, 변호인은 피고를 변호하지 않고 엉뚱하게 그 여자를 변호하고 있습니다.

그 재판장님, 저에게도 발언할 기회를 주시겠습니까?

판 사 피고는 발언하시오.

그 저는 그 여자가 증인으로 이 법정에 나와 주기를 간절히 바랍니다. 그 여자의 증언이 얼마나 중요한지는 재판장님께서도 잘 아실 것입니다. 그 증언에 따라서, 유죄든 무죄든 저는 달게 받겠습니다.

친척들 살인자! 살인자! 살인자!

판 사 증인 신청을 채택합니다. 그리고 신속한 결정을 위해서, 다음 재판에 그 증인이 나오도록 하겠습니다.

친척들 살인자! 살인자! 살인자!

판사, 휴정을 알리는 타봉을 두드린다. 모든 사람들이 일어선다. 판사와 검사가 퇴장한다. 그는 득의만만한 웃음을 띄우고 사람들을 둘러본다. 사람들은 그에게 열광적인 환성을 보낸다. 조명이 어두워진다. 사람들은 "살인자!"를 외쳐대면서 퇴장한다. 처녀들은 실로폰을 밀면서 나간다. 마지막까지 홀로 서 있던 나도 어둠 속에 묻힌다. 사이. 무대 후면으로부터 물결 조명이 퍼져 나온다. 연못은 뒤쪽에서 앞쪽으로 넓어지고, 무대 면적의 대부분을 차지한다. 스포츠형 모자를 쓰고 반바지를 입은 여섯 명의 남자들이 연못가에 등장한다. 그들은 삼각 사다리 모양의 간이용 망대를 세운다. 그리고 망대 위에 앉아서 쌍안경으로 사방을 살펴보며, 연못에 접근을 막기 위해 날카로운 금속성의 호각을 분다. 잠시 후, 유모가 유모차를 밀면서 등장한다.

유 모 마님! 마님! 어디 계세요?

감시자들 조금 전에 이쪽으로 오시려고 했지. 그래서 호각을 불었더니 저쪽으로 가셨어.

유 모	저쪽 어디로요?
감시자들	숲속이야. (망원경으로 살펴본다) 마님도 보이고, 아이들도 보여.
유 모	아이들이 오니깐 마님은 즐거우신가 봐. 망원경을 나도 좀 보여 줘요.
한 감시자	그래, 이리 올라와. (유모가 사다리 위로 올라오도록 손을 잡아 준다)
유 모	(망원경으로 숲속을 바라보며) 마님은 아이들 손을 잡고 춤을 추시네!
감시자들	오, 저런! 이제는 이이들과 달리기를 하셔!
유 모	마님이 신발을 벗으셨어요!
감시자들	맨발은 건강에 좋지!
유 모	마님, 뛰세요!
감시자들	아이들보다 더 빨리 달리시는군!
유 모	마님이 이기셨어요! 아이들은 꽃으로 목걸이를 만들어서 마님께 걸어 주고 있어요!
감시자들	(갑자기 호각을 분다) 저 사람은 누구야?
한 감시자	누가 나타났어?
유 모	저 사람은 변호사예요. 주인 어른의 친구죠 (한 감시자에게 망원경을 돌려 주고 사다리를 내려온다) 손님이 오셨으니 나도 숲속으로 가야겠어요.
감시자들	유모, 밤엔 우리에게 야식을 갖다 줘.
한 감시자	(술병을 따서 마시는 시늉을 하며) 나한테는 특별히 이것 좀 가져오구.
유 모	당신들 정신 바짝 차려 감시나 잘해요! 안 그러면 주인 어른께 이를 거예요! (유모차를 밀며 퇴장한다)
한 감시자	(망원경으로 숲을 바라보면서) 아이들이 나비떼를 쫓아가는군.
감시자들	마님과 손님만 남았어. 우린 잘 감시해 보자구!

그녀와 나, 무대 앞쪽으로 등장한다. 그 여자는 들꽃으로 엮은 화환을 목에 걸었으며, 맨발을 하고 있다. 온몸에 생기와 즐거움이 넘치는 모습이다.

그 녀   저는 행복해요. 오랜만에 아이들을 만났어요. 우린 손을 잡고 춤을 추었죠. 함께 뛰어달리구, 함께 노래했어요.

나   아이들도 즐거워하겠군요.

그 녀   네, 어찌나 좋아하는지…… 저기 보세요! 아이들이 나비를 잡았나 봐요!

나   부인, 이렇게만 행복하십시오. 그래야 제 마음도 즐겁습니다.

그 녀   선생님의 염려는 잊지 않겠어요. 며칠 전이군요. 재판에 증인으로 나오라는 통보를 받았죠.

나   재판은 이제 내일로 다가왔습니다. (사이) 부인께서 가시겠다면, 제가 동행하고 싶습니다.

그 녀   감사합니다만…… 저는 내일 혼자서 걸어가겠어요.

나   혼자 걸어가시다니, 재판정은 여기에서 걸어가기엔 너무 멉니다.

그 녀   제가 갈 곳은…… 저 연못이에요. 새벽 연못엔 언제나 짙은 안개가 피어나죠. 그 안개 속에서는, 연못을 지키는 사람들도 저를 막을 수 없어요. 선생님, 그렇게 낙심한 표정을 짓지 마세요. 저는 정말 행복해요! (퇴장하며) 아이들한테 가야겠어요! 잡은 나비를 보여 주고 싶은지, 어서 오라구 손짓하는군요!

물방울이 수면 위에 떨어지는 소리가 빨라지면서, 무대조명은 낮, 저녁, 밤, 새벽으로 급변화한다. 연못에는 안개가 피어 오른다. 망원경을 든 감시자들은 자욱해지는 안개 때문에 당황한다. 무엇인가 보지도 못하면서 괜히 호각을 불어대더니, 그것마저 소용없다는 듯 사라진다. 오른쪽

의자에는 그가 앉아 있고, 왼쪽 의자에는 내가 앉아 있다.

그   그날 새벽에 자넨 어디 있었나?

나   연못가에 있었네.

그   뭘 하고 있었지?

나   이렇게 가만히…… 연못만 바라보고 있었지.

그   그런데도 그 여자를 못 보았다구? 더구나 그 연못을 감시하던 놈들마저 그 여자를 볼 수 없었다니, 도대체 그놈들은 눈 뜬 장님이란 말인가?

나   그들을 탓하지 말게. 자욱한 새벽 안개 때문에 연못으로 걸어가는 부인을 볼 수 없었어. 아침 해가 뜨고 안개가 걷힌 다음에야 우리는 연못 가운데에서 자네 부인을 발견했었지. 마치 물거품처럼, 부인은 수면 위에 떠올라 있었네.

무대, 자욱한 안개가 걷힌다. 그녀가 연못 위에 죽은 모습으로 떠 있다. 넓게 퍼진 옷자락이 연못의 수면 전체를 뒤덮은 듯하다.

나   자네 부인은 하얀 옷에 맨발로, 아이들이 만들어 준 꽃목걸이를 걸고서 물 위에 떠 있었네. 아침햇살이 얼굴을 밝게 비치고 있었는데, 부인은 행복을 노래하는 표정이었어. 그래…… 자기 자신의 죽음과 행복을 동시에 노래하고 있는 것…… 그것은 무엇 때문일까? 물거품은 짧은 순간 사라지지만, 그러나 저 깊은 곳에서 다시 생겨나 떠오르네!

무대 앞쪽의 수직 조명이 꺼지고 연못만이 더욱 환하게 밝아진다. 그녀의 모습이 오랫동안 떠 있다가 연못에 용해된 듯이 조금씩 사라진다. 무대는 어두워지고, 다시 두 개의 의자 위에 수직 조명이 비춘다.

그와 내가 늙은 모습으로 앉아 있다.

그   자넨 지금도 그 여자를 사랑하고 있군?

나   (심호흡을 하듯이) 그렇다네, 날이 갈수록……

그   난 오래 전에 그 여자를 잊었어.

나   나를 속이지 말게. 자네 역시 마음 속으론 그리워하지?

그   아냐, 아냐! 수백 번, 수천 번, 없는 것을 그립다고 해본들 무슨
      소용인가? 오직 눈에 보이는 것만이 아름다운 거야!

나   그 고집은 여전하군. 하지만 없는 것도 아름다운 거라네.

그   그렇다면 마음껏 그 여자를 사랑하게! 이제 그 여자는 자네 것
      일세!

나   (미소를 지으며) 고맙네, 자넨 나를 질투하는군.

그   (상한 감정을 감추려는 듯이 화제를 바꾼다) 재판은 어떻게 됐더
      라…… 기억하고 있나?

나   자넨 증거 불충분으로 석방되었지.

그   무죄야, 무죄였어!

나   어쨌든 자네는 이 세상을 자유롭게 살 수 있었네.

그   암, 자유로웠지! 그리고 아주 행복했었네. 난 사람들의 눈에 가
      장 잘 보이는 인물이었구, 그 덕분에 언제나 나는 여우한테 물
      리지 않고 안전했었지!

어둠 속에서 여섯 명의 남자들이 장례식의 관을 운반하는 모습처럼
이열종대로 일정한 보조를 맞추어 걸어온다. 그러자 그의 얼굴이 공
포에 질리며, 두 손은 경련을 일으킨다.

나   자네, 왜 그리 놀라는가?

그   죽음이야, 죽음…… 나를 데리러 왔어.

나	(그의 등 뒤에 와 있는 여섯 명의 간병자들을 바라보며) 아직은 아냐, 두려워 말게.
그	그들은…… 나를…… 보이지 않는 곳으로 데려갈 거야.
나	여보게, 두려워 말라니까. 연못을 생각해 보게, 연못의 저 깊은 밑바닥에선 끊임없이 물거품이 솟아나오고 있네. 자, 마음을 진정하고 보이지 않는 것과 화해하게! 그래야 자네는 마음 편히 죽을 수 있어.
그	난 정말 마음 편히 죽고 싶네! 하지만 이 세상엔 있는 것만이 있을 뿐 없는 것은 없는 거야! 세상뿐만이 아니라 이 우주 전체가 그래! 우주의 그 어디를 살펴봐도 사라지고 없는 것은 보이질 않아!
나	(의자에서 일어선다) 다시 한번 기억을 해보세. 자네와 부인이 물거품 때문에 다퉜던 날이 언제였지? 자넨 고집스럽게 있는 것만을 주장했었고, 자네 부인은 그 주장에 반대했었지. 그 다툼은 겉보기엔 사소한 것이었지만, 사실은 굉장히 중대한 싸움이었어. 그래서 자넨 나에게 자네 편을 들어 달라구 부탁했었네. (그가 앉은 의자를 붙잡고, 그를 바라보며) 그 부탁을 기억하고 있겠지? 자넨 그날 나에게 전화를 걸어서 몹시 짜증난 목소리로 그 부탁을 했었어.
그	아냐, 난 그런 전화한 적 없어!
나	아, 제발…… 시간이 없네. 자네가 잊었다면 내 기억으로 살려 내지. 물론 내가 잊은 건 자네 기억으로 살려 줘. (의자에 되돌아가 앉는다) 그럼 전화하던 때부터 시작하지. 수화기를 들고, 내 전화번호를 돌리게!
그	(역정을 내면서 전화 수화기를 들고 다이얼을 돌리는 동작을 한다) 변호사 선생, 잘 있었나?
나	(전화를 받는 동작을 한다) 어, 자네가 웬일이야?

그	골치 아픈 일이 생겼어. 자넬 급히 좀 만나야겠네.
나	무슨 일인데? 법률적인 문제인가?
그	중대한 문제야. 자세한 건 만나서 이야기하지. 그런데 자네, 변호사 사무실은 걷어 치우고 음악학원을 차렸나? 수화기 속에서 웬 실로폰 두드리는 소리가 나지?
나	그런 소리가 들릴 거야. 내 사무실 옆에 누가 음악학원을 차렸는데 타악기 전문인가 봐. 며칠째 계속해서 실로폰을 두드리고 있군.
그	물거품이야. 하하, 하하하, 물거품이라구!

어둠 속에서 실로폰 소리가 들린다. 숙달되지 못한 그 연주 솜씨는 후두둑 후두둑 불규칙하게 떨어지는 소나기를 연상시킨다. 그는 소리내어 웃다가 힘없이 의자 아래로 쓰러진다. 여섯 명의 남자들이 이열종대로 다가와서 그를 데리고 어둠 속으로 나간다. 그가 앉았었던 의자 밑에 백색의 작은 연꽃이 떨어져 있다. 나는 연꽃을 주워 그의 의자 위에 놓는다. 오랫동안 깊은 생각에 잠긴 모습으로 나는 홀로 앉아 있다. 나를 비추던 수직 조명이 서서히 꺼진다. 사이. 조명이 다시 비춘다. 나 역시 사라지고 보이질 않고, 오직 연꽃만 의자 위에 남아 있다.

막.

동지섣달 꽃 본 듯이

· **등장인물**

맏형 : 정승 딸

맏누나 : 광대 우두머리

둘째 : 처녀광대

막내 : 중국 태후

여덟 자식들 : 중국 황제

노파 : 대각국사

키 큰 관상쟁이 : 깡마른 스님

키 작은 관상쟁이 : 구경꾼들

주모 : 하인들

한 아이 : 보부상들

다른 아이 : 광대패

늙은 보부상 : 중국 신하들

소경 스님 : 사신들

정승 : 누렁 소 탈

정승 아들 : 검정 소 탈

· **일러두기**

이 연극은 설화적인 이야기에 현재 상황이 개입하는 이중구조로
되어있다. 따라서 배우들은 과거와 현재 두 가지의 역할을 한다.
배우들은 두 집단으로 구성되는데, 첫째 집단은 열두 명의 자식들
이다. 맏형, 맏누나, 둘째, 셋째…… 막내가 이 첫째 집단에 속한
다.(자식들의 수효는 열 명, 또는 일곱 명으로 조정할 수 있다) 둘
째 집단은 관상쟁이, 주모, 정승, 중국 황제…… 등이며, 구경꾼
들, 보부상들, 탁발승들, 광대패 무리들도 속해 있다. 즉, 첫째 집
단은 한 배우가 한 인물에 고정되어 있고, 둘째 집단은 한 배우가
여러 인물을 맡아 연기하도록 되어 있다. 이 연극의 장면 전환은
등?퇴장이 겹치면서 빠르게 이루어져야 한다.

프롤로그

박자 빠른 경쾌한 음악과 함께 막이 오른다. 무대 허공에는 배우들이 입을 여러 가지 옷들이 걸대에 가득 걸려있다. 배우들, 무대 좌우에서 등장한다. 맏누나가 먼저 관객들에게 말한다.

맏누나   우리는 배우예요. 무대 위에서 연기를 하죠. 우린 각자 인생에 대해 만족해요. 하지만 배우로서 입어야 하는 옷에는 불만이 많아요. 솔직히 말해서, 자기 자신과 꼭 맞는 옷을 입어야 좋은 연기를 할 수 있는데, 그렇게 맞는 옷이란 드물거든요.

맏 형   나는 가끔 이런 생각을 합니다. 배우들이 연극을 하는 것 같지만, 사실은 옷들이 연극을 한다⋯⋯. 오늘 연극에서 누가 왕이냐는, 누가 왕의 옷을 입느냐에 달렸습니다. 왕의 옷을 입지 않고서는, 배우는 관객에게 자신이 왕임을 증명할 방법이 없지요.

둘 째   (무대의 옷들을 가리키며) 여기, 수많은 옷들이 있습니다. 왕의 옷, 정승의 옷, 그런 화려한 옷들이 있는가 하면, 탁발스님의 옷, 보부상인의 옷, 광대들의 남루한 옷도 있죠.

막 내   (관객석을 둘러보며) 그리고 저기, 관객석엔 수많은 옷들이 오셨군요. 이 앞에는 돈 많은 사장님의 옷이 앉아 계시고, 저 뒤에는 가난한 봉급쟁이의 옷이 앉아 있습니다.

셋 째   아침에는 출근버스에 옷들이 가득 실려가고,

넷 째   낮에는 백화점에 물건을 사려는 옷들이 들락거리고,

다섯째   저녁엔 술집에서 옷들이 소주와 맥주를 마십니다.

여섯째   그리고 밤에는, 침대에서 남자 옷과 여자 옷이 사랑을 나누고,

일곱째	열 달 후엔 조_J만 아기 옷을 낳죠. "으앙– 으앙–."
여덟째	사람의 족보는 옷의 족보입니다.
아홉째	할아버지 옷이 아버지 옷을 낳고,
열 째	아버지 옷이 아들 옷을 낳고,
열 하나째	아들 옷이 손자 옷을 낳고,
열두째	이렇게 끊임없이 옷의 역사가 이어집니다!
맏누나	자, 연극을 시작할 때가 됐군요. 오늘 연극에서 내가 입을 옷, 나의 운명이 어떤 건지 아세요? 누더기 옷이랍니다. 옛날, 옛날에, 식구는 많고, 먹을 것은 없는, 가난한 집 맏딸이 내 운명이죠.
맏 형	큰아들 옷이 내 운명입니다.
둘 째	둘째 아들 옷이 내 운명이구요.
막 내	막내가 내 운명이죠.

무대 허공에 걸린 옷들이 낮게 내려온다. 배우들이 각자의 옷을 찾아 입는다. 맏누나와 여덟 명의 자식들을 남기고, 맏형과 둘째와 막내는 다른 등장인물들과 함께 퇴장한다.

제1장

구슬픈 음악. 누더기 옷을 입은 맏누나와 여덟 명의 자식들이 구음을 내며 원형으로 둘러서서 맴돈다.

맏누나	애달퍼라, 가난하고 가난한 우리 집, 먹을 것은 없는데 식구가

열둘이구나! 우리 어머니, 커다란 가마솥에 물 가득히 붓고 곡식 한 줌 넣어 죽 끓였네. 허기지고 허기진 자식들, 가마솥 죽을 보자 정신 없이 퍼먹었네!

여덟 자식들 음— 음— 음—.

맏누나와 여덟 자식들, 허겁지겁 가마솥에서 죽 떠먹는 시늉을 한다.

맏누나 아이구, 이것이 무엇이냐? 죽 다 먹고 난 뒤 가마솥 밑바닥에 남아있는 이 옷이 무엇이냐?

여덟 자식들 음— 음—. 이 옷이 무엇이냐?

맏누나 (치마 저고리를 꺼내 펼쳐놓는다) 놀라워라, 우리 어머니 치마 저고리가 아니냐!

여덟 자식들 음— 음—. 우리 어머니 옷이구나!

맏누나 아이구, 어머니! 효녀 심청이가 인당수에 몸 던졌듯이, 우리 어머니는 가마솥에 몸을 던졌구나! 허나 이 일을 어찌 할까! 배고픈 자식 위해 살신공양한 어머니는 높은 칭송 빛겠지만, 어미 먹은 우리들은 이 세상을 어찌 살꼬!

여덟 자식들 아이구, 미치겠네! 어이구, 달치겠네!

맏누나와 여덟 자식들, 미친 듯이 가슴을 쥐어 뜯으며 울부짖는다. 맏형, 둘째, 막내, 모든 등장인물들이 등장한다. 그들은 울부짖는 자식들을 바라보며 당황한다.

맏 형 우리 잠깐 나간 사이에 이게 무슨 변괴냐?

맏누나 어머니가 자취 없소!

노 파 이 집 과부댁이 행방불명이라네. 여보시오, 누가 과부댁을 못 보았소?

구경꾼들 중에서 키 큰 관상쟁이가 앞으로 나온다.

키 큰 관상쟁이　내가 며칠 전에 과부댁 관상을 봤지. (땅바닥에 얼굴을 그린다) 쟁반같이 둥근 얼굴, 코는 오이같이 길죽한데, 좌우 양쪽 두 눈이 하난 크고 하난 작아 짝눈일세. 허나 생글생글 눈웃음 칠 땐 짝눈이 매력이라, 고추 달린 사내치고 안 반할 자 없으렷다. 입은 코 밑에 입구자로 생겼는데, 까무잡잡한 점 한 개가 입술 옆에 붙었구나. 원래 여자란 입이 상하 두 개인데, 윗입에 점이 있으면 아랫입에도 점이 있어, 관상학에서는 이런 얼굴을 음탕한 과부상이다 하는지라, 남편 잃은 여편네가 외간 남자와 배가 맞아 치마 저고리 훌훌 벗어 가마솥에 던져 놓고 도망친 게 틀림없네!

구경꾼들　맞네, 맞어! 바람나서 도망친 게 틀림없네!

구경꾼들 중에서 키 작은 관상쟁이가 나온다.

키 작은 관상쟁이　여보게, 얼굴은 비뚤어졌어도 관상은 똑바로 봐야하네! 자넨 어찌하여 그 얼굴이 음탕한 과부상이라 하는가? (앞으로 나와서 얼굴을 그린다) 내가 관상을 볼 줄 알지! 과부댁 얼굴은 쟁반같이 둥글고, 코는 오이같이 길죽한데, 좌우 양쪽 두 눈이 하난 크고 하난 작아 짝눈이렸다. 못된 놈을 노려볼 땐 짝눈이 무섭더라, 어지간한 사내치고 두려워서 근접도 못하렸다. 입은 코 밑에 입구자로 생겼는데, 밥 먹을 때만 벌릴 뿐 밥 먹고는 꼭 다물어 그 엄한 기품이 현모양처에 요조숙녀라. 남편 먼저 사별하고 남은 자식 거두다가 제 몸마저 공양한 게 틀림없네!

구경꾼들　맞네, 맞어! 공양한 게 틀림없네!

맏누나　아이구, 우리 어머니가 하나 아닌 둘이라네! (두 얼굴을 번갈아
　　　　　바라보며) 도대체 누구 말이 맞는 건지…… 미치겠네!

여덟 자식들　(울부짖는다) 아이구, 어머니! 아이구 어머니!

노 파　야단났고 큰일났군! (세 자식들에게) 자네들, 나 좀 보게. 자네
　　　　　셋은 어찌 그리 멀쩡한가?

맏 형　우리 셋은 가마솥의 죽을 먹지 않았소.

노 파　어머니가 살았는지 죽었는지 자네들이 찾아봐.

세 자식들　어디에서 어떻게 찾는단 말이요?

노 파　난들 아나. 허나 자네 어머니 찾아야만 저 미친 식구들이 제정
　　　　　신 되겠구먼. (치마를 치켜들고 구경꾼들에게 돈을 걷는다) 어미
　　　　　찾아 떠나가는 험하고도 머나먼 길, 한 푼 내고 두 푼 내고 노
　　　　　잣돈을 모으세! 얼른얼른 노자 모아 길 떠나게 하여 주세!

　　　　　구경꾼들, 노파의 치켜든 치마에 돈을 넣어준다.

맏 형　우린 차마 못 가겠소.

노 파　차마 못 간다니……?

맏 형　우리들이 가 버리면 여기 남은 식구들은 그 누가 보살펴 주겠
　　　　　소?

노 파　그건 염려 말게. 우리가 정성껏 보살펴 줌세.

둘 째　우린 몰라 못 가겠소.

노 파　몰라 못 간다니……?

둘 째　우리 모친 어느 곳에 계시는지 그곳 몰라 못 가겠소.

노 파　살았으면 이승 있겠고 죽었으면 저승 있겠지.

막 내　나는 당장 떠날 테요. 떠날 때가 분명하듯 돌아올 때 분명하게
　　　　　기약이나 정합시다. 십 년 기약 어떠하오?

노 파　(구경꾼들에게서 모은 노잣돈을 막내에게 준다) 십 년 기약 그거 좋

군! 자네들이 그때까지 어머니를 꼭 찾아서 네려오세!

맏 형   막내 네가 바보구나! 노잣돈을 받았으니 안 떠날 수 없잖느냐!

둘 째   싫어도 가야 하고, 좋아도 가야겠네!

막 내   (맏누나와 여덟 자식들에게 작별인사를 한다) 몸 성히들 잘 계시오. 우리 어머니 꼭 찾아서 모셔올 테요.

맏누나   장하구나, 우리 막내! 십 년 기한 넘기 전에 꼭 찾아서 모셔 오너라!

맏형, 둘째, 막내는 떠난다. 맏누나는 세 자식들을 향하여 손을 흔든다. 이별의 서러움이 역력한 모습이다.

맏누나   나는 자꾸만 손을 흔들었어요. 큰오빠, 작은오빠, 막내가 멀리 멀리 사라져 보이지 않을 때까지…… 그건 옛날 이야기지만, 여러분의 어린 시절 체험이기도 하죠. 가난한 어린 시절, 여러분의 기억 속에는, 가슴 아픈 이별이 있을 거예요. 노오란 먼지가 바람에 휘날리는 황톳길, 그 시골 황톳길을 오빠들이 떠나가면서 말했어요.

맏 형   울지 말고 십 년만 기다려라! 그럼 꼭 성공해서 돌아오마!

맏누나   난 훌쩍훌쩍 울면서 손목이 떨어져라 흔들었죠. (세 자식들이 떠나간 방향을 향하여 외친다) 가는 듯이 돌아들 오소! 기다리는 마음, 미치겠네, 달치겠네!

맏누나와 여덟 자식들, 구경꾼들, 무대 좌우로 나눠 퇴장한다.

제2장

주막집 주모, 등장. 무대 한가운데 이정표를 기둥처럼 세워놓는다. 「서울로 가는 길」, 「산으로 가는 길」, 「바다로 가는 길」 세 가지 방향판이 이정표에 붙어있다. 주모, 퇴장. 두 명의 아이들이 누렁소와 검정소를 이끌고 등장한다.

한 아이　우리 집 누렁소가 너희집 검정소보다 힘이 세다!

다른 아이　거짓말 마라! 우리집 검정소가 너희집 누렁소보다 훨씬 세다!

한 아이　아니다. 누렁소가 훨씬 세다!

다른 아이　검정소가 더 세다!

한 아이　(지지 않고 대들며) 힘 겨루길 해볼 테냐?

다른 아이　그래, 해보자! 이정표를 떠받게 해서 넘겨뜨린 소가 이긴 걸로 하자!

아이들, 이정표의 양쪽에 누렁소와 검정소를 세우더니, 엉덩이를 손바닥으로 내려친다. 놀란 소들이 이정표를 향하여 돌진한다. 이정표가 우지직끈 쓰러진다. 아이들은 쓰러진 방향을 두고 서로 다툰다.

다른 아이　이걸 봐라! 우리 검정소가 넘겨뜨렸다!

한 아이　넌 동태눈이냐? 누렁소가 쓰러뜨렸다!

주모가 무대 측면에서 빗자루를 들고 뛰어나와 아이들에게 소리지른다.

주 모　이놈들아, 시끄럽다! 하필이면 주막집 옆에서 싸움질이냐!

아이들 (기겁을 하며 달아난다) 주막집 주모 나왔다! 도망쳐라!

주 모 아이구 어머니, 저것들이 또 이정표를 눕혀놨네! 이정표 없으면 길이 없고, 길 없으면 나그네 없고, 나그네 없으면 주막집 없는데. 그럼 난 뭘 해먹고 살란 말이냐! (쓰러진 이정표를 세우며) 그나 저나 어떡하나? 일자무식 까막눈이라 세 갈래 길 표지판에 무슨 글자 써 있는지 알 수가 없네! 옛다, 모르겠다! 모르는 대로 세워 둠세!

주모, 이정표를 세워 놓고 장한 일을 했다는 듯이 어깨를 으쓱한다. 그리고 손바닥에 묻은 흙을 엉덩이에 탁탁 털더니 무대 측면 안으로 들어간다. 맏형, 둘째, 막내가 등장한다. 그들은 이정표 옆에 서서 길 표지판을 바라본다.

맏 형 여기가 세 갈래 길이구나. 그동안엔 우리 함께 다녔으나, 지금부턴 제각기 길을 택해 가기로 하자.

둘 째 (표지판을 소리내어 읽는다) 서울로 가는 길, 바다로 가는 길, 산으로 가는 길…… 형님은 어느 길로 가시려오?

맏 형 이 생각 저 생각 온갖 생각을 다 해봤다만, 우리 어머니는 도망간 게 분명하다. 평생 과부로서 수절하기도 힘드는데, 열두 명 자식 키우기 그 얼마나 고생이냐? 답답한 맘 풀어 보려 서울 구경 갔을 테니, 난 이쪽 서울로 가는 길을 택하겠다.

둘 째 나도 벼라별 생각 다 했소만, 아무래도 우리 어머니는 죽은 것 같소. 혹시나 바다에는 용궁 있어 저승과 통한다 하니, 나는 바다로 가는 길을 택할 테요.

맏 형 막내 너는 어쩔 거냐?

둘 째 나도 여러 생각 다 했소만, 우리 어머닌 죽었는지 살았는지 아직은 모르겠소. 나는 높은 산으로 올라가서 이승도 살펴보고 저승도 살펴볼 테요.

맏 형 네 생각이 그리하면 저쪽 산으로 가는 길이 네 길이다. 이제 각자 길로 가기 전에 노잣돈을 나눠 갖자. (노잣돈을 삼등분으로 나눈 다음, 자기 몫에서 조금 덜어 막내에게 준다) 막내야, 너는 어리니 노잣돈을 더 갖거라.

막 내 아니오, 형님, (자기 몫에서 덜어내 맏형과 둘째에게 준다) 나는 젊으니 형님들이 더 가지시오.

둘 째 (맏형과 막내에게 자기 몫을 덜어 주며) 형님도 더 가지시고 막내도 더 갖거라.

맏 형 우애 깊은 우리 형제, 여기에서 헤어지다니…… 십 년 기한 잊지 말고 다시 만나자!

둘 째 형님이나 잊지 마오! 막내야, 너도 잊지 마라!

맏 형 (길을 나눠 떠나는 둘째와 막내에게 손을 흔들어 전송하며, 목이 메인 소리로) 너희들, 어머니를 꼭 찾아 모셔 오너라!

맏형, 관객석으로 다가와서 말한다.

맏 형 어머니를 찾는다니, 그게 뭡니까? 사람이란 그 누구나 어른이 되면, 어린 시절의 어머니를 잃어버립니다. 그러니까 어른이 되어서 찾는 어머니는 옛날과는 다른 어머니입니다. 그 어머니는 권력일 수도 있고, 이상일 수도 있으며, 예술일 수도 있습니다. 일생을 사는 동안 그 어머니는 여러 번 변합니다. 초등학교 다닐 때 내 꿈은 화가였습니다. 오색 물감으로 태양과 구름, 언덕과 나무들을 아름답게 그리고 싶었지요. 그런데 중학교 땐 군인이 되고 싶었습니다. 물론 졸병이 아니라 수많은 졸병들을 거느리는 장군이었어요. 고등학생 시절엔 장군보다는 정치가가 되고 싶더군요. 그래서 대학에 들어가서는 행정학을 전공했습니다. 나에겐 이렇게 예술가가 되려는 욕구, 군인이 되려는 욕구, 정치가가 되려는 욕구가 있었습니다만…… 지금의 나는 배우가 되어 있습니다. (이정표에 다가가서 방향판을 바라본다) 서울로 가는 길, 이 길에 내 운명을 맡기고 떠나보자.

맏형, 「서울로 가는 길」 쪽으로 걸어간다. 그러자 누렁소와 검정소가 양쪽에서 미친 듯이 달려오더니 커다란 뿔로 이정표를 들이받아 쓰러뜨린다. 뒤쫓아 달려온 아이 둘이 쓰러진 이정표를 놓고 다툰다.

한 아이 누렁소가 이겼다! 우리 소가 이겼다!
다른 아이 넌 동태 눈이냐? 우리 검정소가 이겼다!

주모가 아이들이 다투는 소리에 빗자루를 휘두르며 나온다.

주 모 이놈들아, 시끄럽다! 저리 가서 싸워라!
아이들 (기겁을 하고 달아난다)
주 모 아이구 어머니, 저것들이 이정표를 또 쓰러뜨렸네! (이정표를 다시 세워 놓고 바라보며) 이번에는 맞게 세웠는지 모르겠다! (흙 묻은 손을 탁탁 털고 입었던 주모의 옷과 얼굴에 썼던 탈을 벗는다. 우악스럽게 생긴 남자 배우가 애교 떨며 관객들에게 말한다) 네가 아냐, 내가 아냐, 사람이 가는 길을 그 누가 알소냐! 주막집을 오래 하다 보면 저절로 이런 생각을 하게 됩니다!

제3장

무대 뒤쪽. 맏누나와 여덟 자식들이 구슬픈 신음소릴 내며 찌그러진 그릇을 들고 나타난다.

맏누나   너희들, 이것 좀 먹어 볼래?

여덟 자식들 그게 뭔데?

맏누나   달팽이. (자기의 그릇을 여덟 자식들에게 내밀며) 먹어 봐. 아주 맛있어!

셋   째   고마워 누나. (자기의 그릇을 내민다) 누나도 이걸 먹어 봐.

맏누나   (셋째의 그릇에 든 것을 손가락으로 집어 먹으며) 그래 맛있다! 이건 뭐냐?

셋   째   지렁이야.

넷   째   누나, 누나, 이것도 먹어봐. (자기의 그릇을 맏누나에게 내민다)

맏누나   (넷째 것을 집어 먹으며) 정말 맛있다! 이건 뭐냐?

넷   째   두꺼비야, 두꺼비.

맏누나   달팽이도 먹고, 지렁이도 먹고, 두꺼비도 먹으면서 십 년만 기다리자!

다섯째   (땅에 엎드려 귀를 댄다) 오빠들 소리가 들린다! 막내 소리도 들려!

여섯째   어떻게 그걸 알아?

다섯째   땅에 귀를 대면 소리 들려 알지!

여덟 자식들 (모두 엎드려 땅에 귀를 댄다) 들린다! 들려!

일곱째   (일어서서 허공에 코를 대고 냄새를 맡는다) 냄새가 난다! 큰형, 작은형, 막내의 냄새가 나!

여덟 자식들 (모두 일어나서 냄새를 맡는다) 그래, 냄새가 난다!

맏누나 그런데, 큰오빠의 비명이 들려!

여덟 자식들 살려 달라, 비명이 들려!

무대 앞 왼쪽. 산 속에서 길을 잃고 헤매는 맏형이 등장한다. 기진맥
진한 모습이다. 무대 오른쪽에는 사냥하러 나온 정승의 아들과 하인
들이 등장한다.

맏 형 누구 없소? 제발 나를 좀 살려 주시오!

맏누나 (메아리를 흉내내어) 그 숲 속에 누구 없소? 우리 오빠 좀 살려
주시오!

여덟 자식들 (메아리처럼 반복한다) 나를 좀 살려주시오!

정승 아들 잠깐 멈춰라!

하인들 (걸음을 멈춘다)

정승 아들 방금 무슨 소릴 못 들었더냐?

하인들 메아리요, 메아리.

정승 아들 분명 사람의 비명 소리렷다…….

맏 형 나 좀 살려 주시오!

하인들 저쪽이다! 저쪽 숲 속에서 들려!

정승의 아들과 하인들이 무대를 한 바퀴 돌아 맏형이 있는 곳으로 간
다. 사람들이 오는 것을 보자 맏형은 긴장이 풀린 탓인지 쓰러진다.
정승 아들이 하인들에게 명령한다.

정승 아들 그냥 두면 죽겠다. 집으로 데려가자!

하인들, 기절한 맏형을 데리고 퇴장한다.

맏누나   큰오빠는 살았다. 작은 오빠가 걱정이다!

여덟 자식들   (땅에 엎드려 귀를 댄다) 들린다, 들려! 작은 형님 목소리다!

텅 빈 무대에 짐을 등에 잔뜩 짊어진 보부상들이 한 줄로 대열을 지어 등장한다. 둘째가 그들에게 묻는다.

둘 째   잠깐 길 좀 물읍시다. 여기가 어디요?

보부상들   (바빠서 대답할 겨를도 없다는 듯이 아무 대꾸도 않고 걸어간다)

둘 째   (한 보부상을 붙잡고) 도대체 어기가 어디요?

한 보부상   그것 참, 급한 사람 붙들지 말고 저기 저 남대문을 보구려!

둘 째   남대문?

둘째가 남대문을 바라보는 사이에 보부상의 대열이 지나간다. 그는 달려가 한 보부상을 붙잡고 묻는다.

둘 째   저게 남대문이면 여기가 서울이오?

한 보부상   (퉁명스럽게) 남대문이 서울에 있지 그럼 어디로 옮겨갔소?

둘 째   (털썩 주저앉으며) 아이구 어머니…… 내가 길을 잘못 왔네!

둘째가 탄식하는 사이에 보부상의 대열이 지나간다. 비틀비틀 걷는 맨 끝의 보부상은 늙은 사람이다. 그는 주저앉은 둘째에게 봇짐을 내려놓으며 말한다.

늙은 보부상   여봐 젊은이, 한가하거든 내 봇짐이나 져 주게. 난 기력이 쇠했는지 걷기가 힘들구먼.

둘 째   무슨 난리 났소? 다들 봇짐 짊어지고 바삐 가시는게?

늙은 보부상   우리는 보부상이야. 봇짐 지고 장사 다니는 상인들일세.

둘 째　보부상……?

늙은 보부상　보부상이란 말 처음 들어? (둘째에게 재촉한다) 뭘 해? 내 짐 좀 져 달라니까!

둘 째　네, 져드리기는 하겠습니다만…….

보부상들, 날렵한 걸음으로 무대를 ㄹ자로 돌아 퇴장한다. 맨 끝에 봇짐을 진 둘째와 늙은 보부상이 쫓아간다.

맏누나　막내가 걱정이다. 막내 소릴 들어 봐라.

여덟 자식들　(땅에 엎드려 귀를 댄다) 어, 막내는 소리가 없네?

맏누나　뭐, 소리가 없어?

여덟 자식들　(벌떡 일어나서 냄새를 맡는다) 흥흥…… 냄새는 나는데…….

맏누나　그래, 그래, 냄새는 난다.

여덟 자식들　막내는 바다에 있나 봐. 소금냄새, 미역냄새, 생선냄새야.

맏누나　쯧쯧, 산으로 간다더니 바다로 갔구나!

광대패, 북을 치고 나팔 불며 등장한다. 여러 가지 탈과 악기들, 의상들이 주렁주렁 걸린 수레를 앞에서는 끌고 뒤에서는 민다. 막내는 광대들의 행렬에 등을 돌리고 멍하니 앉아 있다.

광대패　여보시오! 여보시오!

막 내　날 불렀소?

광대패　뭘 그리도 심각하게 생각하오?

막 내　(바다를 가리키며) 저 파도치는 바다 때문이오. 저 바다가 산이라면 얼마나 좋겠소!

광대패　하하, 하하하!

막 내　나는 속상해 죽겠는데 왜들 재미있다 웃소?

우두머리   (수레에 매달린 탈 하나를 막내에게 주며) 임자, 광대가 되려오? 탈을 쓰고 바라보면 바다도 산으로 보인다오!

막내, 우두머리가 주는 탈을 받아쓴다. 광대들이 신명나게 나팔 불고, 북을 치고, 춤을 추면서 무대를 돌아다닌다. 막내도 그들을 따라다니며 덩실덩실 춤춘다. 광대 우두머리, 얼굴에 썼던 광대탈을 벗고 관객들에게 말한다.

우두머리   광대는 광대를 알아봅니다. 첫눈에, 보자마자 나는 막내가 광대라는 걸 알아봤습니다. 광대는 아무나 못합니다. 광대는 운명입니다. 광대는 광대로서 태어난 것이지 만들어지는 것이 아닙니다. 때때로 사람들이 나에게 묻습니다. "당신은 뭣 때문에 배우짓을 하는 거요?" 그럼 나는 이렇게 대답합니다. "난 배우짓을 안하면 숨막혀 죽소." 배우는 단 하룻밤의 무대 위에 천 년의 왕국을 세우기도 하고, 단 한 번의 인생에 수많은 인물이 되어 살기도 합니다. (벗은 탈을 막내에게 내민다. 막내, 탈을 쓴다) 막내가 광대 탈을 쓴 순간, 놀라운 변화가 일어났습니다! 바다의 푸른 파도들이 산의 푸른 봉우리들로 변해 넘실거리는 광경을 본 것입니다. 그래서 막내는 덩실덩실 춤을 췄습니다!

막내, 덩실덩실 춤을 추며 광대패의 수레를 뒤따라간다.

제4장

조명, 무대 한가운데를 비춘다. 정승이 노기 띤 모습으로 부채를 폈다 오므렸다 하면서 서 있고, 그 앞에는 정승의 아들과 딸, 맏형이 무릎을 꿇고 앉아 있다.

정　승　그러니까…… 네 생각은…… 너 대신에 저 사람을 중국에 보내자는 거냐?

정승 아들　네, 아버님. 저는 죽어도 중국에는 가기 싫습니다.

정　승　(더욱 노기 띤 어조로) 어찌 싫으냐?

정승 아들　볼모로 가기는 싫습니다.

정　승　나라에서 정한 일이다. 중국에 볼모로 잡혀간 왕세자를 걱정하시다가 임금께서는 깊은 병환 드셨다. 중국 조정에 간청한 즉, 정승인 내 아들을 대신 보내면 왕세자는 풀어준다 하였다. 너는 이 사실을 잘 알지 않느냐?

정승 아들　저는 이 집안의 삼대 독자입니다.

정　승　(노기 충천했던 태도가 눈에 띄게 수그러든다)

정승 아들　제가 가면 누가 우리 가문의 혈통을 잇겠습니까?

정　승　(마음이 흔들리는 듯 부채질을 한다)

정승 아들　저 역시 괴롭습니다. 심란한 마음을 달래려고 사냥을 갔었는데, 저 사람이 깊은 산 속에서 길을 잃고 쓰러져 있었습니다.

정　승　산 속에서 길을 잃어?

정승 아들　그렇습니다, 아버님. 그때 제가 구해 주지 않았다면 죽었지요. 이 사람을 집에 데려와 살펴보니, 나이도 비슷하고 생김새도 비슷하여 제 모습과 다를 바가 없습니다! 아버님, 저 대신에 이 사람을 중국으로 보내십시오!

정 승 (맏형을 유심히 바라본다) 그대가 대신 중국에 가겠느냐?

맏 형 지금 가면…… 언제 돌아옵니까?

정 승 언제 올지는 알 수 없다.

정승 아들 나는 그대를 살려줬다. 설마 내 은혜를 모른다 하진 않겠지!

정 승 이것도 운명이니 그대를 내 아들로 삼겠다! 하지만 이 일은 비밀로 해다오. 만약 탄로났다간 우리 집안은 물론 그대 또한 죽음을 면치 못하리라.

맏 형 저는…… 저는…… 어머니를 찾아야만…….

정 승 (다시 노기 띤 모습이 되며) 어머니가 중하냐, 네 목숨이 중하냐!

맏 형 (신음소릴 낸다) 아이고 어머니…….

정 승 날짜가 급하다. 이 달 안에 중국으로 사신을 보낸다. 그때까지 그대는 정승의 자제답게 처신하는 법을 배워라. (딸에게) 오늘부터 너의 오라버니다. 알겠느냐?

정승 딸 (맏형을 바라보며) 오라버님…….

정 승 너는 새 오라버니에게 정승자제의 예법을 가르쳐라. (맏형에게) 네가 내 아들 때문에 목숨을 건졌으니 내 아들의 은혜를 갚는 것은 당연하다. 그러나 너 때문에 우리 집안 대가 끊기지 않게 되었으니, 그 은혜는 내가 반드시 갚으리라. 내가 너에게 언약하마. 볼모에서 풀려나도록 온갖 힘을 쓸 터인즉, 너는 내 언약을 믿고 기다려라.

무대의 한가운데를 비추던 조명이 꺼지고, 무대 앞쪽을 비추는 조명이 켜진다. 보부상들이 시장에 여러 가지 물건들을 풀어놓고 떠들썩하니 호객을 하고 있다. 둘째는 형형색색의 비단을 양쪽 팔에 걸치고 흔들면서 외쳐낸다.

둘　째　　자, 어서들 오세요! 아름다운 비단을 싸게 팝니다!

늙은 보부상　여보게, 장사 솜씨가 보통이 아닐세! 다른 사람들은 절반도 못 팔았는데, 우린 거의 다 팔았네! 그런데, 자네 생각은 어떤가?

둘　째　　어떤 생각을요?

늙은 보부상　나하고 함께 보부상을 해볼 텐가?

둘　째　　지금 하고 있잖습니까?

늙은 보부상　평생 동업하잔 말일세!

둘　째　　평생을……

늙은 보부상　나는 이제 늙었네. 동업하다가 나 죽거든 모든 건 자네 것일세!

둘　째　　말씀은 고맙습니다만…….

늙은 보부상　왜 싫은가?

둘　째　　왠지 제가 할 일이 아닌 듯하여서…….

늙은 보부상　할 일이 아닌 듯하다니? 이 사람아, 그럼 자네 할 일이 뭔가?

둘　째　　글쎄요, 아직 그걸 모르겠습니다.

늙은 보부상　딴소리 말게! 자넨 보부상이 적격일세!

탁발승들이 목탁을 치고 불경을 외면서 등장한다. 다 떨어진 승복에 헐어빠진 바랑을 맨 남루한 모습들이다. 그중에 소경 탁발승도 끼여 있어서, 지팡이로 땅을 두드리며 조심조심 걷기 때문에 다른 탁발승들의 걸음도 느리다.

탁발승들　나무아미타불 관세음보살. 극락왕생 하려거든 시주하시오.

보부상들　(반기지 않는 기색이 완연하며) 스님들, 오늘은 장사 안돼 시주할 것 없소.

탁발승들　극락왕생. 시주하시오.

둘　째　(늙은 보부상에게) 극락왕생이란 뭡니까?

늙은 보부상　죽어서 극락 간다 그 뜻일세.

둘　째　(음미해 보며) 죽어서…… 극락 간다…….

늙은 보부상　귀담아 듣지 말게. 떠돌이 탁발승의 허튼 수작일세.

탁발승들　나무아미타불 관세음보살.

보부상들　오늘 장사 안되었소.

탁발승들　(늙은 보부상과 둘째에게 다가온다) 시주하시오.

늙은 보부상　(냉정하게) 시주할 것 없소.

둘　째　(노잣돈을 모두 꺼내 탁발승의 바랑이 속에 넣어 준다) 스님, 제 노
잣돈이오.

탁발승들　고맙소이다. 극락왕생하시구려.

둘　째　저 가진 것 다 드렸으니 제 소원 들어 주시오. 저도 머리 깎고
중이 되어 극락 계신 어머니를 찾아뵈러 갈 테요.

늙은 보부상　자네 왜 이러는가?

둘　째　(눈먼 탁발승을 등에 업으며) 스님, 제 등에 업히시오. 극락 가는
길만 가르쳐 주시면 편안하게 모시겠소!

늙은 보부상　(눈먼 스님을 등에 업고 탁발승을 따라가는 둘째에게 고함 지른다)
야, 정말 미쳤구나! 부자 상인 마다하고 거지 중이 되겠다니!

보부상들　(펼쳐 놓았던 짐을 싸며) 오늘은 재수 옴 붙었네! 얼른 짐 싸들고
파장하세!

　　　　보부상들, 퇴장한다. 동시에 나팔소리, 북소리가 들린다. 광대패의 수
　　　　레가 등장한다.

우두머리　수레를 멈춰라! 저기 저 해변가의 어촌이 우리가 갈 곳이다.
작년에는 고깃배마다 만선이라 광대 대접 후했는데, 금년에는
어떠할지 형편부터 알아보자. (한 광대에게) 자네가 포구에 가

서 요즘 형편을 알아 오게.

고 수   (북을 탁 치며) 형편을 알아 오게.

한 광대   (광대패 깃발 들고 무대를 한 바퀴 돌아온다. 반벙어리처럼 어눌하게 말한다) 다-녀-왔-소.

고 수   (북을 치며) 빨리도 다녀왔네!

우두머리   어떻던가?

한 광대   (고개를 절레절레 흔들며 눈물을 뚝뚝 흘리는 시늉을 한다)

우두머리   말은 않고 왜 눈물만 흘리나?

한 광대   금-년-에-는, 태-풍-불-어, 고-깃-배-가, 바-다-속-에, 빠-졌-소.

고 수   (북을 탁 치며) 아이구 어머니, 어쩔 거나!

한 광대   한-집-건-너, 한-집-씩, 자-식-잃-은, 부-모-들-과, 남-편-잃-은, 과-부-들-이-오.

우두머리   (광대들을 손짓해서 한자리에 모이도록 한다) 저 마을에 슬픈 일 났으니 우리 놀이판 내용도 고쳐야겠다. 가족 잃은 사람들 슬픔을 달래주는 놀이판이 좋겠는데, 바리데기가 어떻겠나?

고 수   (북을 친다) 바리데기 좋지!

막 내   바리데기가 뭡니까?

우두머리   바라데기는 옛날 어느 임금님 딸인데, 온갖 고생 무릅쓰고 영약을 구해와서 죽은 부모를 회생시켰다네. 그래서 지금 저 마을 형편에 딱 맞는 걸세.

고 수   (북을 치며) 형편에 맞춰 보세!

광대패   좋습니다, 바리데기로 합시다!

막 내   죽은 사람 살려내는 영약은 어디에서 구해옵니까?

우두머리   저승에서 구해오지.

막 내   저승이라면 죽음의……?

우두머리   그렇다니까.

막 내   저승은 어디에 있습니까?

우두머리   (막내의 가슴을 손가락으로 가리키며) 산 사람 마음 속에 있지! (처녀 광대에게) 얘야, 네가 바리데기가 되어라!

고수, 북을 두드린다. 처녀 광대가 수레에서 색동저고리와 치마를 꺼내 입고, 얼굴에 탈을 쓰더니, 손에 물병을 든다. 막내는 그 모습에 전율을 느낀다.

광대패   바리데기 앞세워 마을로 기세!

우두머리   (광대패에게 주의를 시킨다) 마을에 들어갈 땐 요란하게 북치고 나팔 불면 안 되네. 장중하고 슬픈 곡조로, 가만가만 달래듯이 들어가세!

광대들, 구슬픈 음악을 연주하며 수레를 밀면서 퇴장한다. 정승과 늙은 보부상이 무대 양쪽에서 나오며 관객들에게 말한다.

정 승   내 결정을 비난할 자 누구인가? 있거든 나와 보라! 나의 아들을 볼모로 정했던 첫 번째의 결정은 옳았고, 그 아들을 다른 사람으로 바꾼 두 번째의 결정 또한 옳았다!

늙은 보부상   늙으니깐 내 몸뚱이가 못쓰게 돼 버렸네! 세상에 믿을 거라고는 이 몸뚱이 하나뿐인데, 못쓰게 됐으니 먹고 살기 걱정이군!

정 승   첫 번째 결정이 정승의 명분을 높여 권세를 강화할 목적이었다면, 두 번째 결정은 그 목적을 달성하면서도 손해날 것 없는 실리의 방법이었으니, 이와 같이 명분과 실리를 둘 다 취하는 것이 정치의 근본일세!

늙은 보부상   높으신 양반들이야 제 몸뚱이 편히 놔두고 다른 사람 몸뚱이를 대신 부릴 수 있지만, 나 같은 하찮은 인간이야 내 몸뚱이 아니면 대신 부려먹을 몸뚱이도 없네. (아쉽다는 듯이) 쯧쯧, 정말 아까워! 그 젊은 놈을 꼭 붙들었어야 하는 건데…… 그래서 보부상을 만들어야 나도 살고 그놈도 사는 건데…….

정 승　혹시나 대낮 큰길에서 내 아들을 만나거든 쌍둥이인 줄 알게! 쌍둥이 중에 하나는 볼모로 갈 것이고, 하나는 남아 있을 것일세. (강조하며) 내 말 알겠는가? 명분과 실리는 쌍둥이일세. 명분만 있고 실리가 없는 정치는 불가능하며, 명분은 없고 실리만 있는 정치 역시 불가능하지!

늙은 보부상　내가 무식해서인지 높은 양반들 하는 소린 못 알아듣겠군. (정승에게 다가가서 허리를 구부리며) 대감 나으리, 그간 평안하셨습니까?

정 승　……누구인가?

늙은 보부상　보부상올시다. 대감과는 아주 친한 사이지요.

정 승　나하고 친한 사이?

늙은 보부상　(봇짐을 내려놓고, 보부상 옷을 벗으며) 날세, 나!

정 승　어, 형님…… 보부상 역할을 잘하십니다!

늙은 보부상　자넨 정승 연기를 잘하던데!

정 승　으흠, 그렇게 보이던가요?

늙은 보부상　어쨌든 정승 옷이 근사했어! 그런데 한 가지만 묻겠네. 정말 자네는 아들 대신에 그 엉뚱한 사람을 볼모로 보낼 텐가?

정 승　저는 보내고 싶지 않습니다. 하지만 정승은 보낼 테지요.

늙은 보부상　자네는 누구이고 정승은 누구인가?

정 승　그러는 형님은 누구이고 보부상은 누구십니까?

제5장

미친 맏누나와 여덟 자식들, 어둠 속에서 신음소리를 내며 나타난다. 그들의 신음소리가 묘하게 웃음소리처럼 들린다. 무대 앞쪽, 맏형과 정승 딸이 앉아 있다.

여덟 자식들 으음, 으으음, 으음, 으으으……

맏누나 쉬잇, 조용히 하렴! 생각 좀 해보자.

여덟 자식들 (맏누나를 흉내낸) 쉬잇, 조용히 생각 좀 해보자.

맏누나, 한동안 침묵 속에서 생각에 잠긴다. 여덟 자식들도 따라서 생각하는 모습이 된다.

맏누나 아무리 생각해도 우습구나!

여덟 자식들 아무리 생각해도 우스워!

맏누나 운명이란 묘하지? 서울로 간다던 큰오빠는 산 속에서 길 잃고 죽을 뻔했어.

여덟 자식들 죽을 뻔하다가 살아나서 정승집 양아들 됐지.

맏누나 바다로 간다던 작은 오빠, 서울 남대문 앞에서 보부상을 만났어.

여덟 자식들 보부상을 만났다가 탁발승이 되었지.

맏누나 산으로 간다던 막내는 바다로 갔어.

여덟 자식들 바다로 갔다가 광대 되었지.

맏누나 (웃음소리처럼 신음소릴 내며) 으음, 으으으. 으음, 으으으……

여덟 자식들 으음, 으으으, 으음, 으으으……

맏누나 아무리 생각해도 우습기만 하구나!

여덟 자식들 아무리 생각해도 우스워!

맏형은 자신의 운명을 생각하며 웃어 보려고 해도 그 웃음이 울음으로 변한다.

맏 형 으음, 으으으!

정승 딸 오라버니, 감정을 나타내선 아니 됩니다. 정승의 자제란 언제든지 무표정해야지요. 괴롭더라도 괴로워 않는 얼굴, 기쁘더라도 기뻐 않는 얼굴, 그 어떤 감정이든 얼굴에서 감추세요.

맏 형 나도 사람입니다. 어찌 감정을 감추라 하십니까?

정승 딸 동생에게 존댓말을 해선 안 돼요.

맏 형 (말투를 고쳐서 더듬거리며) 그래…… 나도 사람이다. 어찌 감정을…… 감출 수 있겠느냐?

정승 딸 평민이나 상놈은 감출 필요 없죠. 괴로울 땐 실컷 울고 기쁠 땐 맘껏 웃을 수가 있어요. 하지만 양반은 달라요. 더구나 정승 집안의 자제쯤 되면 절대로 감정을 나타내선 안 돼요. 오라버님, 오늘은 무표정한 얼굴 공부를 하세요.

맏 형 (한숨을 푹 쉬며) 무표정한 얼굴…….

정승 딸 공부가 힘드시나요?

맏 형 네, 지루하고 힘겹습니다.

정승 딸 오라버님, 또 존댓말!

맏 형 (다리를 뻗고 눕는다) 아…… 지루하고 힘겹다.

정승 딸 단정하게 앉으세요!

맏 형 으 으으, 으음…….

정승 딸 양반이 그렇게 앉던가요?

맏 형 (가부좌 자세로 고쳐 앉는다)

정승 딸 허리를 구부정하게 숙이지 마시고 꼿꼿하게 세우세요!

맏 형	허리를 꼿꼿하게…….
정승 딸	똑바로 저를 보세요.
맏 형	똑바로…….
정승 딸	표정없는 제 얼굴을 잘 보고 배우세요.

정승 딸, 감정이 전혀 나타나지 않는 무표정한 얼굴을 보여준다. 맏 형은 그 얼굴을 흉내내려 애쓰지만 잘 되지 않는다.

정승 딸	아직도 오라버님 얼굴에 괴로움이 있어요.
맏 형	이제는……?
정승 딸	감정을 꾹꾹 눌러서 감추세요.
맏 형	아…… 이제는?

정승 딸, 무표정한 얼굴로 대꾸하지 않는다. 맏형은 그녀의 무표정에 압도당하여 더 이상 묻지 못한다. 맏형과 정승 딸은 잠시 동안 서로의 얼굴을 바라보고 있다.

정승 딸	오라버님!
맏 형	(엉겁결에 존댓말로써) 네, 왜 그러십니까?
정승 딸	무표정! 무표정! 무표정!
맏 형	난 무표정했다만…….
정승 딸	얼굴에 괴로움은 감춰졌어요. 하지만 또 다른 감정이 나타났군요!
맏 형	(고개를 떨구며) 아가씨…… 아가씨는 어여쁘십니다.
정승 딸	(꾸짖는 음성으로) 오라버님!
맏 형	그래…… 보면 볼수록…… 너는 어여쁘구나.
정승 딸	체통을 지키세요, 정승의 자제답게!

맏 형	(고개를 들지 못한 채 침묵한다)
정승 딸	오늘 공부는 전혀 안 되는군요.
맏 형	미안합니다. 아니, 미안하다…….
정승 딸	(맏형을 동정하며) 아버님께 말씀드려 보겠어요. 오늘은 공부도 안 되니 오라버님을 잠시 바깥바람이나 쐬일 수 있게 해달라 구요.
맏 형	(반색을 하며) 정말 그렇게 해주겠소?
정승 딸	소문을 듣자하니 요즘 광대패가 장안에 들어와 재미난 놀이를 한답니다.
맏 형	광대 구경을 가고 싶구나!
정승 딸	기쁨을, 기쁨을 나타내지 말아요!
맏 형	(무표정한 얼굴을 하려고 애쓴다) 이제는 됐느냐?
정승 딸	아뇨 아직은.
맏 형	아, 이제는?
정승 딸	(대꾸하지 않는다)
맏 형	아아, 이제는?
정승 딸	(고개를 끄덕이고 퇴장한다)

제6장

무대 뒤쪽. 맏누나와 여덟 자식들에게 조명이 비춘다.

여덟 자식들	으음, 으으으, 으음, 으으으…….
맏누나	울고 싶을 때 실컷 우는 것이 미친 짓일까?

여덟 자식들 웃고 싶을 때 맘껏 웃는 것이 미친 짓일까?

맏누나 울고 싶을 때 전혀 안 우는 것이 미친 짓일까?

여덟 자식들 웃고 싶을 때 결코 안 웃는 것이 미친 짓일까?

맏누나 너희들 생각에는 어떠냐?

여덟 자식들 울고 싶을 때 울어야만 미치질 않구, 웃고 싶을 때 웃어야만 미치질 않지!

맏누나 그래, 그래, 내 생각도 그래! 울고 싶을 때 울지 못하는 큰오빠는 미치겠구나!

여덟 자식들 웃고 싶을 때 웃지 못해서 미치겠구니!

맏누나 큰오빠, 큰오빠, 미치면 안 돼!

여덟 자식들 미치면 안 돼! 달치면 안 돼!

탁발승이 목탁을 치며 들어온다. 그들은 반원형으로 둘러앉는다. 소경스님을 업고 다니는 둘째는 스님을 공손하게 내려놓고 그 옆에 자리잡는다. 한 스님이 몸이 근지럽다는 듯 움찔움찔하더니 옷을 벗어서 이를 잡는다.

한 스님 허허, 이놈이 날 포식하더니만 포동포동 살이 쪘네. (잡은 이를 손톱으로 눌러 죽인다)

다른 스님 (한 스님의 이 죽이는 광경을 넌지시 보고 게송을 읊는다) 시시비비도불관(是是非非都佛關)하고, 산산수수임자한(山山水水任自閑)하라.

한 스님 어이쿠, 내가 실수했군!

둘 째 (소경스님에게 묻는다) 방금 저 말씀이 무슨 뜻이옵니까?

소경 스님 옳거니 그르거니 상관 말고 산은 산, 물은 물, 그대로 둬라 그런 뜻일세.

둘 째 옳거니 그르거니 상관 말고…… 산은 산, 물은 물, 그대로 둬라?

소경 스님　어허, 잡은 이를 다시 옷 속에 그대로 넣어 둬라 그 뜻이시!

한 스님　제불범부동시환(諸佛凡夫同是幻)이고, 약구실상안중애(若求實相眼中埃)라.

둘　째　저 말씀은 무슨 뜻이온지요?

소경 스님　부처니 중생이니 모두 다 헛것, 실상을 찾는다면 눈에 든 티끌이다, 그런 뜻일세.

둘　째　부처니 중생이니 모두 다 헛것? 실상을 찾는다면 눈에 든 티끌? 이건 또 무슨 뜻이옵니까?

소경 스님　어허, 지금부터는 스스로 깨닫게!

또다른 스님　약장심식도오종(若將心識度吾宗)인가, 흡사서행각향동(恰似西行各向東)이라.

둘　째　스님, 스님…….

소경 스님　(방해받는 것을 짜증스러워 하며) 그 누가 아는 것을 불법이라 했던가, 서쪽으로 가는 길을 동쪽에서 찾음일세.

둘　째　그건 또 어떤 뜻이온지요?

탁발승들　(일제히 혀를 찬다) 쯧쯧, 그 사람 시끄러워 안 되겠군.

소경 스님　스스로 깨달아야 할 것을 남에게 물어서 될 것인가! 그대는 저녁공양이나 얻어오게!

둘　째　그럽지요, 스님……. (일어나 탁발승들에게 합장을 한다) 스님들께선 여기 이대로 계셔야만 합니다. 소승은 얼른 저녁공양 구해 오겠습니다.

소경 스님　여보게, 여보게…….

둘　째　부르셨습니까?

소경 스님　이 집 저 집 다니지 말고 부잣집으로 곧장 가게.

둘　째　부잣집이라면……?

소경 스님　눈뜬 사람이 장님보다 못하군. 대문 큰 집이 부잣집 아닌가!

둘째, 무대 밖으로 퇴장한다. 한 탁발승이 벗었던 옷을 주섬주섬 주워 들고 일어선다.

한 스님　그 사람 시끄러워 견딜 수가 없네.

소경 스님　(지팡이로 땅을 더듬는다) 가세, 어디 조용한 곳으로 옮겨가지!

탁발승들　(소경스님의 지팡이를 잡아 이끌며) 빨리 뜀박질하세! 그 사람 오기 전에!

제7장

맏형, 정승 딸, 하인들이 등장한다. 정승 딸은 외출용 장옷으로 몸을 가렸고, 하인들은 맏형을 감시하듯 둘러쌌다. 그들이 발걸음을 옮기는데 탁발승인 둘째가 정승의 집 대문 앞에 당도하여 목탁을 두드린다.

둘　째　나무아미타불 관세음보살, 나무아미타불 관세음보살……

하인들　저리 비켜라!

둘　째　(비키지 않고 더욱 목청을 높여) 시주하시고 극락왕생 하시오!

하인들　무엄하다! 감히 여기가 어디인 줄 알고 왔더냐?

둘　째　여기가 대문 크게 달린 집이어서 왔소.

맏　형　(둘째를 알아보고 하인들을 헤치면서 나온다) 네가 둘째가 아니냐!

둘　째　형님…… 형님이구려!

맏　형　(둘째를 부둥켜 안는다) 우리 다시는 못 만날 줄 알았다!

둘　째　반갑소, 형님!

정승 딸　광대 구경은 안 가실 건가요?

맏 형 간신히 얻은 외출인데 안 가다니! (둘째의 손을 집고 이끌며) 둘째야, 같이 가자! 그동안 어찌 지냈는지 가면서 말 좀 해봐라!

제8장

무대 뒤쪽. 미친 여덟 자식들이 둘씩 둘씩 마주서서 서로의 손바닥을 맞치는 놀이를 하며 깔깔댄다. 맏누나는 짝이 안 맞아 홀로 있다.

맏누나 큰오빠와 작은오빠 서로 만났어!
여덟 자식들 오랜만에 만났지. 짝, 짝, 짝!
맏누나 그런데 우리 막내 어디 있을까?
여덟 자식들 오른손은 큰형님, 왼손은 작은형님, 짝, 짝, 짝! 우리 막내 나와라, 짝, 짝, 짝!

광대패가 등장한다. 나팔소리와 북소리가 요란하다. 하인들의 엄중한 보호를 받으면서 맏형과 둘째, 정승 딸이 무대를 돌아온다. 막내가 먼저 형들을 알아보고 깜짝 놀라 소리친다.

막 내 아이구 어머니! 형님들 아니시오?
맏형, 둘째 (어리둥절한 표정이 된다)
막 내 (얼굴에 썼던 탈을 벗으며) 나는 막내요, 막내!
맏 형 네가 어찌 이 모양이냐?
막 내 나는 광대 됐소.
맏 형 (둘째를 가리키며) 너의 작은형을 봐라. 머리 깎고 중이 됐다만,

너는 괴상한 옷 입고 광대 됐구나!

둘 째   그러는 큰형님은 뭐가 됐소?

맏 형   나? 나 말이냐? (괴로운 표정이 되어 한숨을 쉰다) 나는…… 나는…… (하인들의 감시하는 시선을 느끼고 말머리를 돌리며) 막내야, 나는 소피 마렵다. 광대 놀이판 뒷간은 어디 있느냐?

막 내   (손가락으로 가리키며) 저기, 저기요.

맏 형   급하다 급해! 손가락으로 가리키지만 말구 나 좀 직접 데려가 다오!

무대 조명, 뒷간을 나타낸다. 맏형과 막내는 뒷간 안으로 들어간다. 하인들이 뒷간 주위를 지키면서 악취 때문에 코를 싸쥔다.

맏 형   막내야, 나 좀 살려다오!

막 내   무슨 말씀이오?

맏 형   내 운명이 야속하다. 나는 정승자제 대신에 중국으로 볼모 되어 가야 한다. 한번 가면 언제 올지, 돌아올 기약 없다!

막 내   형님 사정 딱하구려!

맏 형   차라리 너 같은 광대가 부럽구나!

막 내   우리 서로 옷을 바꿔 입읍시다. 형님이 광대 차림으로 여길 빠져나가시오.

맏 형   그게 좋겠구나! (옷을 벗으며) 너도 벗어라!

맏형과 막내, 옷을 벗는다. 뒷간을 나타내던 조명이 꺼진다. 광대들이 막내를 찾는다.

광대들   막내야! 막내야! 시작할 때 됐는데 어디 있느냐?

맏 형   (광대 옷을 입고 탈을 쓴 모습으로 뒷간 안에서 나온다)

광대들   너, 뒷간에 있었구나! 어서 와서 시작하자!

막 내   (맏형의 옷을 입고 나온다)

하인들   구경 늦겠소. 어서 갑시다!

광대들의 놀이가 벌어진다. 다섯 명의 탈을 쓴 광대들이 원무를 춘다. 다른 광대들은 나팔을 불며 북을 친다. 네 명의 광대들 춤은 능숙한데 맏형은 서투르다. 원무가 계속되면서 중간에 수수께끼 문답이 섞인다. 우두머리 광대가 이파리 달린 나뭇가지를 들고서 문제를 낸다. 문제를 알아 맞춘 광대는 춤을 추며 그냥 지나갈 수 있지만, 못 맞춘 광대는 나뭇가지로 얻어 맞는다.

우두머리   이 세상 바닷물은 몇 되나 되나?

첫째광대   바다만큼 큰 되로 한 되.

우두머리   하얀 머리 풀고 하늘로 올라가는 것은?

둘째광대   굴뚝에서 솟는 연기.

우두머리   학은 왜 한 다리를 들고 섰나?

셋째광대   둘 다 들면 쓰러지니까.

우두머리   고양이가 생쥐를 잡으려고 왼쪽을 본 다음 오른쪽을 봤다. 그 까닭은?

맏 형   (대답을 하지 못한다)

우두머리   이놈아, 그것도 몰라? 한꺼번에 양쪽을 다 볼 수 없으니까 그렇지!

우두머리, 나뭇가지로 맏형을 때린다. 구경꾼들이 맏형을 가리키며 웃는다. 광대들의 순번이 돌아온다.

우두머리   구가 구나무에 올라앉아 자야 태 올려라?

첫째광대　할망구가 살구나무에 올라앉아 손자야 망태 올려라!

우두머리　머니가 머니의 머니를 훔쳤는데 머니가 보고 머니에게 일러서 머니는 머니한테 얻어맞았다?

둘째광대　아주머니가 할머니의 주머니를 훔쳤는데 어머니가 보고 할머니에게 일러서 아주머니는 할머니한테 얻어 맞았다!

우두머리　박 생원이 병이 나서 송 생원이 침을 주고 노 생원이 꿰메는 것은?

셋째광대　깨어진 바가지를 송곳으로 뚫고 노끈으로 꿰메는 것.

우두머리　영영 지지 않고 피어 있는 꽃나무는?

맏　형　(대답을 못한다)

우두머리　(나뭇가지로 후려친다) 이 바보 같은 놈아! 그림 속의 꽃나무다!

　　매를 맞은 맏형은 더 견딜 수 없다는 듯이 도망을 친다. 그러자 막내가 벌떡 일어나 뒤따라간다. 하인들이 한꺼번에 일어나 그 뒤를 쫓아간다. 무대 조명, 뒷간을 나타낸다. 막내는 뒷간 안으로 들어간다.

맏　형　난 광대 못하겠다!

막　내　형님, 어찌하여 그림 속의 꽃나무도 몰랐소?

맏　형　옷을 다시 바꿔 입자! 차라리 난 볼모되어 중국으로 가겠다!

막　내　형님…….

맏　형　(옷을 벗어 내던지며) 어서 내 옷을 내놓거라!

　　맏형과 막내, 옷을 다시 바꿔 입는다. 갑자기 광대 놀이판에 소동이 일어난다. 놀이판 곁의 우시장에 팔려나온 검정소와 누렁소가 고삐를 끊고 뛰쳐나와 좌충우돌 내닫는다. 광대들과 구경꾼들이 놀라 아우성을 지른다. 맏형과 막내가 뒷간에서 나온다.

맏 형	왜 이리 소란하냐?
하인들	우시장에 팔려나온 소가 고삐를 끊고 뛰쳐나왔소!

광대들이 징을 치고 꽹과리를 두드려서 소들을 쫓아내려 한다. 그러나 오히려 소들은 신명난 듯이 내닫는다. 구경꾼들과 광대들은 우왕좌왕하다가 도망을 간다.

정승 딸	여기 있다간 큰일나겠다! 어서 집으로 돌아가자!
맏 형	내 동생은 어디 있느냐?
하인들	광대 동생 곁에 있소.
맏 형	머리 깎은 스님 말이다!
하인들	이 판에 거지스님은 왜 찾으시오?
맏 형	작별인사를 해야 떠날 것 아니냐!
막 내	둘째 형님 저기 있소! (소에게 쫓겨다니는 둘째를 향하여 손을 흔든다) 형님! 형님!
둘 째	(막내를 알아보고 손을 흔들며) 막내야!
막 내	형님, 이쪽으로 오시오!

둘째가 막내 쪽으로 오기 전에 소들이 먼저 달려온다. 하인들은 맏형과 정승 딸을 둘러싸고 도망친다. 소들이 그 뒤를 쫓아간다. 둘째가 뒤늦게 막내한테 온다.

둘 째	큰형님은 어디 계시냐?
막 내	(털썩 주저앉는다) 불쌍한 우리 형님, 중국으로 가셨소!
둘 째	소한테 쫓겨 중국까지 가셨단 말이냐?
막 내	그게 아니라……. (답답하다는 듯이 가슴을 친다) 큰형님이 작은 형님께는 아무 말씀 없으셨소?

둘 째	아무 말씀 안 하셨다만 뭔가 걱정있게 보이더라.
막 내	큰형님이 내 옷 대신 작은형님 옷과 바꿔 입었던들 무사했을 것이오.
둘 째	내 옷과 바꿔 입어? (단호하게) 이 옷만은 안 된다, 안 돼!
막 내	큰형님 살리는데 그까짓 누더기쯤 왜 못 벗어 주겠소!
둘 째	막내야, 그런 소리 말아라! 난 평생 동안 중옷 입을 운명이다!
막 내	(훌쩍이며) 큰형님이 가엾구려!
둘 째	큰형님이 중국으로 가셨다면 그 길 또한 운명이다. (막내의 어깨 위에 손을 얹으며) 질 있거라, 막내야. 우리 제각기의 길을 가자.
막 내	잘 가시오, 형님.
둘 째	(무대 밖으로 퇴장하며) 난 나대로 어머니를 찾을 테니 넌 너대로 어머니를 찾거라.

둘째와 막내, 텅 빈 광대 놀이판에서 헤어진다. 검정소와 누렁소가 등장한다. 소 형상의 커다란 탈을 둘러쓰고 소 역할을 했던 배우들이 탈을 벗으면서 관객들에게 말한다.

배우 가	사람이 죽으면 소가 되어 태어납니다.
배우 나	소가 죽으면 사람으로 태어납니다.
배우 다	남에게 좋은 일 많이 하고 착하게 산 사람이 소가 됩니다.
배우들	게으른 사람은 죽어서 돼지가 되고, 나쁜 짓한 사람은 죽어서 늑대가 됩니다.
배우 라	소도 그렇지요. 좋은 일한 소가 사람이 되는 거지, 나쁜 짓 한 소는 사람이 안 됩니다.
배우들	우리는 소가 됐다가 사람이 되고, 사람이 됐다가 소가 됩니다. 우리는 이렇게 윤회를 거듭합니다.
배우 가	우리는 소였을 때 좋은 일을 많이 하였고, 사람이었을 때 착한

일을 많이 하였습니다.

배우 나　우리가 무슨 착한 일을 하였느냐구요?

배우 다　광대 놀이판에 뛰어든 게 무슨 좋은 일이냐구요?

배우들　우리는 사람마다 제 갈 길을 가도록 해줬습니다.

배우 라　큰형은 큰형대로, 작은형은 작은형대로, 막내는 막내대로 각 자의 운명을 가게 해줬습니다.

배우 가　그래서 작은형은 깨달았습니다. 다른 사람에게 스님 옷을 벗 어 줄 수 없는 자기 자신을 확실하게 안 것입니다.

배우 나　막내도 깨달았지요. 광대 옷을 입어야 할 사람은 오직 자기뿐 이라는 것을요.

배우 다　큰형만 아직도 자기 운명을 깨닫지 못했습니다.

배우들　그래서 소들이 그를 한바탕 혼내 주고 중국으로 쫓아 보낸 겁 니다.

배우 라　이렇게 우리는 좋은 일을 했으니 내생에는 또 사람이 될 겁니다.

배우들　그럼 내생에서 다시 만납시다! 물론 그때 여러분은 소가 되어 있겠군요! 음메- 음메-!

제9장

캄캄한 밤, 미친 여덟 자식들이 신음소릴 내며 누워 있다. 맏누나가 일어나 앉는다.

맏누나　으음, 으으으…… 기나긴 꿈을 꿨다.

여덟 자식들　(누워서) 무슨 꿈?

맏누나   내가 꿈 속에서 꿈을 꾸더라.

여덟 자식들   으음, 으으음…… 우리도 길고 긴 꿈을 꿨어.

맏누나   무슨 꿈?

여덟 자식들   꿈 속에서 꿈을 꾸는 꿈.

맏누나   너희 꿈을 말해 보렴. 내가 해몽해 줄게.

여덟 자식들   큰형님이 꿈 속에서 일곱 개의 강을 건너갔어.

맏누나   강 하나가 일 년씩이야. 큰오빠는 칠 년 동안 중국에서 볼모살이 할 거다.

여덟 자식들   (신음소리를 낸다) 으으음…… 칠 년 동안 볼모살이, 어머니는 언제 찾지?

맏누나   꿈 속에서 작은오빠 못 봤냐?

여덟 자식들   작은형님도 봤지. 일곱 개의 산을 올라가더니 제일 높은 봉우리에서 돌부처 됐어.

맏누나   산에는 절도 많고 스님도 많지. 제일 높은 산봉우리에 올라가서 돌부처 되었으니, 작은오빠 스님 중에 으뜸가는 국사스님이 되겠다.

여덟 자식들   (믿을 수 없다는 듯이) 떠돌이 거지중이 국사스님 된다구?

맏누나   두고 보렴. 산 하나가 일 년씩, 칠 년 후엔 국사스님 될 거다.

여덟 자식들   그렇지만 어머니는 어떻게 찾지?

셋   째   (일어나 앉으며) 누나, 이번에는 누나가 꾼 꿈을 말해. 우리가 꿈 해몽을 해줄게.

맏누나   막내 꿈을 꿨지. 막내는 일곱 가지 색동옷을 입었는데 얼굴도 일곱 개, 손도 일곱 개, 발도 일곱 개였어.

여덟 자식들   (모두 일어나 앉는다) 어어…… 그게 무슨 꿈이야?

맏누나   해몽은 너희가 한다며?

여덟 자식들   얼굴도 일곱 개, 손도 일곱 개, 발도 일곱 개……. (신음소릴 내며 고개를 흔든다) 무슨 뜻인지 모르겠네!

맏누나 내가 꿈 속에서 또 꿈을 꿨는데, 큰오빠가 일곱 개의 강을 건너오고, 작은오빠 일곱 개의 산을 내려오고, 막내는 일곱 개의 팔다리를 흔들면서 오더라.

여덟 자식들 그건 또 무슨 꿈이야?

맏누나 내가 또 꿈 속에서 또 꿈을 꿨는데, 큰오빠도 어머니를 데려오고, 작은오빠도 어머니를 데려오고, 막내도 어머니를 데려오더라.

여덟 자식들 그럼 우리 어머니가 셋이겠네?

맏누나 내가 또 꿈 속에서 또 꿈을 꿨는데, 그 셋 중에 하나만 진짜 우리 어머니더라.

여덟 자식들 진짜 어머니를 누가 데려왔어? 큰형님이야? 작은형님? 아니면 막내?

맏누나 너흰 그게 궁금하냐? (벌렁 뒤로 눕는다) 그렇게 궁금하면 누워서 꿈이나 꿔라!

여덟 자식들 (일제히 눕는다) 궁금하면 누워서 꿈이나 꾸자!

맏누나 꿈을 꿔야 무슨 꿈인지 알 수가 있지!

여덟 자식들 꿈을 꿔야 무슨 꿈인지 알 수가 있지!

어둠 속에서 야광을 발산하며 해골뿐인 뼈다귀새가 까악-까아악- 울면서 날아간다.

여덟 자식들 저놈의 뼈다귀새, 불길하다! 훠이, 훠이, 사라져라!

맏누나 내버려 둬라. 저 새가 꾸는 꿈 속에 우리들이 누워 있으니깐.

제10장

장엄한 음악이 연주되면서 무대 천장으로부터 중국 태후의 거대한 형상이 내려온다. 황금과 보석으로 장식된 머리와 치렁치렁한 장막을 연상시키는 과장된 의상이 보통 사람의 몇 갑절이나 크게 보인다. 중국황제는 태후의 다리 사이로 얼굴만을 내밀고 있다. 그 얼굴은 다 자란 어른의 모습이나 목소리는 어린애 같다. 중국의 신하들이 태후와 황제 곁에 시립해 있고, 그 앞에는 사신들이 있으며, 왕자와 맏형은 무대 앞쪽에 무표정한 얼굴로 나란히 앉아 있다.

사신들   폐하, 국서를 바치옵니다.

황 제   먼 길을 오느라고 수고 많았다. 그대들의 임금은 평안하더냐?

사신들   저희 임금께서는 임종 직전이십니다.

황 제   임종 직전이라니?

사신들   폐하, 통촉하소서. (두루마리 국서를 바치며) 국서에 모든 연유가 소상하게 적혀 있사옵니다.

황 제   (신하들에게) 국서를 받아 읽어보아라.

한 신하   (사신들이 바친 두루마리 국서를 펼쳐든다)

태 후   (카랑카랑하게 쇳소리가 나는 음성으로) 읽을 것도 없다!

한 신하   네, 태후마마. 읽을 것도 없사옵니다.

황 제   그래도 짐이 국서의 내용을 알아야 할 터인데…….

태 후   나에게 맡기시오! 폐하는 이 모후가 수렴청정하는 것을 잊으셨소? (사신들에게) 그대들은 왕자를 볼모에서 풀어달라고 간청하러 온 것이렷다?

사신들   태후마마, 저희 나라 정승의 자제를 데려왔사옵니다.

태 후	(맏형을 가리키며) 저 자가 볼모를 대신하려 왔느냐?
사신들	그러하옵니다, 마마.
태 후	지난 밤에 불길한 꿈을 꿨다. 뼈만 앙상한 새가 밤하늘을 훨훨 날아오는 꿈이었는데, 아무래도 볼모를 바꾸는 건 좋을 것 같지 않구나.
사신들	(안색이 달라지며) 태후마마…… 그 꿈은 길몽이옵니다.
태 후	길몽이라니?
사신들	태후마마께서는 불사조를 보셨나이다.
태 후	불사조라…… 영원히 죽지 않는 새 말이냐?
맏 형	무궁무진토록 영생을 누리소서, 태후마마.
태 후	(흡족한 표정이 되어) 너희가 달콤한 말로 내 마음을 돌리는구나. (황제에게) 폐하, 볼모를 바꿔도 좋겠소.
황 제	(사신들에게) 짐이 그대들의 간청을 윤허하노라.
사신들	폐하, 성은이 망극하나이다. (왕자에게 다가와서) 왕자님, 기뻐하십시오. 이제 고국으로 돌아가게 됐습니다.
왕 자	(무표정한 얼굴로써) 난 기쁘지 않구나.
사신들	(당황하며) 어찌하여 기쁘지 않다 하십니까?
왕 자	(맏형을 바라보며) 그런데 그대 얼굴은 무표정하군. 그대는 지금 괴로움을 참고 있는가?
맏 형	(표정이 없는 얼굴로써) 저는 괴롭지 않습니다.
왕 자	어찌 괴롭지가 않은가?
맏 형	운명입니다.
왕 자	운명이라……? 진실로 자신의 운명을 알게 되면 무표정할 수 없다. 다만 운명을 모르는 사람만이 바보처럼 무표정하지!
사신들	왕자님, 태후께서 마음 변하시기 전에 어서 떠나셔야 합니다.
왕 자	서둘지 말아라. 나는 이 가엾은 볼모에게 진실을 알려 주고 싶다. 볼모란 권력의 희생물이다. 눈을 부릅뜨고 저주하라! 이를

갈면서 복수를 다짐하라! 바로 그것이 무표정한 얼굴보다 볼모로서의 그대에게 더 어울리는 모습이다! (맏형의 얼굴을 바라보며) 아무리 설명해 봤자 그대 얼굴엔 표정이 없군!

사신들 (안절부절 못하며 재촉한다) 어서 떠나십시다, 왕자님.

왕 자 그래, 떠나자. (맏형에게) 나는 표정없는 그대의 얼굴을 잊지 않겠다. 만약 그대가 죽지 않고 살아서 돌아온다면, 나는 그대를 정승으로 삼으리라. (태후에게 엎드려 작별의 절을 한다) 태후마마, 많은 것을 배우고 돌아가옵니다. 부디 옥체 영생하옵소서.

태 후 그대는 운이 좋구나. 중국에는 볼모로 잡혀와 평생을 보내다가 죽는 왕자들이 수두룩하다.

왕 자 (황제에게 작별의 절을 한다) 폐하, 한없는 성덕을 입고 돌아가옵니다.

황 제 한번 볼모는 영원한 볼모니라. 그대는 임금이 되어서도 짐에게 순종할지어다.

중국 태후의 거대한 형상이 무대 위로 올라간다. 그 형상 뒤에서 태후의 역할을 했던 여배우가 현대복장을 입은 모습을 드러낸다. 왕자와 사신들이 퇴장한다. 맏형의 얼굴 표정이 고통으로 서서히 일그러진다. 그와는 대조적으로 태후역의 배우는 즐거운 표정이다.

맏 형 간혔습니다! 꼼짝없이 갇혔습니다! 연극을 하다 보면 연극의 인물 속에 나 자신이 갇혀 버리는 때가 있어요! (자신의 목을 부여잡으며) 숨통이 꽉 막힌다! 나는 완전히 자유를 잃었다!

태 후 나는 자유롭고, 나는 위대합니다! 나 자신보다 더 큰 능력을 가진 인물이 된 것이죠. 나는 중국의 황제마저 내 마음대로 조종해요. (커다랗게 웃으며) 호호, 호호호, 뜨거운 쾌감이 혈관을 타고 전신에 흐른다! 내 육신의 세포 하나하나가 희열에 차서

부르르 떨며 되실아난다! 이대로 천 년을 살고 싶구나! 이대로 만 년을 살고 싶구나!

맏 형 아니다, 이 볼모의 인물은 결코 나 자신이 아니다!

태 후 이 쾌감은 오직 나 자신의 것이다! 그 누가 감히 나눠 갖기를 바랄 것이냐!

맏 형 괴롭습니다! 배역이 정해졌을 때, 나는 볼모의 이 인물이 싫었어요! 싫은 인물을 억지로 맡아서 해야 한다니…… 괴로워서 죽고만 싶구나!

태 후 나는 내 역에 불만이 없다! 진실로, 내가 태후라 할지라도 이상할 것이 전혀 없어!

맏 형 하지만 내가 좋아하는 역할만을 골라 할 수 있는 무대란 천국에나 있을까, 이 지상에는 없는 것…… 이런 인물 저런 인물, 마음에도 없는 온갖 인물들 속에서 볼모살이를 하다가 죽을 수밖에…….

태 후 괴롭다고 울부짖어 나의 쾌감을 망치지 말아라! 나의 영토는 오직 기쁨이 충만한 무대이다. (관객들에게) 연극이란 즐거운 거예요!

제11장

새벽 예불을 드리는 염불소리가 들려온다. 남루한 탁발승 모습의 둘째가 등장한다. 그는 천불전(千佛殿) 앞마당에 무릎을 꿇고 엎드린다. 예불을 마친 대각국사와 스님들이 천불전을 나오다가 엎드려 있는 둘째를 바라본다.

대각국사	그대는 어디에서 왔는가?
둘 째	과거는 어머니로부터 왔습니다.
대각국사	그대는 어디로 갈 것인가?
둘 째	미래는 어머니에게로 갑니다.
대각국사	그럼 그대는 왜 이곳에 머물러 있는가?
둘 째	지금은 어머니를 찾고 있습니다.
대각국사	(짚고 있는 나무지팡이로 마당을 치며 일갈한다) 네 어미는 처음부터 없었다! 어미가 없는데 어찌 어미로부터 오며, 어미가 없는데 어찌 어미에게로 간단 말이냐! 이 어리석은 자야, 너는 어미를 찾는다는 망상을 버려라!
둘 째	아니됩니다…… 어머니를 버릴 수는 없습니다…….
대각국사	네 망상의 어미를 죽여라! 부처가 되려면 부처를 죽여야 한다는 말을 못 들었더냐? (지팡이를 둘째 앞에 꽂는다) 이 지팡이에 싹이 돋고 꽃이 필 때까지 너는 이곳에서 꼼짝 말고 너의 망상을 죽여라!

대각국사와 스님들, 둘째를 혼자 두고 퇴장한다. 둘째는 흐느껴 운다.

둘 째	어머니, 죽으십시오! 제발 이제는 죽어 주십시오! 어머니를 찾아 이 세상의 온갖 산을 넘어왔습니다. 골짜기 골짜기마다 어머니를 찾았고, 봉우리 봉우리마다 어머니를 찾았습니다. 그러나 어머니, 이 세상에선 찾을 수 없는 어머니, 제발 죽으십시오! 마침내 어머니의 흔적이 없어질 때까지, 저는 이 자리를 떠나지 않겠습니다! 마른나무 지팡이에 싹이 나서 꽃 필 때까지, 저는 어머니가 죽어 없어지기만을 기다리고 있겠습니다!

번개가 치고 천둥이 울린다. 둘째는 꽂힌 지팡이 앞에서 꼼짝 않고
엎드려 있다.

제12장

광대들이 수레를 끌며 등장한다. 광대들은 허허벌판에서 폭풍우를 만
난다. 나팔을 부는 광대도, 북을 두드리는 광대도 없다. 모두 기진맥
진한 모습이다.

우두머리　수레를 멈춰라! 멈춰!
광대들　（수레 끌기를 중단한다）
우두머리　오늘은 이 벌판에서 노숙한다!
막　내　좀더 가면 마을이 있지 않을까요?
우두머리　마을이 있다 해도 소용없다. 임금께서 승하하시어 국상중인데
　　　　　어느 마을이 광대를 반겨 주겠느냐?

　　　　　광대들, 비를 맞으며 수레 주위에 주저앉는다.

우두머리　（하늘을 바라보며 탄식한다）하늘마저 야속하구나! 이 허허벌판
　　　　　에 폭우까지 쏟아지다니!
처녀광대　（우두머리에게 다가오며）아버지, 아버지…….
우두머리　어찌 그러냐?
처녀광대　제가 마을에 다녀올까요?
우두머리　마을에는 뭐하러……?

처녀광대	이렇게 있다간 모두 굶어 죽어요.
우두머리	하지만 무슨 수가 없잖느냐! 국상이라 노래도 못하게 하고 춤도 못 추게 하는데…….
처녀광대	아버지, 하늘이 무너져도 솟아날 구멍은 있어요.

처녀광대, 우두머리의 만류를 뿌리치고 폭풍우 치는 벌판을 달려간다.

우두머리	애야, 돌아와!
막　내	(처녀광대가 달려간 쪽으로 뛰어가며) 제가 따라갔다 오겠습니다!
우두머리	막내야, 갈 것 없다! 갈 것 없어!

우두머리의 부르짖음은 폭풍우 속에 뒤섞여 버린다.

광대들	비바람이 더 심해지는군! 이러다간 수레의 지붕마저 날아가겠어!
우두머리	밧줄로 지붕을 묶어라!

광대들, 수레에서 밧줄을 꺼내 지붕 묶는 작업을 한다.

한 광대	(지붕을 묶던 밧줄로 올가미를 만들어 목에 걸고 당기는 시늉을 하며) 이토록 고생할 바엔 차라리 목 매달아 죽자!
우두머리	쓸데없는 짓 하지 말아!
한 광대	(올가미를 당기지 못하고) 며칠을 굶었더니 목 매달 힘도 없어.
다른 광대들	(수레 주위에 주저앉으며) 우리 역시 배고파 죽을 지경이네.

무대, 조명이 서서히 어두워지며 밤이 된다. 폭풍우는 그쳤으나 칠흑 같은 어둠이다.

한 광대	불빛이나! 불빛!
광대들	불빛이라니?
한 광대	이쪽으로 오고 있어!
광대들	어어…… 정말 이리로 오고 있군!

햇불을 든 막내와 광주리를 머리에 인 처녀광대가 등장한다. 처녀광대는 광대들 앞에 광주리를 내려놓고 덮었던 보자기를 펼친다. 음식이 가득 담겨 있다.

광대들	먹을 것이구나! 먹을 것! (다투듯이 집어 먹는다) 살았다! 살았어!
우두머리	천천히 먹어라! 체하겠다!
처녀광대	아버지도 잡수셔요.
우두머리	난…… 나는…… 배고프지 않다.
처녀광대	아버지…….
우두머리	그래…… 먹자……. (눈물을 닦으면서 음식을 집어먹는다) 맛있구나…… 맛있어…… 하늘이 무너져도…… 솟아날 구멍이…… 있었구나…….

막내, 수레에서 북을 꺼내 무대 전면으로 걸어나와 앉는다. 막내는 격앙된 심정으로 북을 두드린다. 우두머리가 다가와 막내 뒤에 선다.

막 내	구멍을 팔아 먹을 것을 얻었소.
우두머리	막내야…… 막내야…….
막 내	부자한테도 팔고, 관리한테도 팔고, 파계승한테도 팔았소.
우두머리	막내야, 내 마음도 괴롭고 슬프다.
막 내	노래 못하게 하고 춤 못 추게 하는 동안, 처녀광대는 구멍 팔았소. 이놈한테도 팔고 저놈한테도 팔고, 온갖 잡놈한테 다

팔았소.

우두머리 나도 이젠 몸 팔고 마음 파는 짓은 그만 하고 싶다. 뜻없는 헛소리로 사람들을 웃기고, 값없는 짓거리로 사람들을 울려서 목숨 잇는 때는 지났다. 지금부터 막내야, 네가 진짜 광대 되어라. 진짜 광대가 되어, 진짜 흥을 노래하고 진짜 한을 춤추어라. 막내야, 오늘밤 나는 너에게 광대패의 우두머리 자릴 넘긴다. 네가 새 우두머리 되어 우리를 이끌어다오!

막 내 (못 들은 듯 북을 두드린다)

우두머리 (승낙을 재촉하며) 막내야, 막내야.

막 내 (계속 북을 두드리며) 굶은 광대패 먹여 살린 따님과 혼례하게 해주시오. 그런 다음 우두머리 되겠소.

우두머리 하지만 막내야, 네 눈으로 보았듯이 내 딸은 각시 삼기에 흠집 많이 생겼다.

막 내 그 많은 흠집에서 어머니를 보았소. 평생 동안 애지중지할 터이니 각시삼게 해주시오.

우두머리 고맙구나, 고마워…….

막 내 나는 막내요. 내 각시가 항상 내 어머니 같을 것이오.

광대패, 혼례식 준비를 한다. 소반에 물을 떠놓고 막내와 처녀광대를 마주 세운다. 무대 뒤쪽, 어둠 속에 맏누나와 여덟 자식들이 한 아름씩 들꽃을 꺾어들고 등장한다. 막내와 처녀광대, 세 번 절한다.

맏누나 우리 열두 명 중에 막내가 제일 먼저 장가가네!

여덟 자식들 막내녀석 기분 좋겠네! 장가가고, 우두머리 되고!

맏누나 (어둠 속을 향하여 외친다) 막내야, 너무 기분내지 마라! 시집 못 간 큰누나 여기 있다!

여덟 자식들 막내녀석 귀에 그 소리가 들릴까?

맏누나   들려도 못 듣는 척하겠지! (신랑 신부를 향하여 들꽃을 던지며) 막
          내야, 축하해!

여덟 자식들   (꽃들을 던지며) 막내야, 축하한다!

맏누나   그런데 우리가 보낸 꽃들을 막내는 알아볼까?

여덟 자식들   벌판에 흐드러진 꽃을 보면 우리가 보낸 줄 알겠지!

          광대들, 무대 앞쪽에 다가와서 혼례의 음악을 연주하며 관객들에게
          말한다.

광대 가   광대와 광대의 결혼, 물론 축하해야 하지요. 하지만 기쁜 마음
            만이 아닙니다. 묘하게 슬픈 마음이기도 합니다.

광대 나   광대는 결코 행복할 수 없습니다. 눈에는 보이지 않는 그 무엇
            을 찾아 헤메는 것이 광대들이니까요.

광대 다   찾았구나 꽉 잡으면 어느새 그것은 빠져나가고, 못 찾겠다 단
            념하면 어느새 그것은 다가옵니다. 한 평생을 광대는 그렇게
            애가 타고 속이 타지요.

광대 라   그래도 애 태우고 속 태우다 죽는 광대는 행복합니다. 나처럼
            타락한 광대가 되어 보십쇼. 그까짓 애 태우는 것 일찍 포기하
            고, 마음 편히 살아보자 작정하면 더 비참해집니다. 보이지도
            않는 것을 보이는 체 시늉을 내자니 거짓 몸짓만 늘어나고, 그
            거짓 몸짓이 괴로워서 술을 마셔대니 주량만 늘어납니다. 난
            평생 술독에 빠져 살다가 죽을 겁니다.

광대 마   나는 타락한 광대가 부럽습니다. 타락하지도 못한 광대는 결
            국은 미치고야 말거든요. 나는 미친 광대입니다.

광대들   이렇게 좋은 날, 이렇게 아름다운 날, 우리 광대들은 죄가 되
           는 소릴 한 마디씩 해봤습니다.

광대패, 신혼부부가 된 막내와 처녀광대를 수레에 태우고 끌면서 퇴장한다.

제13장

무대조명, 서서히 밝아진다. 아침. 스님들이 빗자루를 들고 등장한다. 스님들은 맏누나와 여덟 자식들이 던졌던 꽃송이들을 빗자루로 쓸어낸다.

스님들   천불전 앞마당에 웬 꽃들이 이렇게 흩어져 있담?

깡마른 스님   지난 밤 바람에 불려왔겠지.

스님들   (둘째를 가리키며) 오늘도 꼼짝 않고 있을 모양이군.

깡마른 스님   저렇듯 삼 년은 됐지, 아마?

스님들   세월이 무심해서 몇 해나 됐는지는 모르겠네.

스님들, 빗자루로 마당을 쓸면서 점점 둘째 쪽으로 다가온다. 그러다가 깡마른 스님이 먼저 지팡이에 꽃 핀 것을 보고 놀란다.

깡마른 스님   저게 무엇인가?

스님들   뭣 말인가?

깡마른 스님   (눈을 씻고 바라보며) 지팡이에 꽃이 피었네!

스님들   (지팡이에 몰려와서) 꽃이네! 정말 꽃이 피었어!

깡마른 스님   가만히들 있게! 내가 대각국사 큰스님을 모셔 오겠네!

깡마른 스님, 허둥지둥 대각국사에게 알리려 달려간다. 남은 스님들은 일렬로 서서 지팡이를 향하여 합장한다.

스님들　나무아미타불 관세음보살, 나무아미타불 관세음보살, 나무아미타불 관세음보살…….

깡마른 스님, 대각국사를 모시고 되돌아온다.

대각국사　허허, 허허허…… 망상을 없애라 하였더니 지팡이의 꽃만 피웠구나! (둘째에게) 이제 그만하면 됐네. 눈을 뜨고 일어나게. 천지사방이 어찌 보이는가? 온갖 꽃들 만발하니 마른 지팡이의 꽃 한송이는 신기할 것 없네. (꽃이 핀 지팡이를 뽑아 둘째에게 던져준다) 몸이 굳어 일어나기 힘들 걸세. 그 지팡이를 짚고 일어나게.

둘　째　(지팡이에 의지해서 비틀비틀 일어선다)

대각국사　(앞장서서 휘적휘적 걸어가며) 일어났거든 나를 따라오게.

깡마른 스님　저 이름없는 탁발승이 대각국사님 뒤를 잇겠군.

스님들　(고개를 끄덕이며) 암, 그럴 거네. 성불했으니 국사의 법통을 넘겨 받겠지.

깡마른 스님　성불 못한 우리는 무얼 할까…….

스님들　절간 마당이나 열심히 쓸기로 하세.

스님들, 마당을 깨끗이 쓸면서 옆 걸음으로 퇴장한다. 텅 빈 무대에 지팡이를 든 둘째가 관객석 앞으로 나온다.

둘　째　사월인가, 오월인가, 어느 해 늦은 봄이었지요. 나는 문득 세상 살기에 환멸을 느꼈고, 머리 깎고 절에나 가야겠다는 생각을 했습니다. 그래서 지랄 같은 세속적 미련은 없애 버리고자 찾아갔던 절이 천 개의 아기 부처가 있는 직지사(直指寺)였지요. 천불전 앞마당에 수북하게 쌓인 꽃들은 언제 그렇게 피었다가 졌는지 무상하기만 한데, 나는 그곳에 앉아 원수와 같은 모진 마음으로 날 사랑하는 어머니, 내가 사랑하는 어머니의 인연을 끊어 버리고자 마지막 안간힘을 써댔습니다. 백정이 따로 없구나, 내가 그 인정사정 없는 백정이구나, 얼음장 같은 마음으로 어머니를 때려죽이는 백정이 바로 나로구나…… 고요한 절간 미당 가득히 처절한 비명이 울려 퍼지고 진붉은 신혈이 튀어올라야 당연할 텐데…… 어머니는 숨통이 끊어지면서도 비명 없고, 죽으면서도 오히려 인자하게 미소 짓고 있으니…… 이승 떠난 어머니가 삼도천을 건너가서는 꽃처럼 환하게 피어나는 것이었습니다. 눈부시도록 환하게, 피어나는 것이었습니다.

제14장

국왕, 등장. 중국에서 볼모살이했던 왕자가 국왕이 된 것이다. 정승이 들어온다. 국왕은 창백한 얼굴로 바튼 기침을 한다.

정 승 전하, 속히 쾌유하옵소서.
국 왕 염려해 줘서 고맙소.
정 승 중국에 볼모로 잡혀 있던 소신의 아들이 돌아왔습니다.
국 왕 (냉소하며) 경의 진짜 아들은 아니잖는가?

정　승　소신에게는 양자도 친자나 다름없습니다.

국　왕　아, 그래서 친자는 집에 두고 양자를 보냈었군. 그런데 그 지옥에서 어떻게 돌아왔다지?

정　승　마침내 중국 태후께서 죽으셨다 합니다. 그래서 중국 황제께선 어찌나 기뻤던지 모든 죄수들과 볼모들을 풀어주었다 합니다.

국　왕　중국 태후도 영원히는 못 사는군!

맏형, 등장한다. 국왕을 향하여 엎드려 절한다. 국왕은 침묵 속에서 맏형을 바라본다.

국　왕　얼굴을 들라.

맏　형　(얼굴을 들고 국왕을 바라본다) 전하, 제 얼굴을 기억하고 계십니까? 제가 살아 돌아온다면, 전하께선 저를 정승으로 삼겠다고 약속하셨습니다.

국　왕　물론 잊지 않고 있다. 하지만 그 약속을 지키려면 여기 있는 그대의 양부가 정승 옷을 벗어 주어야 할 터인데…… (정승에게 묻는다) 경의 생각은 어떤가? 정승의 옷을 저 사람에게 벗어 줄 의향이 있는가?

정　승　전하, 갑자기 무슨 말씀이십니까?

국　왕　(맏형에게) 저걸 보게. 순순히 벗어 줄 사람이 아니지. 그렇다면 하는 수 없군. 강제로 사약을 먹이고서 옷을 벗겨낼 도리밖엔…….

정　승　(표정이 달라지며) 전하…….

국　왕　경은 어찌 표정이 변하는가?

정　승　(완강하게 대든다) 소신이 무슨 죄를 졌기에 사약으로써 죽이려 하십니까?

국　왕　과인은 경이 싫다. 과인은 병들었는데 경은 건강하고, 과인은 불행한데 경은 행복하다.

정　승　전하, 아니 됩니다! 그런 죄로 소신을 죽이신다면 신하들이 납득 못할 것입니다!

국　왕　바로 그것이 경을 싫어하는 가장 큰 이유다. 경은 신하들과 작당하여 막강한 권세를 가졌다. 과인은 이제 경의 꼭두각시 노릇을 그만 하고 싶다. 경은 조용히 사약을 받고 정승의 옷을 벗어다오.

정　승　하지만 전하…….

국　왕　(정승의 말을 듣지 않고 맏형에게) 그래, 그대는 정승이 되어 무엇을 하고 싶은가?

맏　형　어머니를 찾겠습니다.

국　왕　(의외라는 듯이) 겨우 어머니를? 어쨌든 그대 마음대로 하라! (기침을 하며 피를 토한다) 하지만 그전에 할 일이 있지. 오늘밤 그대가 직접 사약을 들고 양부의 집으로 가게! 빠짐없이, 모든 가족들이 먹고 죽는지를 확인하라!

국왕과 정승, 각자 반대 방향으로 나간다. 맏형, 홀로 서 있다. 맏형의 뒤쪽으로 정승의 가족들이 등장한다. 그들은 사약을 마시고 고통스럽게 몸부림치며 죽는다.

정승 딸　오라버님…….

맏　형　(고통스런 표정으로) 미안하다. 이렇게 하고 싶지는 않았다.

정승 딸　무표정하셔야지요, 오라버님.

맏　형　(고개를 떨구며) 아가씨…….

정승 딸　괴로움을, 괴로움을 나타내지 말아요. 언제였던가, 저와 함께 광대 놀이 구경갔던 옛날을 기억하세요? 그때 오라버님은 광대 옷을 바꾸어 입었지요. 광대 놀이판을 빙글빙글 돌며 춤을 추는데…… 우두머리 광대가 물었지요. "영영 지지 않고 피어 있는 꽃나무는?" 오라버님은 대답 못하고 매를 맞았어요. (상반신이 앞으로 꺾여지며 숨이 넘어간다) 아아…… 그런데…… 지금은 아시는지요?

맏 형　(고개를 들고 허공을 응시하며) 어머니…… 지독하십니다. 내가 어머니를 찾아 떠난 길이 이 길밖엔 없다니요! 너무나 잔혹하고, 너무나 참담합니다! 한 걸음, 한 걸음씩 피하지도 못한 채 걸어온 이 길에서 나는 당신을 꼭 찾고야 말겠습니다! 나오십시오, 어머니! 당신에게 명령합니다! 당신이 나타나지 않으면, 이 나라 방방곡곡 다 뒤져서 당신을 반드시 찾아내고야 말겠습니다!

제15장

맏누나와 여덟 자식들, 가마솥에서 건져냈던 어머니의 치마 저고리를 장대에 매달아 들고 깃발처럼 흔들면서 등장한다.

맏누나　십 년 기한 다 됐다! 큰오빠, 작은오빠, 막내가 돌아온다!

여덟 자식들　십 년 만에 돌아온다!

맏누나　동네 사람 다들 모이시오!

여덟 자식들　어서어서 모이시오!

맏누나　오늘은 우리 어머니를 찾아오는 날이오!

여덟 자식들　다들 어서 나오시오!

맏누나와 여덟 자식들이 외쳐대는 소리를 기다렸다는 듯 동네 사람들이 모여든다.

키 큰 관상쟁이 난 어젯밤부터 기다렸지!
키 작은 관상쟁이 겨우 어젯밤? 난 십 년 전부터 기다렸네!
노 파 여봐, 나는 죽지도 않고 기다렸어!

삼현육각의 장중한 음악이 들려온다. 무대 왼쪽, 정승 옷을 입은 맏형이 관리들의 호위를 받으며 등장. 가마꾼이 오색 치장한 가마를 메고 뒤따라 온다.

맏누나 온다! 큰오빠가 오신다!
맏 형 그동안 잘 있었느냐?
맏누나 큰오빠, 어머니는 찾으셨소?
맏 형 내가 찾아 모셔왔다! 나는 정승 되어 전국의 관리들에게 명령했다. 내 어머니를 찾아내라, 찾아내면 관직을 높여줄 것이나, 못 찾으면 관직 박탈하리라! 관리들이 기겁하여 방방곡곡 샅샅이 뒤졌으니, 가가호호 호구조사가 몇 번이며, 길을 막고 검색하길 몇 번이랴! 사람이라 생긴 것은 남녀노소 막론하고 체에 치듯 걸러내었으니, 마침내 어머니와 똑같은 모습 찾았도다! (가마를 향하여) 어머니, 나오시오!

가마의 가리개가 젖히며 한 여인이 나온다. 맏누나와 여덟 자식들, 그 여인 앞으로 모여든다. 범패 음악이 울린다. 무대 오른쪽. 국사 옷을 입은 둘째가 스님들을 거느리고 등장. 스님들은 불상을 들것에 싣고 들어온다.

마을 사람들 저기, 또 온다!

맏누나 둘째 오빠 오시네!

둘 째 내가 어머니를 찾았다!

맏 형 둘째야, 그게 무슨 소리냐?

둘 째 형님, 이 세상의 모습이란 먼지 같은 것이요. 바람이 불면 자욱한 먼지가 뭉쳐져서 이런 모습도 되고, 저런 모습도 되는 것, 어찌 먼지 속에서 진정한 어머니를 찾을 수 있겠소? (스님들에게) 내가 찾은 어머니를 이 앞으로 모셔오라!

　　스님들, 불상을 자식들 앞으로 옮겨놓는다. 맏누나와 여덟 자식들, 가마에서 나온 여인과 불상을 번갈아 바라본다.

노 파 잘 봐. 누가 임자들 어머니야?

여덟 자식들 아이구, 어머니! 봐도 봐도 헷갈리네!

마을 사람들 우리가 봐도 헷갈려!

맏 형 (불상을 가리키며) 네가 잘못 찾았다. 엉뚱한 저 모습이 어찌 우리 어머니겠느냐?

둘 째 큰형님이 찾은 건 허상이요. (여덟 자식들에게) 너희는 속지 말라!

노 파 이러다간 큰일 나지! 미친 사람 더 미치고, 안 미친 사람도 미치겠네!

맏누나 (장대에 매달린 어머니의 치마 저고리를 흔들며) 어머니 옷을 입혀보자! 가마솥에 남긴 옷, 이 옷을 입혀보면 우리 어머니인지 아닌지 알 수 있다!

마을 사람들 그거 좋은 방법일세!

　　맏누나와 여덟 자식들, 장대에서 어머니 옷을 내린다. 광대들의 음악

이 울려온다. 무대 뒤쪽. 광대들이 수레를 끌고 등장한다. 막내, 멀리
서 외친다.

막 내 막내가 왔소! 막내가 돌아왔소!

맏누나 막내야, 어서 오렴!

막 내 내가 어머니를 찾아왔소! 나는 어머니 아니면 춤추지 못하고,
어머니 아니면 노래 부르지 못하오. 어머니가 춤추면 이 세상
이 즐겁고, 어머니가 노래하면 이 세상은 기쁘오! (탈 쓴 각시
광대를 데리고 나온다) 난 광대 속에서 우리 어머니를 찾았소!

맏누나 오빠들도 어머니를 찾아왔다! 네가 찾은 어머니도 여기 모셔라!

각시광대, 한 여인과 불상 옆에 나란히 선다. 맏누나는 어머니의 옷
을 여인에게 먼저 입혀본다. 여인, 얼굴을 찌푸리며 옷을 벗는다.

맏누나 어찌 옷을 벗으시오?

여 인 더러워서 못 입는다! 냄새나서 못 입어!

맏누나 생긴 모습은 똑같은데, 우리 어머니가 아니구나!

여덟 자식들 아니다, 아냐!

한 여인, 뒷걸음질쳐 가마 속으로 들어간다. 맏누나는 어머니 옷을
불상에게 입혀본다.

맏누나 싫다 좋다, 아무 말씀 없으시네!

여덟 자식들 아무 말씀 없으시면 아니다, 아냐!

스님들, 들것에 실린 불상을 들고 뒤쪽으로 물러선다. 맏누나는 어머
니의 옷을 각시광대에게 입혀본다. 각시광대, 어머니의 옷을 입고 덩

실덩실 춤춘디.

각시광대　나 좀 보소! 나 좀 보소!
　　　　　동지선달 엄동설한에
　　　　　매화꽃 본 듯이
　　　　　동백꽃 본 듯이
　　　　　모란꽃 본 듯이
　　　　　장미꽃 본 듯이
　　　　　날 반겨 주소!
맏누나　우리 어머니 옷이 딱 맞네!
여덟 자식들　아이구, 어머니! 아이구, 어머니!
　　　　　동지선달 꽃 본 듯이 반갑소!

맏누나와 여덟 자식들, 각시광대와 함께 춤춘다. 마을 사람들도 어깨를 들썩들썩거리더니 춤판에 어우러든다.

마을 사람들　얼씨구나, 좋구나! 절씨구나, 좋아라!
　　　　　이리 봐도 반갑고
　　　　　저리 봐도 반갑고
　　　　　동지선달 꽃 본 듯이 반갑소!
막 내　큰형님도 반갑소. 작은형님도 반갑소.
　　　　　동지선달 꽃 본 듯이 반갑소!

막내, 맏형과 둘째의 손을 잡아서 춤추는 사람들 속으로 이끈다. 어느새 관리들도 스님들도 광대패도 모두 어우러져 춤춘다. 춤은 점점 절정에 이르면서 등장인물들이 하나둘씩 입었던 옷을 벗는다. 무대 천장에서 걸대가 내려온다. 모든 등장인물들, 벗은 옷을 걸대에 걸어

놓는다. 걸대가 허공 가운데로 올라간다.

에필로그

모든 배우들, 각자 자기가 입었던 옷을 가리키며 관객들에게 말한다.

배우들　여기, 우리가 입었던 옷이 있습니다.
맏 형　내가 입었던 정승 옷.
둘 째　국사의 옷.
셋 째　광대 옷.
맏누나　우리 어머니 옷, 그리고 자식들이 입었던 옷.
배우들　왕의 옷도 있고, 보부상 옷, 탁발승 옷, 중국 황제 옷도 여기 있습니다.
맏누나　연극이 끝나면 우린 이런 생각을 하죠. 저 옷들이 연극을 했구나…… 관객 여러분, 안녕히 가십시오! 우리 배우들은 무대 위에서 사라지는데, 저 옷들은 영원히 남습니다!

모든 배우들, 퇴장한다.

막.

이강백 희곡전집 4

초판 1판 1쇄 발행일   1992년 4월 25일
개정 1판 1쇄 발행일   1996년 10월 15일
개정 2판 1쇄 발행일   2019년 7월 20일
개정 2판 2쇄 발행일   2024년 2월 29일

지 은 이   이강백
만 든 이   이정옥
만 든 곳   평민사
          서울시 은평구 수색로 340 〈202호〉
          전화 : 02) 375-8571
          팩스 : 02) 375-8573

          〈평민사 모든 자료를 한눈에〉
          http://blog.naver.com/pyung1976
          이메일   pyung1976@naver.com

등록번호   25100-2015-000102호
 ISBN   978-89-7115-705-3   03800
정   가   14,000원